世界文學
經典名作

致命陷阱

FATAL TRAP
ALFRED HITCHCOCK

希區考克　著

序言

對於很多人來說，「希區考克」絕不僅僅是一個人的名字，而是懸疑、驚悚和恐怖的代名詞。這位舉世公認的懸念推理小說大師和電影大師，熟練地把懸疑、驚悚、理性和幽默融合在一起，講述了一個個扣人心弦的故事，讓人讀後欲罷不能！

阿爾弗萊德．希區考克（Alfred Hitchcock，1899—1980年），生於英國倫敦，成名是在美國好萊塢。他在生前就被公認為有史以來最偉大的電影導演，並於一九六八年獲特殊奧斯卡獎，同年獲美國導演協會格里菲斯獎，一九七九年獲美國電影研究院終身成就獎。

希區考克擅長拍懸疑電影，被稱為「懸疑大師」。除了《鳥》、《蝴蝶夢》、《北西北》等名作外，他還拍過兩百多部懸疑短劇，情節極其緊湊、風格獨特，這些短劇被整理編輯成小說，成為「希區考克故事集」的主體。事實上，在世界各地，現今流行的希區考克作品並不全都是希區考克本人的創作。當初，希區考克的女兒辦了一個半書籍半雜誌的讀物，叫做《希區考克喜歡讀的懸念故事》，搜羅了當時美國和歐洲最優秀的懸疑推理小說。另外，在希區考克名聲達到巔峰時，經常有人要求他推介一些小說，其中最合希區考克口味的小說封面上，還往往印著希區考克的名字。以上兩種情況，都大大豐富了《希區考克故事集》。這些小說都帶有明顯的希區考克的特色：懸疑、驚悚、理性和幽默。

希區考克貢獻給電影和小說的，絕不僅僅是單純的技巧。他是懸念大師，是推理大師，也是心理大師，其作品——無論是電影還是小說——都帶有很深的哲學思考。很少有人能像他那樣深刻地洞察到人生的荒謬和人性的脆弱。他講述的故事，充滿著矛盾和掙扎：生與死、罪與罰、理性與衝動、壓抑與抗爭、誘惑與抵制。通過他的故事，我們可以看到人性的最深處；而在最深處的角落裡，我們可以感受到希區考克那犀利的、略帶嘲諷又滿懷溫情的目光。希區考克不僅擅長構造懸念情節、渲染驚悚場景，也長於人物的心理剖析和案件的邏輯推理。他的作品有很強的推理性，而其結尾往往出人意料，給人以驚奇新穎的感覺。

作為大師級的人物，希區考克對人性的看法是相當冷靜的，甚至可以說是冷酷。他毫不留情、尖銳犀利地剖析社會，給人對社會以清新的認識。他直指人性的深處，揭開了西方現代社會人性的荒謬。他對殺人狂的一段評論，很典型地表明了他對這類人的態度：「人們常常認為，罪犯與普通人是大不相同的。但就我個人的經驗而言，罪犯通常都是相當平庸的人，而且非常乏味，他們比我們日常生活中遇到的那些遵紀守法的老百姓更無特色，更引不起人們的興趣。罪犯實際上是一些相當笨的人，他們的動機也常常很簡單、很俗氣。」希區考克認為人是非常脆弱的，他們經不起誘惑。他作品中的人物，有變態的、有溫馴的、有冷靜的、有偏執的，不管是哪一種，他的人物刻畫總是通過誇張的動作、語言、作為，塑造成功的人物形象。

閱讀希區考克的推理小說，就像在做一道高難的智力題，你永遠也不知道下一步出現的將是什麼！那些藕斷絲連的蛛絲馬跡，巧妙地穿插在人物的對話之中，在你還迷失其中之時，慢慢織就一張巨大的網，還原出事情的本來面目。

這本集子輯錄了最能夠代表希區考克推理風格的小說，這一個個小故事，似乎都是發生在人們身邊的事情，但是通過希區考克的演繹，它們變得意味深長，引人入勝。小說構思縝密，層層剝筍，環環相扣，首尾呼應，一步一步將小說的情節推向高潮。故事結尾曲折離奇，出人意料，但又在情理之中，耐人尋味，給人以思考。

這些推理小說的故事情節往往並不複雜，希區考克只是通過鏡頭緩緩道來，在不知不覺中你就落入了他用時間和空間布下的迷宮，那一個個慢鏡頭透射出一處處角落暗藏著的人性的陰暗。在閱讀希區考克的推理小說過程中，你能夠體會到他作品所表達出的複雜性及其蘊涵的多義性，從而在閱讀過程中獲得一種快樂和藝術享受。

CONTENTS・目錄

上帝也救不了的……

洛杉磯十一月的時候，天氣晴朗，陽光明媚。

站在法院台階上，我看著從樓裡走出來的兩個人——我的繼母諾瑪·科魯格和她的情夫魯斯·泰森。

剛才法庭上擠滿了人，到處是旁聽者和記者，陪審團做出了令我異常憤怒的判決——「無罪！」我氣憤地從法庭裡出來，因為我很清楚，父親就是被他們謀害的。洛杉磯被污染的空氣已經夠讓人難受的了，但更令人難受的就是這次不公正的判決。

諾瑪穿著一件樸素的上衣，白色的上衣配上藍色的衣領讓她看起來很端莊。在法院門口的台階上，她故意停下了腳。她被一群跑來跑去的攝影師和吵吵嚷嚷的記者圍著，她用勝利的目光看著這些記者，看著眼前這座城市。

我父親魯道夫·科魯格被謀殺時六十五歲，諾瑪那時才三十六歲，她看起來依然很性感，身材依然很苗條。她五官精緻細膩，有一頭閃亮的褐髮。特別是她的嘴唇富於表情，可以做出許多不同的微笑。她的嘴唇雖然可以做出許多不同的微笑，但她那尖尖的下巴讓她看起來很無情，還有總是冷冰冰的一雙藍眼睛。今天，審判的時候，由男性組成的陪審團對她很有好感，她輕聲細語地裝出了一個端莊淑女的樣子。

諾瑪快步走下台階，臉上帶著甜蜜的笑容。

泰森也被宣布無罪釋放，此刻他正像一條小狗一樣溫順地跟在她身後。走到我身邊時，諾瑪猶豫著停了下來。我和她自他們兩個被捕後，就沒有說過一句話。我無數次地用沈默、用我的眼神告訴她，我痛恨她，她也知道我痛恨她。

「諾瑪，祝賀你。」我面無表情地對她道。

她迅速地打量一下周圍記者們的臉色，謹慎地說：「卡爾，謝謝。這個結果令我很高興，當然，我從來沒有懷疑過審判結果。對我們的司法系統，我還是非常有信心的。」

「諾瑪，我是為你的幸運祝賀你，而不是為審判結果祝賀你。我不得不承認，你是個很聰明的女人。」

她把頭轉過去一部分，使記者們只能看到她的側面，卻看不到她朝我做出的得意笑容。她壓低聲音悄悄地對我說：「輸的人在比賽結束時哭，贏的人在比賽結束時笑。」

我看著她伸出的傲慢下巴，那一刻真想一拳打上去。

「科魯格先生，願意和你繼母合個影嗎？」一位攝影師喊道。

「當然，不過和她合影我需要一樣東西來搭配，一把鋒利的長刀，你有嗎？」

現場一陣緊張的沈默，諾瑪打圓場道：「卡爾，你是不是受刺激太大，變得有點偏執了？你父親死了，你變成這樣很正常，我不會怪你的。」她頓了一下又道，「卡爾，沒事我們就常聯繫，好嗎？」

「我想除非你搬出去，否則你無法避開我，因為我們現在還住在同一個屋簷下。」

諾瑪猛地扭過臉，沈默了下來。

一個身材像男人一樣的粗壯女記者衝了過來，問她：「科魯格太太在不久的將來，你打算與泰森結婚嗎？」

諾瑪轉頭打量著泰森，像看著她的玩具一樣。泰森比諾瑪小三歲，和我差不多大，這極具諷刺意味。他臉胖胖的，頭髮是褐色的，眼睛是棕色的，現在他正咧著大嘴傻笑著，活像一隻溫馴的小狗。

諾瑪又轉回頭，謹慎地對那個像男人一樣的女記者說：「我認為談婚論嫁在目前的情況下還不是時候，很對不起，詳細的情況不能告訴大家。」

說完後，她得意地繼續往前走，那些記者圍在她兩邊，泰森跟在她後面。

我憤怒地看著他們乘計程車離開，卻無可奈何。為了發泄我心中的憤怒，我跑到一家酒吧。在那裡，我喝了四杯馬提尼，仔細地回想著整個事情的經過，看看能不能從中找到遺漏的證據，伺機進行報復。

這次審判持續了一個多月。諾瑪自由的關鍵是泰森是否被判刑？所以，她請了一位出色的律師——麥克斯韋爾．戴維斯為他辯護。這位律師曾讓許多殺人犯獲得了自由，在這方面，他很有一套。此人還曾自豪地說，一個人就算在刑警隊的辦公室裡殺人，殺的還是他自己的母親，他也能讓法庭判這個人無罪。

諾瑪自己雖然也有律師，但卻沒有他那麼有名。為了此案，她向戴維斯律師支付了大筆的訴訟費用。這件案子傻子都知道是怎麼回事，任何一個法學院的學生來審理，都會對諾瑪和她的情夫判刑，讓他們得到應有的懲罰。

我的父親叫魯道夫．科魯格，他也許是老一代中最了不起的製片人兼導演，更是電影界的名人。在自己家中的客廳，他被槍殺。從現場來看，好像是小偷在行竊時殺了他。但警方認為，是我繼母和泰森殺害了父親。然後，為了掩蓋謀殺，他們把現場故意佈置成家中被竊賊闖入的樣子。

原告認定是泰森殘忍地槍殺了父親，並故意推倒桌子，打破電燈，搞亂抽屜，搶走了所有值錢的東西。然後，便逃得不知去向。而諾瑪為了證明自己是無辜的，去了我們家在箭湖的別墅，她在那裡熱情招待了幾個人，這幾個人在法庭上就成了她不在場的人證。

警方開始很困惑，後來，不禁懷疑起來。魯道夫．科魯格坐在椅子上閱讀時中了第一顆子彈，是從他的腦後近距離射進去的，第二顆子彈打斷了他的背脊。

很顯然，這是一次蓄謀已久的謀殺，兇手這樣做的目的就是不想讓被殺者看到自己。所以把現場偽裝成打鬥過的樣子很是多此一舉。再說，小偷一般情況下是不會殺人的。從射出的子彈來看，小偷用的是一支笨重的、長管德國手槍。小偷行竊時一般不攜帶槍支，就算他帶著槍去行竊，他也不會攜帶這種手槍。更巧的是，我父親也有一支這樣的手槍，事發後，我父親的手槍無影無蹤，難道這是巧合？

警方經過周密地調查，發現泰森有重大的作案嫌疑，調查泰森時又發現諾瑪也很可疑。在泰森的公寓裡，他們發現了一張破舊的便條，是諾瑪寫給泰森的。裡面雖然沒有具體寫明是什麼事，「……我們已經決定了那件重要的事，希望我去箭湖之後，你再行動。」

在現場的一張桌子上，警方還提取出了泰森的指紋。警方通過調查得知，有人在謀殺前一個小時在附近看到過他。

律師戴維斯不屑一顧地說，警方的證據根本站不住腳，泰森的指紋在客廳桌子上並不稀奇。因為泰森是死者的家庭證券經紀人，他去那裡是理所當然的。就算他是去找諾瑪幽會，也不能說他就是兇手。因為你們是告被告殺人，並沒有告他通姦。戴維斯還說，那支德國手槍，也許是小偷在書房的抽屜裡偷東西時看到了它，並用這把槍行凶，事後把槍帶走了。如果你們有不同意見，那麼你們最好把槍拿出來。警方能拿出來嗎？死者到底是不是死於自己的那支槍，警方能確定嗎？

戴維斯說那張便條根本說明不了什麼，裡面的內容根本不確定是什麼意思，怎麼能拿來作犯罪的證據呢！從這張紙條上，任何人都看不出犯罪的跡象。倒是死者本人的疑心病越來越重，他為了監視諾瑪，在去歐洲時曾雇了一名偵探。諾瑪知道這事後，感到非常害怕，因為她怕偵探會報告她和泰森的婚外情，所以她想在她丈夫回家時到箭湖去。她在便條中所說的「重要的事」就是指這一點。

聽完這些後，陪審團宣布他倆無罪……

父親死後，留下了很多遺產。如果法庭能夠判定諾瑪他們兩個有罪，那她將沒有資格繼承我父親的財產，那筆錢就全是我的了。

父親給我留下比佛利山莊大廈一半的產權、他的一部分證券，以及別的一些財產，但我只是代為保管他大部分的錢，諾瑪擁有那些錢的利息。要想那些利息的錢都歸我，只有她被定罪或死亡。

我父親是一個精明的投資者，他賺了不少錢，但從不亂花錢。父親去世後留下了七百萬元，諾瑪很貪婪，但她也只得到一百萬元現金。但每年六百萬元的利息也是她的，這可是一筆很大的數目啊！

我父親在世時，曾資助我舉辦過幾次商業活動，但那幾次我都賠的血本無歸。所以，他雖然沒有把他的錢全部留給我，我也不該說些什麼。但那些錢應該屬於我，畢竟我是他的兒子！而他竟然不完全相信自己的兒子，反而更相信那個詭詐殘忍的諾瑪，這讓人無法接受。

諾瑪認識我父親是從一部電影開始的，那年我父親投資拍攝了一部低成本電影，她在影片裡擔任一個毫不起眼的角色。她是一個蹩腳的演員，但這次在審判她的法庭上，她卻有著很出色的演出。

諾瑪很有魅力，非常善於討好人。我父親在拍完那部電影之後，不久就跟諾瑪結婚了，那時我母親已經去世很多年了。過了一段時間，因為我父親非常固執，他的作品已經跟不上時代的潮流了，所以他不被新一代的電影界人士認可。甚至一些曾經對他讚不絕口的電影界巨頭，也開始與他斷絕合作。這件事讓我父親很受打擊，諾瑪也看出來了，此時父親的事業開始走下坡了。

諾瑪在公開場合對我父親仍然像開始一樣，她假裝崇拜他，天天說他是被遺忘的天才。她有時甚至會長時間地和他在一起，一起坐在他古老的大廈中，觀看他製作並導演的影片，那些都是他以前的作品。

那段時間，因為有了她，父親恢復了自信心。

但諾瑪和我父親結婚完全是因他的錢。父親身材高大，但長得並不好看，他有一對大招風耳朵，還是個禿頭，臉上經常是毫無表情。他還很古板、生硬。總而言之，他並不是個受女士歡迎的人。

他有時候也有好的一面，但這一面也因為事業不能繼續發展而慢慢消失了。

他是個剛愎自用的人，為了恢復過去的地位可以不惜一切代價；他也是個報復心很重的人，從來不會忘記在他事業低谷的時候看不起他的人。後來，他又拍了一部電影，準備以此恢復自己的地位，但電影完成之後，反應不佳，於是他再次被人遺忘。

他和諾瑪的婚姻生活也並不是一帆風順，雖然她一直討好他。

我父親知道諾瑪年齡比他小一半，知道自己並不屬於受女士歡迎的那種人，他為此非常嫉妒。嫉妒讓他開始懷疑，他花了大量的時間和金錢來驗證她有沒有出軌。

他曾在電話上裝了竊聽器，還曾雇了一個英俊的失業男演員，讓這個男演員去勾引她。有時候，他會對她說，我要出遠門，然後，突然折返回來。外出的時候，他會雇個偵探，也是為了監視她。但諾瑪很聰明，他所做的一切都沒能證實她是否不忠。他死前雇了一位私人偵探，這位偵探終於發現了她和泰森的約會。

但我父親還沒得到這個消息，就被殺死了。

我父親住的那棟大廈，一進去就感覺陰氣逼人，裡面充滿了濃濃的懷舊氣息。我在布蘭特伍德租了一間公寓，因為我不喜歡那棟大廈，更不想住進去。當那對姦夫淫婦殺害了我父親之後，我才搬進這棟大廈。我住進去的目的就是為了要找出證據，所以我準備把整棟大廈徹底搜查一遍。

父親怕僕人把主人的一言一行都傳出去，沒敢雇僕人。父親死後，我雇了僕人，但只讓他們白天幹活。

晚上，大廈裡只剩我一個人。我希望能找出一些證據，一些警察沒有找到的證據。

羅姆警官覺得我的想法很好笑，他說，他在查案時已經搜查了一遍，沒什麼遺漏的了，你還能找到什麼？我說試試看，他並沒有反對。

我想那把德國手槍上面一定有兇手的指紋，能找到它就好了。羅姆說，你純粹是浪費時間，那把手槍可能永遠也找不到了，誰會把兇器留在現場附近呢！

但我有一種非常強烈的預感，我預感那支手槍一定在屋裡。在我的預感裡，那把德國手槍正等著我去尋找，似乎就躺在某個黑暗、隱祕的角落。

我搜遍了整個大廈，所有可以藏東西的地方都查了個遍，但什麼也沒找到。我不禁想起羅姆說過，屋裡根本沒有那把槍。也許，他是對的。其他能證明諾瑪和泰森有罪的東西，我也沒能發現。

我在那裡住到審判快結束的時候，幾乎要發瘋了。在睡夢中，都在想著能證明他們有罪的證據。審判結束後他們逃脫了法律的懲罰，被無罪釋放。他們被釋放後得意的笑聲，時不時鑽進我的腦海。

黃昏的時候，我離開酒吧。在酒吧這一段時間，我想出了一個辦法，如果這個辦法我能成功的話，那麼我不但能報仇，還能得到錢。但這是一個極為危險的辦法，顧不了那麼多了，我必須孤注一擲。

那棟大廈坐落在山坡上，在落日的餘光下，它看起來和博物館一樣古老、死板。我到了屋前，看到屋裡竟然亮著燈。

我發現屋裡就諾瑪一個人，這令我很是驚訝。她坐在書桌後，正在看帳單和支票。她穿了一件緊身衣，這使她身體的各個部位看起來凹凸有致；她還化了妝，頭髮也被重新梳理過。她現在的樣子，與在法庭上判若兩人。

「諾瑪，歡迎回家。」我悄悄走進去說。

她吃驚地抬起頭，不過，她並沒有顯出驚慌的樣子。她在我眼中，一直都是一個有膽色的女人。我挖苦她說：「諾瑪，是不是在算你有多少錢了？」

她冷冷地道：「卡爾，我知道你會來，坐吧。」

「知道我會來這裡？」我就近找張椅子坐了下來。

「你不是就住在這裡嗎？難道你不回家嗎？」她諷刺地問。

「你不覺得我在這裡會妨礙你吧。」

「卡爾，你一定把我想得很壞，一定非常恨我。我覺得你和那些喜歡捕風捉影的記者沒什麼兩樣，都很自以為是。你也不想想，這麼多人都認定我無罪，這是為什麼？你就不能重新考慮一下自己的想法？」

我用右食指指著她的腦袋說：「還考慮什麼？我父親就是被你謀殺的！」

「一派胡言！」她繃著臉反駁說。

「是不是泰森舉著槍，你扣動的扳機？」

「卡爾，你不知道，我是愛你父親的。」諾瑪眼眶竟然有點潮濕了。

「諾瑪！你愛我父親！別騙自己了！你和我一樣，都不愛他。他從來都不考慮別人，眼中只有他自己。他是一個固執、愚蠢的家長，一個討厭的老古董，他就是自己團隊和家裡的希特勒。諾瑪，你竟然說你愛這樣的人！承認吧，我們都恨他！」

我想當諾瑪籌劃謀殺我父親時，她應該也想到了這些。這些謊言中有些話倒是很切合她的實際情況。她驚訝地喊道：「卡爾！你說的這些話讓我感到很震驚！你父親幫過你許多忙，你不覺得你說出這番話是忘恩負義嗎？」

「諾瑪，你不覺得你這麼說很虛偽嗎？」我像在逗她一樣，朝她眨眨眼。

她無力地微笑著，「也許，我是有點虛偽。」她承認說，「卡爾，不過我有一點從來沒有想到，那就是假如你真的不喜歡你父親，但在我面前，這些年來你沒說過一句批評他的話，你是怎麼掩飾得這樣好的？」

「諾瑪，首先我們是敵人，還是用競爭者比較合適。但這不妨礙我們互相坦白一次，就這一次。如果我在你面前說父親的壞話，你難道不和他說嗎？這樣的話，我不就沒戲唱了。是不是？」

諾瑪點著一支煙，舒服地往椅子上一靠。「隨你怎麼想吧。不過，我覺得你的性格具有兩面性甚至多面性。你痛恨你父親，也用不著仇視我啊？」

「諾瑪，你現在還沒明白嗎？說實話，我也不想仇恨你，但我喜歡那些理應屬於我的錢。如果陪審團判你們有罪就好了。」

「想不到，你這人還很殘酷，為達目的，不擇手段。」

「可惜的是，我沒能成功。」

「你父親被謀殺，你是不是很在乎呢？」

「我才不在乎呢，我只在乎錢。對我來說，錢就是一切。不過，我要告訴你，泰森太不小心、太笨了，他把事情辦得很糟糕。如果是我們兩個合作殺父親的話，會做得滴水不漏，根本不用上法庭。」

她面無表情地盯著我，一副讓我繼續說下去的樣子。

我繼續道：「不過，諾瑪，你還不算太笨。泰森要不是因為你請了戴維斯律師就完了，他完了的話，就會供出你，這樣你也就完了。不得不承認，戴維斯確實很棒！」

諾瑪不禁笑了起來，跟著我也笑了起來。

停了一會兒，我繼續道：「那個老傢伙真是個天才！他把辯護當成了藝術。一些有利於對方的證據，到了他那裡，就是廢紙一張，甚至能變成己方的證據。比如泰森把他的爪印留在了桌子上，你一定這樣想，他這次一定難逃一死。但是，戴維斯說，那張桌子上發現他的指紋很正常。如果泰森來做客時坐在桌子邊，把手放在桌子上，這很正常啊。要不是這個老律師，還不知道會怎麼樣？」我嘆了口氣又道，「但泰森這傢伙為什麼不戴手套呢？真是笨得要死！」

「他還沒有蠢到這個地步，那天他是戴著手套的！」諾瑪反駁道，「但他最後因為某種原因——」

我挖苦她道：「諾瑪，真該謝謝你啊！」轉而向她怒吼著說，「我想知道你們到底是怎麼殺了我父親！」說話的時候，我兩眼瞪視著向她走去，恨不得一下幹掉她。

她迅速拉開身邊的抽屜，從裡面掏出一支德國手槍對著我：「卡爾，知道你會來，我都準備好了。」

我瞪大眼，驚奇地看著那支槍道：「父親的手槍！」

「事發後，這把槍成了問題，泰森也不敢帶著它離開。如果他身上帶著槍，萬一他被抓了，那我們就完蛋了。他不得已只好把槍藏在了屋裡。」

「藏在屋裡？什麼地方？我對這裡這麼熟悉，怎麼沒有找到呢？」

「冰箱你找過嗎？」

「雖然你們兩個不是職業殺手，不過，能想到這個主意也還算聰明。假如羅姆知道這個情況，不知道他會怎麼樣。」

她舉著槍對我道：「你是不是想把這事告訴他，然後，讓他來抓我？」她對我嘲諷著說，「但他是抓不到我的。」

「不錯，他現在也許真的不能抓你，因為對同一個案件不能再次起訴。那麼，你現在準備怎麼辦呢？開槍殺了我？」

「卡爾，我不會殺你的，這麼做太冒險了。不過，你最好別惹我。我們還是可以談談生意的，我願意出高價收購你大廈中的持有部分。」

「關於這事，我要想一下才能做出決定。我希望你現在把手槍給我，不然的話，我就可能硬奪，也許爭奪時不小心會傷到你漂亮的臉蛋。」

她雖然有些猶豫，但還是把槍給了我。

出乎我的意料，我的計畫進行得異常順利。我早晨告訴諾瑪，我不想再看到她。然後，我把自己的東西收拾了一下，又搬回布蘭特伍德。我花了幾天的時間制訂了一個詳細的計畫。然後，給她打了個電話。

「諾瑪，我已經考慮好了，賣掉大廈中我的持分。只是你能不能按照承諾的那樣，高價收購它呢？這點錢你還是有的。」

「現在，沒人會買這種古老的房子，其實這座大廈沒什麼用處。我咨詢過相關人士，他們說這房子大概值七萬五。這樣算的話，你的股份還沒有五萬，不過，我願意出五萬。」

「這房子現在是不好賣了，但你別忘了，房子周圍還有將近一英畝的地，如果房子和地一起賣的話，價錢不會低的。所以，你要真想買的話，就該出十萬。」

「十萬？」

「是的，要現金支付。」其實我並不需要現金，但這有其他的原因。

「你不覺得這個要求很荒唐嗎？為什麼一定要現金？」

「別說這麼多了，明晚八點我來拿錢，你現在最好趕快去銀行。讓泰森也來吧，他還可以作個見證人，讓他帶一份出讓證書，到時候我會簽字的。」

「卡爾，你在指揮——」

「是的，我是在指揮你。所以，不要打斷我，我還沒說完呢。你要讓泰森帶一份我父親所有證券的清單，還要估好這些證券的當日價格。還有大廈其他物品的稅後清單，你也要給我一份。」

「你覺得我會這麼做嘛！你這是在訛詐，這些跟你沒有什麼關係。就算你現在把我們殺你父親的事說出來，我也不會在乎了。已經太慢了，現在誰也奈何不了我們。」

「是的，殺人的事已經過去，在這件事上，沒人可以起訴你。但如果你犯了別的法呢，難道他們不能以另一樁罪行起訴你嗎？你和泰森在法庭上作了偽證，你們說那支槍不見了，現在槍在我手上，他們可以因此判你兩年徒刑。你放心，他們一定會這麼做的，這點我可以保證。」

「好，我按你說的做。不過，你別以為我是怕你，如果你這麼想的話，我寧願進監獄。我相信戴維斯律師，他很容易就能證明那種偽證指控是站不住腳的，所以你說我在作偽證根本不可信。」

我知道她說得對，只好對她道：「諾瑪，別多心。我的目的只是那十萬元現金。」

——我在兩天前離開大廈去布蘭特伍德時，遇見了戴維斯。在大廈的台階上我們碰面了，他是來這裡找諾瑪的。他看到我，停了下來，跟我打了招呼。

「小夥子，現在你一定對我很不滿，但我也只是在掙錢養活自己。」他說話帶著南方口音，眼角佈滿了親切的皺紋，不過，他身材很高大，看起來熱情洋溢，很像個舊式的南方貴族。其實我心裡並不憎恨他，我知道那只是他的工作，他只是在這行很優秀而已。

當時我對他說：「雖然上次的案件你傷害了我，但我還是認為，你也許是當今世界上最傑出的辯護律師。」

諾瑪打斷了我的回憶：「我和泰森已經決定這段時間不見面，我怕我和他的事被曝光，所以，我不想讓他過來。」

「你們倆的感情真是讓人感動，但泰森一定要在場，這點絕對不能改。你要是怕被曝光，就讓他天黑以後悄悄過來，還要讓他管好自己的嘴巴。」

「可以。」

「別忘了和泰森說，讓他別遲到一分鐘，最好是準時到達。」說完，我掛斷電話。

第二天晚上，六點四十五分，我站在一個小電影院的售票間，和一個叫多麗的售票員聊天。之所以來這家電影院，是我父親的緣故，他在死前幾個月買了這家電影院的股份。所以，這裡的工作人員我認識，關鍵的是，他們認識我。

七點的時候，雙場電影開始了。其實這兩部電影我已經看過，我還知道，這兩部電影要是放完的話，大概得三小時五十六分。

在電影院的走廊上，我看到了經理墨茨，他正和一個漂亮姑娘調情。

我過去和他聊了一小會兒，然後，我走進放映廳。我找了個位子坐了下來，那個位子在緊急出口旁邊。售票員在開場前偶爾會引導觀眾入座，但大部分時間售票員都在門外。

離八點還差十五分，我看了看四周的情況，我看到坐在中央的一小部分觀眾正在專心地看電影。放映室裡沒看到工作人員。

從緊急出口，我悄悄地溜了出去。出門時，我掏出一張卡片插進門縫，這樣做是為了防止門自動關上，因為我還要從這裡回來。

我到大廈的時候，注意到諾瑪和泰森已經在客廳裡了。諾瑪很沈靜，泰森顯然很不安，看到我時，泰森很緊張。

在出讓證書上，我簽了字，作為證人，泰森也簽了字。諾瑪遞給我一個手提袋，裡面裝滿了錢。我並沒有點數目對不對。

他們把一份證券清單和一些統計單據給了我，我大致看了一下，把它們裝進了上衣口袋。其實我自己也能搞到這些東西，我是故意讓他們倆這麼做的。這樣的話，他們就想不出我的真實用意是什麼了。

「作為對你們辛勤勞動的回報，現在，我要給你們一樣東西。」

我從我帶來的一個盒子裡拿出那把德國手槍，我托著手槍對諾瑪道：「諾瑪，你一定很想要這把槍，現在就給你吧！」

「你能這麼做，我很高興！」她站起身，微笑著說道。

「諾瑪，雖然你有點邪惡，但你微笑的時候真是迷人。」

說話的時候我掉轉槍口，扣動扳機，朝微笑著向我走來的她連開了三槍。她被子彈打中，向後倒在地上。

緊接著，我把槍口對準了泰森。他立刻瞪大了眼睛，嚇得全身發抖。

「泰森，看看諾瑪現在的樣子，你不會想和她一樣吧？」

他飛快瞥了一眼地下的屍體，恐懼地連話也不知道怎麼說了，只是對著我拼命地搖頭，意思是說，他不想死。

「泰森，現在我怎麼說你就怎麼做，不然你就得死。」

「你讓我幹什麼都行，求求你別殺我。」他嗚咽著哀求道。

「諾瑪才是殺害我父親的真正兇手，她只是利用你而已，你只是她的工具。是不是？」

「是的。我知道她一直利用我，但我無法抗拒她，我自己都不知道自己在幹什麼。」

「聽好了，現在我給你一次活命的機會。你要寫一張便條，在上面寫上你和諾瑪殺了我父親。然後，你帶著這十萬元盡快離開這裡。如果沒被抓住，就算你運氣好；假如你被抓住的話，你就完蛋了。也許你會在法庭上指證我殺了諾瑪，但那沒用，你寫的便條首先證明你有罪。不過，對你來說，這可是一次生存的機會。是不是啊？」

他使勁地點頭道：「是的。」

我舉著槍，槍口離他的太陽穴只有一英寸。我命令他打開課桌的抽屜，讓他從我父親的文具用品裡拿出一支筆。

我用槍頂著他的腦袋說：「照我說的寫，一個字都不能漏。你就這樣寫——諾瑪逼我殺了魯道夫・科魯格，為了懲罰她，我不得已殺了她。她有一種我無法抵抗的奇怪力量，用這種力量她一直控制著我，要我去殺人。我要結束這一切——我殺了她。」

「雖然這個便條看起來有些奇怪，不過，正好對上了現在的情況。假如你很不幸運被抓住的話，我想，你可以說你精神有毛病。現在，把你的大名簽上！」我說道。

他簽好名字後，我立刻扣動扳機，對著他的太陽穴就是一槍。我把手槍處理乾淨，並在槍上留下了他的指紋。然後，我用布包著手，拿起手槍放到他的右手裡。

我拿著十萬元的手提包、出讓證書和裝手槍的盒子走出大門，上了車，迅速離開了。這期間沒人知道我離開。回到電影院的座位上，電影很快放完了。我出去的時候和墨茨又聊了一小會兒，和他談了對剛剛放映的電影的看法，他對我父親的死，還勸我不要傷心。

不久，我就離開電影院。臨走時我還笑著拍了拍多麗的肩膀。

我這麼做，都是為了證明我有不在場的證據。但我覺得自己好像多慮了，因為案發後直到現在竟然沒人懷疑我，我不禁陶醉在勝利的喜悅中。

幾天後，羅姆警官給我打了一個電話。

「你錯了。」警官在電話中說。

「我不明白你是什麼意思？」心想難道事情被發現了，我手腳開始變得冰冷起來。

「你曾說過，在你父親的房間裡沒有發現重要的證據。但你錯了，房間裡有證據。如果你當時找到這個證據的話，陪審團一定會判他們倆有罪。不過，現在這些已經不重要了。科魯格先生，我認為你對這個證據一定非常感興趣。」

「警官先生，不知道是什麼證據？」

「科魯格先生，你還是親自來看看吧，在電話裡說不方便。如果有時間的話，你過來一下？」

「好的。」

誰沒事都不想來警察局，但我還是來了。

羅姆從我一進來就笑容滿面，一副樂不可支的樣子。他帶我來到一間審訊室，屋子裡只有幾張椅子和一張桌子。窗簾是關起來的，這讓屋裡的燈光顯得非常耀眼。

一位身穿制服的警察站在桌子邊，桌上有一個黑色箱子。屋裡還有一個人，是我以前見過的一位刑偵科的警官，他叫斯坦·伯里。

他們看著我，都很高興的樣子。過了一會兒，羅姆終於控制住，不笑了。他開始問有關我父親的一些問題，問我父親是什麼職業，以及怎麼發展的。我說我父親是從剪接師做起，慢慢地當上了攝影師、導演，就這樣，他慢慢成了一個製片人。

「你父親非常嫉妒你繼母，你知不知道這一點？」

「是的，我知道。」

「那你一定也知道，他一直在調查她？」

「是的。」

「我實話告訴你吧，你父親被殺的過程，已經被拍了下來。」

「不會吧，有這種事！」

「從客廳的牆上，我們昨天挖出一顆子彈來，挖牆的時候，竟然發現牆裡面藏著一些攝影機，它們被隱藏得非常巧妙。你父親為了買這一套設備一定花了不少錢。攝影機系統是聲控的，房間裡只要有超過一定分貝的聲音，它就會自動啟動，進入工作狀態。如果三分鐘內沒有聲音的話，系統就會自動關閉，停止工作。屋裡到處都被他安裝了聲控攝影機，它們是連結在一起的，假如一個攝影機的膠卷用完了，那另一個攝影機就會接著工作，就這樣一台接著一台……那天，他剛從歐洲回來，還沒有來得及關掉攝影機，就被害了。泰森殺他的場景，全部被正在運轉的攝影機拍了下來。奈特，放膠卷讓這位先生看看！科魯格先生，一定還是想親自看看吧。」

我回過頭來，看到一台裝好膠卷的放映機。

伯里警官拉開銀幕後迅速關掉電燈。然後，機器開始轉動，銀幕上出現了畫面。

畫面上諾瑪和泰森站在一個客廳裡，這讓我很迷惑。他們似乎很不安，看上去像是在等待什麼人。然後，我竟然聽到了自己的名字，接著我看到畫面中的我向他們兩人走去。

羅姆警官怒聲喊道：「奈特，你他媽放錯膠卷了！科魯格先生，要不我們就先看這一卷好了？」

我腦袋裡一片空白，好像沒聽見他的話似的。我覺得，他的聲音好像是從遙遠的隧道傳來的。我看到畫面裡的自己手中托著那把德國手槍，對著諾瑪道：「你一定很想要這把槍，現在就給你吧！……諾瑪，雖然你有點邪惡，但你微笑的時候真是迷人。」

我還看到我用手槍殺了諾瑪，諾瑪倒在地上。這時，審問室的電燈不知被誰打開了，我感到自己緊張得無法呼吸。

「科魯格先生，不知道你對剛剛放的影片怎麼看？」過了一會兒，羅姆的聲音響起來。

「你一定想讓我說什麼吧？但在我的律師未來之前，我什麼都不會說，現在我需要打電話找一位律師。」

「律師！」羅姆嘲笑著說，「你們聽聽，他還要請一位律師！科魯格先生，還是別花那冤枉錢了。這樣的證據足以判你死刑，這樣的話，你還要律師幹嗎？承認有罪，向法官求情去吧。不過，我想法官也無能為力。像你這樣的案子，也許只有上帝能救你。」

「警官，你錯了，上帝也救不了我。不過，我可以打電話請麥克斯韋爾．戴維斯大律師為我辯護啊，也許我的運氣還真的不錯呢！」

無辜的寡婦

蜜莉扳動了她拿在右手中的槍。

西的驚訝永遠定格在臉上了。

他倒下了，倒在了她腳下，就這麼死了。

「活見鬼了！」蜜莉輕聲說道。

老天對她確實很不公平，就在剛才，她又失去了一位丈夫。自始至終，她根本就不想要那把該死的的槍。她曾經強烈抗議西給她那把槍。西是她的丈夫，其實他叫西蒙，但他喜歡別人管他叫西。當然，她的抗議沒有奏效。西一直堅持他的意見，要求她必須學會射擊。在她這麼多的丈夫裡，西是最固執、最喜歡發號施令的一個。西的決心已定。看來這下子蜜莉必須要去學習怎樣專業地使用槍支了。西由於工作的原因，他出差的時間變得一次比一次長，所以他的妻子蜜莉森特——簡稱蜜莉，一個人待在家裡很不安全。她必須要學會保護自己，也就是說，她要學會使用槍支，能夠用槍射擊一個不速之客。

可問題是，蜜莉對於槍支根本就不感興趣。不管它們是叫左輪還是叫手槍，這似乎跟她沒有什麼關係，對於槍，她甚至有一種近乎病態的恐懼。因為不願意和一支槍一起待在家裡，她要求西在出差時帶上她，如此一來，她就能夠隨時隨地地得到西的保護，而不是心驚膽戰地守著一支破槍。可西壓根兒就沒有動過這樣的念頭。他不想讓蜜莉放棄安穩的家居生活而和他一起居無定所，四處漂泊。

終於，西不顧蜜莉的極力反對，買回來了一支槍，並且開始給她示範，教她使用。

「親愛的，你看，就這麼簡單，」他說道，「就像我這樣，拉開保險。」他以相當標準的姿勢給蜜莉做了一個優美的示範。接著，他把槍遞給了蜜莉，要求她重複一遍自己的動作。可蜜莉就那麼輕輕一碰，槍就開火了。

蜜莉的另一任丈夫——可憐的阿奇博德，人們叫他阿克，他喜歡人們這麼叫他，他的死亡也同樣突然。他非常喜歡水。就像蜜莉的叔叔亞當說的那樣，也許，阿克出生的時候，身上帶著魚鰭，哦，不，也許是魚鰓？總之，他對水的喜愛達到了近乎瘋狂的程度。

可蜜莉怕水。有一些東西會讓她害怕。閃電嚇不著她，她也會覺得老鼠是可愛的。甚至，她還特別喜歡蛇。可她不喜歡水。準確地說，她不喜歡面積很大的水。在小小的游泳池裡游泳，她覺得還是相當愜意的。假如現在還是沒有飛機的年代，蜜莉肯定不會去美國以外的地方。阿克喜歡水，而蜜莉也從不反對他在閒暇時間，長時間地待在湖邊。她只有一點請求：允許她坐在岸邊，看他划船。那樣的話，她會一邊觀看，一邊不時地向他揮手致意。

可阿克並不滿足。他想幫助蜜莉克服對水的恐懼。他告訴蜜莉，如果她不下水陪他一起划船，就說明蜜莉並不愛他。話都說到了這個份上，蜜莉還能拿他怎麼辦呢？

於是，蜜莉心驚膽戰地爬上了船。儘管如此，當他們離開碼頭時，蜜莉還是一再懇求阿克送她回去。當時，她簡直快要被嚇瘋了。阿克見到她這副樣子，不由得哈哈大笑起來。而她，實在忍受不了那強烈的恐懼，那恐懼壓得她只想跳進湖裡淹死自己，以尋求解脫。她站了起來，阿克也站了起來，想要伸手扶她，可她卻把阿克推了下去。

只聽「撲通」一聲水響，船上只剩下了她一個人。「救命啊！」她大叫起來。附近的人們聽到了叫喊聲，都把船划了過來。得知情況之後，他們潛水下去救人，並且還叫來了一些幫手。

可這一切都於事無補。經過了四個小時的尋找，他們找到的已經是阿克的屍體。

喬納森是另一個不幸的人。如果蜜莉的記憶力還算可靠的話，他應該是阿克死後，她嫁的下一任丈夫。喬納森喜歡別人叫他喬。他對蜜莉的母親很有意見，因為他的岳母總是把他的名字叫錯，總是喚他為約翰，他總是想不通，一個其他方面都令他十分滿意的岳母，為什麼要執意叫他約翰而不是喬。可憐的傢伙，這個問題不會困擾他太久的。

喬非常喜歡野餐，而且是很有原始風格的那種。當然，蜜莉也不討厭。想像一下，在野外，面對一張折疊桌、一個小帳篷、許多椅墊、銀餐具、餐巾紙、美味的雞胸肉、火腿，再加上充足的冰鎮香檳，誰會不為此心動？每每想起這個，她總是對這種活動充滿了嚮往。

但喬在野餐時，喜歡取材於自然。他一直認為，只有自己在野外採摘食物，那才能稱得上是真正的野餐。因為野外就餐，通常是可以大顯身手的時候。

最後一次野餐，喬負責釣魚，他讓蜜莉去採集蘑菇和野草莓。可蜜莉並不知道怎樣挑選蘑菇。因此，喬非常詳細地給她講了哪種類型的蘑菇能吃，哪種類型的蘑菇有毒。她完全按照喬給她說的辦法去採摘蘑菇。可那天，她沒有戴眼鏡。因為，喬不喜歡她戴眼鏡的樣子。在喬的眼裡，她佩戴眼鏡只是為了趕時髦，追求時尚，認為她的眼鏡只是一個可有可無的裝飾。所以，在沒戴眼鏡的情況下，她竭盡所能地去採摘蘑菇和野草莓。

喬回來了，跟她炫耀著自己釣到的魚。接著，他們對著瓶子喝波旁威士忌，那是他們的開胃酒。酒喝得一滴都沒剩下，兩個人都有些醉了，開始像小孩子一樣歡欣雀躍、不斷傻笑起來。沒過一會兒，他們折騰得飢腸轆轆，於是，就從四處蒐集樹枝，用來生火做飯。他們把魚埋在灰堆裡。蜜莉不喜歡生吃蔬菜，所以她就拿一些野草莓來充飢。而喬就一邊烤著魚、一邊吃著蘑菇。

蜜莉採摘的蘑菇中大部分都是好的，只有少數是有毒的。而僅僅這些，足夠結束喬那脆弱的生命了，蜜莉確信這個。

接下來是潘——其實是潘勒頓的簡稱。一回想起，發生在他身上的事，蜜莉真想把眼珠給哭出來。當時，要是潘往旁邊站一點，哪怕是一點點，不管是前後左右的哪一個方位，只要他挪動一英寸也不到的距離，那個半身像也不會砸到他的頭骨。

潘一直夢想著成為一名室內設計師，但是，他的父親很反對他從事這個行業，所以，後來，他成為了一家銀行的職員。和蜜莉結婚後，蜜莉從不干涉他的興趣。於是，他埋沒了很久的房屋設計天分，就得到了極大的發揮。特別是在大廳裡，那裡簡直成了他施展才華的天堂。按攝政時期的風格裝修完工以後，他又想把它換成維多利亞或現代風格。緊接著他又開始了新的裝修計畫。這是規模最大的一次計畫，他準備把大廳按古典風格裝飾，並把這一主題順著樓梯延伸到樓上，甚至包括樓梯的平台。在平台上，他準備放置六個古羅馬將軍的半身像，目的是能與樓下那六個立像遙相呼應。設計草圖完成後，他拿來給蜜莉過目，那些人像看起來很莊嚴，但也冷冰冰的。很短時間，潘的計畫付諸實踐了。家裡來了許多搬運工，他們按照潘的要求，把他需要的像山一樣重的半身像扛到家裡。

可是，慘劇很快就發生了。那是在裝修完工不久的一個晚上，一個對於潘而言，倒楣至極的晚上。那晚，蜜莉正要上樓，而潘剛好站在樓下。他叫住蜜莉，說他希望看見她穿上那件藍色的睡袍。蜜莉俯身給他一個飛吻回應他，就在這時，不知怎麼回事，她竟然碰翻了凱撒的半身像！

事情發生以後，她父母依然一如既往地站在蜜莉一邊。但當她母親聽完事情的來龍去脈後，她很巧妙地提到了一件很讓人尷尬的事。

「蜜莉，親愛的女兒，」她母親說道，「我非常不願意提起這件事，也不想讓你認為我太冷漠，一想起要跟你說的事情，我的心都快碎了。但是，我們家的墓地裡已經沒有潘的地方了。親愛的，你瞧，你叔叔亞當和嬸嬸貝絲、你爺爺、你父親和我，當然，還有你，以後都要葬在那裡。儘管我們一直非常樂意接納你的丈夫們，但現在，我們確實已經沒有地方可以容納潘了。」

因此，到最後一刻，蜜莉還在為買墓地的事情而四下奔走，可是她只找到一塊墓地，而且那塊墓地距離河對岸很遠。潘的葬禮過後，她的心裡非常難過，因為她不得不把潘一個人孤零零地留在那麼遠的地方。不過，等不了多久就會有人去和潘做伴了。

他叫艾爾——全名是艾羅西斯，又是一個特別固執的人。像喬堅持要在野餐時自己採集食物一樣，他堅持要蜜莉學習打壘球。

艾爾非常喜歡體育運動，而蜜莉則不然。但是，如果只是要求她靜靜地坐在陰涼的場地裡觀看網球比賽，那麼她當然也不會介意。在她上高中和大學時期，她曾經觀看過不少的足球比賽，其中還有兩次，她贏得了「賽場女皇」稱號。可她並不擅長參加那些體育運動。她的手腳很容易磨出趼子，而且還經常抽筋，更何況她還是一個近視眼。她近視的程度相當高，球都快要打到她臉上了，她才能看清楚。為此，她跟艾爾解釋了許多次，可艾爾就是不聽。他全然不顧蜜莉地反對，執意去俱樂部報了名，準備參加那裡舉行的夫妻壘球比賽。

於是，蜜莉就無可奈何地去了俱樂部。在壘球場地上，蜜莉舉著球棒站在那裡，整個人看起來，像極了一條出水的美人魚。艾爾就站在她身後，鼓勵道：「來吧，擊球，親愛的。狠狠把球打出去！」

她聽從了艾爾的建議，用盡全力揮起球棒。由於動作幅度過大，她來不及收手了。球棒脫手不偏不倚地飛向了艾爾。艾爾當即倒地死亡。

雖然，不幸再一次降臨到了蜜莉的頭上，可不幸中的萬幸是：蜜莉沒有打中負責接球的穆爾，或者其他的什麼人。原本是穆爾站在那兒的，因為輪到了蜜莉擊球，艾爾要求和他調換了位置。可以設想一下，假如當時負責接球的仍然是穆爾，如果蜜莉失手殺死的是他，那麼，他的妻子——瑪麗一定會跟蜜莉拼命的！

那真是一次可怕的事故。蜜莉只是為了博取艾爾的歡心，可她使勁揮棒打出去的竟然是球棒而不是球！於是，那塊新的墳地裡，潘不會再孤單了，有艾爾陪著他。

可男人們似乎並沒有被嚇倒，至少到了目前，一直是這樣。關於這個，蜜莉的爺爺曾在她耳邊呢喃過，他說，男人們之所以像蒼蠅圍著蜜糖一樣追逐蜜莉，是因為他們看上了蜜莉的錢。當然，爺爺這麼看待他們，似乎有些苛刻。雖然蜜莉的前幾任丈夫確實不太富有，可他們都很優秀，都有體面的工作，而且對蜜莉也都很好。相反，倒是他們給蜜莉帶來了一些財富。因為在婚前，他父親要求這些男人們都必須持有人身保險。有了這種保險，意外死亡後，受益人會獲得雙倍的賠償。而且，因保險賠償而得來的錢，是不需要繳納遺產稅的。如果硬要說她的丈夫娶她是為了尋寶的話，那麼，到最後，真正得到寶物的人卻是蜜莉。

蜜莉的下一任丈夫是迦，真名叫博瑞迦。

迦是蜜莉見過的最為和藹的一個人。迦的眼睛總是充滿了光彩，使他整個人看起來容光煥發。雖然他們在一起生活的時間並不是很長，可蜜莉知道這些。迦對杜松子酒有些敏感，他喝蘇格蘭威士忌、波旁或伏特加時，都還能保持清醒，可是，他一旦喝下了杜松子酒，就控制不住自己了。蜜莉發現這一點後，從不會特意買杜松子酒，除非，她要舉行一個大型聚會，有人專門叮囑她要那種酒。

有一個下午，亞當叔叔過來看他們，帶的就是杜松子酒。他說，酒是世界上最文明的飲料。可自從蜜莉和迦結婚後，他在他們家裡再沒有見過杜松子酒，所以他特意帶來這個。蜜莉按照他喜歡的口味給他調製著雞尾酒，他在一旁讚賞地看著。亞當叔叔算得上是蜜莉最喜歡的親戚了，所以他的來訪，蜜莉總覺得很短暫。當亞當臨走的時候，蜜莉請求他把杜松子酒帶走，可他堅持把酒留下了。

於是，蜜莉把叔叔送出門並跟他道別，可就在這時候，迦下班回來了。亞當叔叔前腳離開，迦後腳就開始拿起酒，美美地大喝起來。

見狀，蜜莉只好用食物來分散一下他的注意力，她趕緊跑到廚房，吩咐傭人們早些開飯。可她的主意似乎成效不大，迦每吃一盎司牛肉，就得灌下兩盎司的酒。

酒後，迦的眼神異常燦爛奪目。

蜜莉還穿著外出的衣服。現在，她在等著吃甜點，這種甜點，是按照貝絲嬸子說的方法製作的蘋果派。等一會兒吃完這個，她打算去看晚間新聞。

可看看迦的那副樣子，她的計畫恐怕只能作罷。

新婚之夜以來，除了上回大喝杜松子酒，迦的情緒再沒有如此高漲過。他壓根兒沒看蜜莉面前的那份蘋果派。蜜莉吃完自己那份的一半後，要求迦坐下來，停止胡鬧，否則，她就會把迦的那份也一同吃掉。顯然此刻的迦，已經顧不上去在意這個了。他又往杯子裡倒了些酒，然後快步走向樓上的起居室。他大聲叫嚷著讓蜜莉跟他一起上去，因為他想在陽台上看月亮。

蜜莉迅速抓起迦的那份蘋果派，三兩下子就把它解決了吃完，接著，她來到樓上。陽台上，正站著的迦，他手舞足蹈地指著天上的月亮。杯子裡的酒，隨著他搖搖晃晃的姿勢灑了出去，灑在了院子裡的馬鞭草上。迦有些惱怒地抱怨了兩句，就抓著酒杯衝到樓下。

茂密的葡萄藤遮住了一部分的陽台，而蜜莉恰好站在陽台的陰影底下。她轉過身看著迦走回起居室。迦手裡拎著那個快要空了的酒瓶。他一邊走，一邊自斟自飲。可能覺得不太過癮，他索性對著酒瓶子仰臉往嘴裡灌。接著，他興奮地大叫了一聲，隨即把空瓶子從敞著的門裡扔了出去。瓶子劃著弧線飛過蜜莉的頭頂。她的眼睛追隨著瓶子的軌跡，靜等著瓶子撞擊石頭路面的聲音。可她只聽見了「砰」的一聲悶響。瓶子被灌木和馬鞭草接住了。

「我的姑娘哪兒去了？我親愛的姑娘在哪兒呢？」迦輕柔地問道。

那聲音聽起來那麼甜蜜、那麼哀婉動人。亞當叔叔留下酒，有什麼錯呢？也許今天的工作不太順利，迦需要放鬆一下。唉，忙碌了一天，稍稍放肆一下也沒有什麼大不了的。在家裡，妻子應該給予丈夫愛護和鼓勵。有時候，甚至需要你對他們完全順從。

蜜莉「咯咯」地笑了，回答他說：「我在這兒呢，可你肯定找不到我。」

知道迦肯定找不到她，所以她從陰影裡跳了出來，故意來挑逗他。

他正準備抓住她，可她又跳到陽台的另一邊去了。迦從她身後撲了上來，可不知道是怎麼回事，他撞斷了細細的鐵欄杆。

老天對待迦並不像對待那個酒瓶那樣慈悲。迦一頭栽在了院子裡的小路上。無論是灌木叢，還是馬鞭草，都沒有從中途攔住他。

就像這樣，蜜莉的生活一如既往地繼續著，可跟她結了婚的男人們，卻接二連三地都沒了命。她有些婚姻，很短暫，僅僅持續了幾個月。

她和阿德博特一起生活了一年。當然，人們叫他博特，也是因為他喜歡別人這麼叫他。像以前的每次婚姻一樣，她希望這一次的婚姻能持續下去，直到永遠。要是博特沒吃那些藥片的話，那他，現在應該還在她的身邊，陪著她吧。

博特和迦一樣，是一個十足的傻瓜。哦，不對，不是迦。迦很欣賞她戴著眼鏡的樣子，而博特和她的另外一個丈夫——名字她一時記不得了，卻很反感她戴眼鏡，哪怕是她不戴眼鏡，幾乎什麼也看不清楚。博特的要求實在是有些不近人情。他認為蜜莉必須是完美的，他不允許她用眼鏡在自己那張可愛的臉上增加瑕疵。於是，她就像所有癡心的妻子一樣，盡力地去討好自己的丈夫。儘管她認為，博特不讓她在自己面前戴眼鏡，是件很可笑的事情，但是，她依然按照他的意願那樣去做了。她從報上得知，有一半的美國人都在戴眼鏡，可為什麼她就不能呢？

也許可以這麼說——在博特身上的事情，完全是他自找的。

哦，不，這樣說的話，似乎有些太冷酷無情。

可是，博特把他自己的病情看得太過嚴重了。這不是有意去推脫什麼，這是個事實。所有的人都這麼認為，包括他母親和蜜莉的母親。

首先，他在年紀輕輕的時候得了心臟病，就是一件令人費解的事情。很少有人會在26歲時，就會犯這麼嚴重的心臟病。出醫院的加護病房以後，博特就回到家裡休息療養。蜜莉負責照顧他。在他康復的這段時間，他任性得就像是一個被寵壞的孩子，也許只能用這個字眼來形容他了，因為這個確實很貼切。蜜莉在他的強烈要求下，沒日沒夜地守在他身邊，幾乎可以說是寸步不離。

那是一個傍晚，累得筋疲力盡的蜜莉，趴在他床邊睡著了。他推醒了蜜莉，嚷著說吃藥的時間到了。當時，蜜莉當然沒戴眼鏡——這是他要求的，就在抽屜裡摸索起來。她拿了最外面的藥盒子給他，可那種藥恰恰是他不該吃的。

蜜莉回憶說，事發後，醫生根本就不知道是怎麼回事，他還安慰她，讓她不要太傷心了，因為像博特這種情況，突然猝死是很正常的。

在博特死後的一些日子裡，蜜莉終於有一些時間，可以來思考發生在她和她幾任丈夫之間的事情。

有一點，她必須得承認，那就是，她把他們都搞混了，儘管她確實費了很大力氣，想把他們區分開來。她以迦的名義給了麻省理工捐了一大筆錢，可過了很久，她才想起上麻省理工的是博特。麻省理工對於此事，當然不會介意，他們收下了捐款，並回寄了一封措辭含混的感謝信。還有一次，她為了紀念喬的生日，捐給動物保護協會一筆錢，可後來，她才回想起來，對於動物，喬並不感興趣，而那個真正的動物愛好者應該是阿克。在她和阿克的短暫婚姻生活裡，他們飼養動物的種類之多和數量之大，完全可以開一個市級的動物園。還有，那天也不是喬的生日，而是阿克的。

有時她會懷念和西做愛的銷魂滋味，可她必須得糾正自己，因為事實上那個人是潘。她會回憶和迦去巴黎遊覽的情景，而事後，她不得不承認，她只和阿克一起去過那裡。她還會想念和喬在威尼斯度過的美好時光，但實際上跟她一起在聖馬可廣場餵鴿子的還是阿克。

不過這些，也沒有什麼大不了的。雖然，她已經記不清，到底和誰一起經歷過什麼，可她依然很尊重他們。她懷念他們每一個人。她也不想結這麼多次婚的。在她年紀還小的時候，在她剛剛知道丈夫和婚禮含義的時候，她甚至就夢想著，能有一天，她和她的另一半來慶祝金婚紀念日。

可生活並不像她想像的那樣。

過不了幾年，蜜莉就三十歲了，而她已經有過好幾段婚姻了。

她掰著手指頭，開始數著：左手大拇指是博特，食指是喬，中指是阿克，無名指是迦，小拇指是西，對，還有潘，她伸出了右手大拇指。

六個！也許順序還不太對。天哪！六個丈夫！想想都讓人頭大！

等一下。六個丈夫？哦，不，剛才忘了算上艾爾。她怎麼會把艾爾給忘了呢？艾爾曾經可是她最喜歡的丈夫之一。

艾爾——右手食指。

是的，應該是七個。

這七個人，曾經都是和她最親密的人。她都管他們叫「親愛的」。現在，她也只能這麼去形容他們。曾幾何時，她是世界上最幸福的女人。而同時，也是最倒楣的。

結了七次婚，到現在，她又成了寡婦。接下來，可怎麼辦？

婚姻在她這裡，恐怕已經走到盡頭。她很明白這一點。就算非常浪漫的男人，也不敢輕易接近她了。每一個知道她歷史的男人，在想接近她之前，都會再認真地思量一番的。儘管她很迷人，如同爺爺說的——她就像蜜糖一樣，很吸引人，可也許，糖裡面有毒？

這個時候，她真希望能有個人，陪她聊聊，聽她訴說一下自己的疑問和煩惱，哪怕是聽她抱怨心中的不安也好！可是，隨著她一次次的結婚，又一次次地變成了寡婦，不管是她的家人還是朋友，都開始有意地在她面前迴避這個問題。大概，他們以為提起這些事情會讓她難堪，會顯得很不禮貌。他們一個個都只顧自己的圓滑世故，都自詡極富愛心和寬容。但是，他們卻忽略了一個最迫切、最嚴重的問題，那就是，她需要發泄！需要傾訴！需要跟一個人痛快淋漓地訴說一下，堆積在她心裡太久的積怨。

一陣長長的門鈴聲響了起來，她的自怨自艾被打斷了。

一個個子很高、相貌英俊的男人來訪。這個人看起來已經上了歲數，至少也有四十歲了吧。她歷任丈夫的年紀，都跟她相差不多。那麼，來人找她，肯定與婚姻無關。

「雷蒙德夫人？」

蜜莉愣住了，也許他走錯了？

「雷蒙德夫人嗎？」他再次問道。

「雷蒙德夫人？」他鍥而不舍，堅持地問道。

這一次，蜜莉弄明白了，是在叫她！

她就是雷蒙德夫人。她有一個丈夫，他的姓，正是雷蒙德。沒錯！是可憐的博特。博特是她的最後一任丈夫，那麼，現在，她當然應該姓雷蒙德。

老天！她曾經有過那麼多姓，所以一時沒反應過來自己到底應該姓什麼，也屬正常。

明白過來以後，蜜莉點點頭。

「你好，我是威廉斯，我可以進屋嗎？」那男人又開口了。

蜜莉點頭默許。

威廉斯先生只是告知了蜜莉自己的姓氏，對於自己的職業和頭銜，一概沒有提及。其實，他的真實身分是一名警官，在紐約皇后區重案組工作。他是有意隱瞞他的個人身分的。因為，他這次來訪的事情不能讓總部知道。本來，他打算做一次例行的公開調查，之後把蜜莉森特・雷蒙德逮捕歸案。但是，在第三次意外死亡發生後，他找局長請示時，局長阻止了他。局長和蜜莉森特・雷蒙德的爺爺和父親相熟。他告訴威廉斯，蜜莉森特的家族是美國南部甚至是世界上最好的家族之一，而那個家族都以蜜莉森特為傲。

第五次意外死亡發生後，威廉斯再一次試圖說服局長展開調查。局長大發雷霆。

也許真的是威廉斯鬼迷心竅了。忘掉那些愚蠢的懷疑，去懲罰真正的罪犯，才是他迫切需要去做的事情吧。皇后區大街上的殺人犯，已經夠他忙碌一陣子了。可是，他為什麼一再懷疑那個無辜而苦命的姑娘呢？

其實，驅動著威廉斯的是一種正常人都會有的正義感，當他看到一個個年輕男性無辜慘死，而那個聰明的女殺手卻一直逍遙法外時，他憤怒了，決定要伸張正義。正是這種正義之氣，一直驅使著他一路向前，甚至讓他鬼迷心竅，無法擺脫。

七條人命已經足夠了，他不想看到再有慘劇發生。

於是，威廉斯就來到了蜜莉森特．雷蒙德的門前。進屋之前，他不確定自己會見到一個怎樣的人，也許是十分惡毒，一看就像是一個天生的罪犯？可是，蜜莉森特．雷蒙德超乎了他的想像。她長著一張可愛至極的小臉，那張臉看起來和殺人兇手絲毫沾不上邊。她的眼睛很漂亮，下方沒有皺紋。她一定睡得像個嬰兒一樣香甜。她那雙小手也讓他吃了一驚。那雙手上長著纖細、嬌小的手指，有著嬰兒般圓潤的指尖，但正是這雙手，曾經把七個好男人送上了黃泉路。他不知道，在這個房間裡面是否保留著那些無辜生命的畫像或照片。但要想容納那麼多戰利品，她肯定需要一個單獨的房間才行，而且這個房間還不能太小，太小的話那些照片就擺不下了。

他必須承認，她很迷人，而她似乎並沒有察覺自己對男人們的這種吸引力。不難理解那些可憐的傢伙為什麼都會愛上她。

威廉斯相信，她早晚會露出破綻的。也許，她已經被那些可怕的罪行壓抑得太久了，她不停地說了起來。她好像很慶幸能有這樣一次發泄的機會，她開始酣暢淋漓地談論起她歷任的丈夫。他確信，等她全部訴說完畢，他就會在下午結束前，聽到她認罪的懺悔。

蜜莉顯然已經被這個突然造訪者，深深吸引住了。

她終於找到了一個可以傾訴的對象，這是她一直期望的。最難得的是，這個對象竟然還對她的婚姻狀況十分了解。她的確吃驚不小。因為就連她也記不清他們的順序了，更不用說她父母、她爺爺以及亞當叔叔和貝絲嬸子了。但是，這位來訪者——威廉斯先生卻準確無誤地記下了。甚至，她把他們的前後順序弄錯時，他還特意糾正了她。她說的每一個字，他似乎都很感興趣，甚至在有時候，他還掏出筆記本記下一些東西。

對這所房子，他也很感興趣。不過，這倒是可以理解的。因為這所房子是一處名勝，年代久遠、遠近聞名。在每年的春季或聖誕節期間，房子就會對外開放，吸引了很多人前來遊覽觀光。

另外，威廉斯先生，對於誰死在什麼地方，是怎麼死的，顯得格外好奇。不過，提到這些時，他顯得異常謹慎。當他站在大廳的樓梯下時，他突然跳著離開了。看得出來，潘的悲劇，讓他心有餘悸，生怕悲劇再一次發生。其實，那些半身像早在潘的葬禮之後，就捐獻給了博物館。

走到迦掉下去的陽台時，威廉斯先生也同樣小心翼翼。

午飯過後不久，天就暗了下來。一場暴風雨說來就來了。屋子裡的光線漸漸暗淡了下來。蜜莉打開了電燈。狂風大作，窗板被吹得「啪啪」作響，蜜莉說聲「對不起」，起身去關門窗。威廉斯先生很紳士，上前幫忙，但他總是刻意地與蜜莉保持著距離。而且，在他轉身探出窗外關窗戶前，他總會先確認一下蜜莉所在的位置。

突然，一道閃電，房間一片漆黑。電停了。在這種天氣，誰也說不定，什麼時候會來電。不過沒關係，蜜莉喜歡燭光。她時常覺得：在燭光下，這房子才顯得更美、更浪漫。她點燃一個燭台遞給了威廉斯，接著又燃著自己手裡的蠟燭，於是，他們接著去關門窗。

當他們來到後面的樓梯上時，一股刺鼻的煤氣味傳了過來。

「是地下室，熱水器的火，被風吹滅了。」蜜莉說道。

威廉斯吹滅了自己的蠟燭，有些生硬地對蜜莉說道：「把你的蠟燭也吹滅。然後，到地下室門邊，看著門，別讓它關上。」

說完，他貼著牆角，一步一步地走下狹窄的樓梯。

蜜莉感覺全身都在發冷。威廉斯先生口氣很凶，他跟她說話的態度，就像是軍官正在給士兵宣布命令，語氣裡透著專橫，根本容不得商量！

蜜莉的耳旁又回響起了那些話：把你的蠟燭也吹滅。到地下室門邊去，看著門，別讓它關上！

一剎那，蜜莉的腦海裡浮現出一幅場景：他的周圍全是火焰，而她救了他，正在用人工呼吸，搶救昏迷的他。

這浪漫的場景，跟哥特式小說裡的描寫，極其相像：一個電閃雷鳴的晚上，在一處偏僻而古老的大宅子裡，男女主人公相遇了，男人突然造訪，而女主人對他毫不懷疑。現在，她就是那個女主角，她就是那個女主人公。哦，天啊，想想就覺得很刺激！

突然，一個巨大的聲音響起，她的美夢被打斷了。

哦，是威廉斯先生，也許，他還沒來得及查看熱水器。泄漏的煤氣被什麼東西給點燃了，發生了爆炸！一切都完了！房子會瞬間被夷為平地，只剩下高高的煙囪杵在那裡，結局多麼淒美、多麼浪漫！

接著，她意識到，那只是她的臆想！一陣狂風襲來，通往地下室的門被風關上了。蜜莉懈怠了她的任務：威廉斯先生交代過，要她保持那扇門開著。

於是，她飛奔到門前，竭盡全力把門推開。

就在那一刻，千年難遇的事情又發生了！確實發生了！就在蜜莉準備把門用力打開時，威廉斯先生剛好也要上來拉開，於是，門重重地撞到了他。由於重心失衡，他身子往後一傾，摔在台階上，接著沿著台階向下滾落。最後，他頭部先落地了，重重地栽在用磚頭鋪就的地面上，當場就斷氣了。

蜜莉傷心透了，老天總是這樣對她！

她終於碰到了一個善解人意的人，可是，意外再一次發生了！但從某些方面來講，對於這種意外，她很有經驗，已經可以熟練地應對了。她知道，第一件事情是報警，而且必須保護好案發現場。

來到電話機旁，她腦子裡畫出了一個大大的問號，因為她根本不知道，威廉斯先生的全名，而他，卻對自己的情況瞭如指掌，了解自己的每一次婚姻，並且能夠說出先後次序。

媽媽是誰？

「能說說你為什麼厭惡你媽媽嗎？」韋萊茲醫生和氣地問道。

克萊兒．塔蘭特覺得「厭惡」這個詞並不適當，她緊抿著嘴唇沒有說話。她想，一定是露西姑媽和醫生這麼說的。在醫生面前，這個可愛的、不知所措的姑媽一定說她「討厭」自己的媽媽。

她甚至想像得到，姑媽對醫生是這樣說的：「醫生，這孩子一向都是通情達理的，但不知道怎麼回事，她突然很厭惡自己的媽媽！我和她爸爸都不明白這是怎麼回事。」她還記得，她爸爸在聽到她姑媽要帶她去看心理醫生時，不禁皺起了眉頭。

見到克萊兒的人都說她長得像她爸爸，他們有一樣的黃褐色皮膚，一樣的鬈曲頭髮，和一樣漆黑的眼睛。她今年才十二歲，穿著白上衣和小裙子。但她長得很快，現在的身高已經到他爸爸的肩膀了。

她平常只要一想起爸爸心中就充滿歡樂，但是今天，她一點也快樂不起來。她感到很難過，她知道自己傷害了爸爸。她同意做這種浪費時間的事，只是因為她太愛露西姑媽了。她覺得看醫生是在浪費時間，她知道自己並沒有什麼心理上的問題。由於心事比較重，這個小女孩的年齡看起來比實際年齡要大。

她的沈思被韋萊茲醫生的聲音打斷了。「克萊兒，說說吧！從哪兒開始都行，談談你小時候的事也行。」

「小時候，我記得我們住在舊金山。」她頓了一下。她能說露西姑媽沒有告訴他的事嗎？她這時看到，他在微笑著鼓勵她，於是接著說道，「我爸爸和媽媽相遇在舊金山，並在那裡結了婚。」

她說，她爸爸在一家大公司上班，他總是被公司不停地調來調去，從這個工廠調到那個工廠。他想了一個辦法，讓公司派他到東部波士頓附近的一個小鎮工作，最後他終於如願。他和露西姑媽就是在這個小鎮長大的，她爸爸比露西小十五歲，露西在父母去世後，挑起了撫養弟弟卡特的重任，並把他撫養成人。

「你爸爸從來就不像是個小孩，這一點你非常像他。」有一次露西姑媽對她說，「卡特從兩歲以後一直比他同輩人聰明，他總是很不耐煩的樣子。他上學時看起來像個大人。」

「你和他很像，但他的自制力還沒你強。」

她慢慢地學會了控制自己，但這會兒她已經開始不耐煩了，總覺得時間過得太慢。她不得不忍受，這種被露西姑媽認為是一種孩子氣的心理狀態。然後，她大聲說道：「媽媽在她叔叔死後，也只剩下一個人，塔蘭特家族就只剩下爸爸、露西姑媽和我了。所以他們都想回到東部，和露西姑媽一起生活。」

「繼續。」醫生用極低的聲音說。她真想知道醫生在想什麼，無論他想什麼或說什麼，都無關緊要。但她想知道，露西姑媽和他說過什麼。有沒有說過？

克萊兒現在在資優班上學，她的智商在她就讀過的所有學校中，一直是最高的。

醫生在催著她，讓她往下說，她聽見醫生提到「車禍」兩字。

「那次車禍很可怕，」克萊兒說，「不過，我和爸爸運氣不錯。」

當時我只有五歲，我記得我們被甩出車外。不過，我和爸爸只受了點輕傷。」她停了一下，「但另一輛車裡的一對年輕夫婦當場就死了。」

「那是什麼時候，是你父母帶你去東部的路上嗎？」

「是的，那時我爸爸調動工作後準備到東部小鎮上班。我們經過俄亥俄州的一個小鎮時，發生了那起車禍。」

「你媽媽呢？」

他以為她講這些事會害怕，但從車禍發生到現在已經七年了，她經常會想起此事，她已經習慣了，所以並不害怕。

「最後，在汽車的廢墟裡找到了媽媽，挖出來後送到醫院搶救，經過幾個星期才活了下來。」她不禁想起了那漫長的幾個星期，她爸爸那段時間主要是在醫院度過的，醫院在數百英里遠的地方。她記得那段時間只有她一個人，她覺得非常孤獨。

「這次車禍毀了媽媽全部的容貌。」她突然說。

韋萊茲醫生低聲問道：「知道她容貌毀了，你是不是很傷心？」

傷心嗎？那是她自己的媽媽啊！剛開始是很傷心。但她也許過幾年一切都會好起來的。第一年，雖然爸爸和媽媽都不在身邊，但有露西姑媽全力陪著她，生活還是很愉快的。爸爸的公司考慮到他的情況，暫時讓他到俄亥俄工作，那裡離她媽媽住的醫院很近。他偶爾會來看望她們，但那總是很短暫的，他還要照顧她媽媽黛拉。

「媽媽出院了，爸爸租下了一套房子，那套房子緊挨著露西姑媽的房子。從那以後，我實際上有兩個家。因為只要媽媽需要治療或休息時，爸爸就會讓我去姑媽那裡。就這樣，我在兩個家裡跑來跑去。」

在自己的家裡，爸爸全身心地照顧她媽媽。媽媽出車禍後像個幽靈一般，總是悄無聲息地在屋裡走來走去，為了擋住外面的陽光，屋裡的窗簾總是關起來，她媽媽一刻也不離開她的丈夫。另一個家克萊兒非常喜歡，那就是姑媽那個家。

「你有什麼感覺？當你聽到媽媽又要離家一年的消息時。」醫生問道。

「我有點高興。我覺得自從車禍之後，不僅是她的容貌變了，她的整個舉止也變了。過去，她是個開朗、快樂的人，但車禍後完全變了。附近的人都知道，媽媽三十五歲時可以繼承她叔叔的遺產，就是去年——車禍後的第六年，她繼承了遺產。」她深吸了一口氣繼續道，「這時候，她要整容。爸爸還詳細地向我解釋過，這事對她意味著什麼。我也知道通過整容手術，她的容貌又會恢復過來。所以，雖然她要離家很長時間去動手術，但我們都很高興，希望她能快點好過來。」

韋萊茲若有所思地問：「你爸爸在她繼承遺產前，怎麼不為她做整容手術？」

「還有別的事要做呀！」她馬上回答說，「要教她學習使用雙手，教她學習走路。她被燒得很厲害，不光需要進行皮膚移植，還要進行其他方面的治療。但這一切，並不能同時進行的啊！」

「是的，你說得對，這一切都需要時間。」

「為了手術，爸爸用完了他所有的積蓄，而露西姑媽的錢本來就不多。」她覺得自己需要進一步為她爸爸辯護。

「出車禍沒有保險金嗎？」他溫和地問。

「露西姑媽說那點錢少得可憐！此外，車禍的責任雖然在那對夫婦身上，但找不到他們的任何親戚，更別提要錢了。」她又深吸一口氣，「好在媽媽繼承了一筆錢，不然整容手術有可能都做不了呢！」

她這時忍不住記起了那一天，就是她和露西姑媽等待她父母回來的那一天，「他們回到家時，我們聽到他們從門口傳來的笑聲，我太高興了。又聽到媽媽的笑聲了，要知道自從車禍發生後，我就再沒有聽到過媽媽的笑聲了。那本該是多麼美好的一天啊！」

她從椅子上站起來說：「我答應過姑媽，跟你談談。現在我談了，但我覺得這毫無用處。那個女人怎麼會是我媽媽呢！」

在姑媽的催促下，克萊兒第二個星期又來到醫院。她又和醫生說了些話，醫生向她建議道：「也許你應該試著這樣想，就是從你爸爸的角度來看這事。」

「他的角度？」她的聲音充滿了不安，「他認為我……我是嫉妒我媽媽！」

「你認為你爸爸這樣認為對嗎？」他雖然在提問，但他非常溫柔的聲音，讓人聽起來像是在安慰她。

她說：「媽媽車禍後的七年裡，我就像沒有媽媽一樣。重新得到媽媽，我會很高興的！以前，我的媽媽美麗、快樂、慈愛。你不這樣看嗎？」

「難道你媽媽現在變了嗎？」

她感到胃在抽動，搖著頭對醫生說：「醫生，我很抱歉。就算我們一直這麼談下去，也永遠不會有什麼結果的。不管你怎麼說，你都不能讓我相信她是我媽媽。」

那次之後，她又接連不斷地看了十幾次醫生，和她自己說的一樣，都是毫無結果。露西姑媽說，韋萊茲醫生那兒她可以不用再去了。

她爸爸馬上做出決定，他要帶黛拉去東方旅行。

坐在露西姑媽客廳的角落裡，克萊兒一動也不動。她聽到爸爸對他說：「克萊兒，你什麼時候能恢復成正常人。」他英俊的臉龐扭曲了，「說不定什麼時候，但我們會回來的。你媽媽，」他強調，「她已經受夠你了，已經無法忍受了。你這是在惡作劇。真荒唐！」然後，他突然對著她咆哮起來，「你這麼做，知道對她傷害有多大嗎？」

「卡特！」露西姑媽難過地說。

他俯身去看自己的女兒，「克萊兒，我忘了你還小。」他用妥協的語氣說，「克萊兒，作為丈夫我有很多辦法知道——我的老婆是不是真的，你現在還不知道是什麼辦法。但我知道，你必須相信我的話！」

她臉上毫無表情地坐在那裡，看著他的時候，她覺得很難受。

露西姑媽過來勸道：「卡特，你和黛拉去旅行吧。再給克萊兒一點時間吧，也許最好的辦法就是時間。」

「但願如此！」卡特煩躁地看著他姐姐，目光中帶著一絲懷疑，「把她留給你了，現在我對她簡直一籌莫展！」他瘦高的身體走出房屋，看得出來他很沮喪。

克萊兒完全麻木了一樣，沒有試圖擋住他。因為她無能為力，至少到現在她還沒有什麼比較好的辦法。不管怎樣，她堅信自己是對的。

她準備自己的下一步行動，爸爸的離開使這個行動變得更容易了。

剛開始，爸爸勉強同意她姑媽帶她去看心理醫生，但克萊兒的下一步行動，他是絕不會同意的。露西姑媽聽到克萊兒的這個行動計畫後很是吃驚，但她還是同意了，因為她相信只有這麼做才會徹底消除克萊兒心中的懷疑。

她們兩個一起到了警察局，警察局長科斯塔接待了她們。科斯塔一直沒有結婚，這個體格魁偉的中年人認為工作就是他的一切。他開始並不相信克萊兒說的這件事，但他看到露西姑媽的擔心和克萊兒堅定的表情後，他禁不住也對此事感興趣了。

他抽了一口雪茄，然後問露西：「她好像還是個孩子？她的話，你相信嗎？」

露西姑媽的臉不自然地紅了起來，「我雖然也不相信，但這件事我們商量過，我相信她在這裡會得到幫助。即使你不願意管這事，也會為我們保密吧？」然後，她又堅定地補充道，「她雖然只有十二歲，是的，她還小，但她已經非常成熟了。她和她爸爸一樣，心智早熟。」她懇求道，「雖然事情很難辦，但你也許能幫助她，幫她恢復心靈的寧靜。」

局長默默地看了露西一會兒，然後轉向克萊兒道：「好吧。你說她花了一年多時間去醫院做整容手術。」他的臉嚴肅起來，「你應該知道，她做完手術後，不可能恢復得跟七年前一模一樣。」

「當然，我知道這一點。」她耐心地回答，「爸爸對我說，所有的辦法都用了，就是沒法讓她恢復到以前的樣子。我也從來沒想過，她能恢復成原樣。」

「這事已經過去好幾年了，你能記清車禍前你媽媽的樣子嗎？那時你才五歲吧？」

「模模糊糊的，記得不是很清楚。」

「那你為什麼說她不對勁呢？還說她不是你原來的媽媽。」

克萊兒猶豫著答道：「我是從她的眼睛看出來她不對勁的。她那天整完容回來的時候，我以為她就是媽媽。聽著她愉快的笑聲，感覺真是好極了，因為她自發生車禍後，就一直沒笑過。」她停了一下，感覺自己的胃又開始抽動起來，「當我看到她的眼睛時，我就知道她有點不對勁了。」她看到露西想說什麼，便急忙補充道，「我知道她的眼睛跟照片上的看起來很像，和我媽媽的眼睛一樣，都是藍色的——雖然如此，但我還是確定她不是我媽媽！」

「你這樣認定有什麼根據嗎？」

「過去，我和爸媽經常玩一種遊戲，沒事的時候，我們就玩那種遊戲。有時候，只是他們兩人之間在開玩笑，但也是為了逗我。除此之外，爸爸和媽媽還會編造一些最不可信的故事，一本正經地說一些最荒唐的事，也是為了哄我開心。所以他們和我說話，有時候是在開玩笑，有時候是真的。我分辨他們有沒有說謊就是盯著他們的眼睛。後來，我發現這種方法很有效。我很熟悉父母的眼睛，所以我總能分辨出來他們是否在說謊。」

「假設你剛才說的是對的，讓我們來推理一下。在你爸爸的陪伴下，你媽媽一年前離家去紐約一家醫院做整容手術。你們倆在她住院期間去探訪過她嗎？」

「爸爸說媽媽在整容結束前不想見其他人，所以，那期間只有爸爸見過她。」

「本來他想一週去看她一次，但她當時的心情很壞，就沒有同意讓他一週看一次。」露西插話道：「還有，在整容期間，她的醫生也不想讓她受到過多的打擾。有時候，醫生為了更好地做手術，不得不先讓她的容貌變得更糟一點，所以整容手術很疼。」

「假如你是對的，可以得出這樣一個結論：你爸爸也是共犯！」局長嚴厲地對她說。

「不可能的！」克萊兒叫道。

局長誇張地放下雪茄。「孩子，帶她去醫院的是他；住院期間，每星期見她一面的也是他；整容之後，帶她回家的也是他。在這個整個過程中，他都知道，如果你媽媽有什麼不對勁，或是被人掉包了，那他必然也知情！」

克萊兒搖著頭，堅決地道：「我只能確定她不是我媽媽。」

局長摸著自己厚厚的下巴沈思著：「難道這世上有一夜之間改變容貌的整容手術嗎？對了，她最近的照片你們有嗎？」

露西姑媽答道：「車禍後她就沒照過相。沒有人願意——」她並沒有繼續說下去。

聽到照片，克萊兒精神不禁一振。「在手術前和手術後，醫院不是都要給整容者拍照甚至留下指紋嗎？」

局長默默注視著她，過了一會兒才說道：「也許吧。」然後，他轉向露西姑媽，「我們是不是可以對她做一些調查，不知道你有沒有意見？」

露西姑媽點點頭說：「別的辦法絲毫不起作用，現在也只有這個辦法了。」轉頭對克萊兒道，「親愛的，這正是你希望的。」

局長在她們起身離開時輕輕地把手放在小姑娘的肩上，他帶著同情的語氣道：「小姑娘，別著急。當然，我們得需要點時間，但我相信，我們一定會發現什麼的。」

她看著這位警長，心中充滿了感激。她想了一下，回頭急切地對他道：「假如我能發現指紋，可以拿來給你們嗎？」

姑媽正想反對，但她看到了克萊兒臉上的表情，只得把臉扭了過去，無奈地表示同意。

他們家的清潔工很勤快，經常打掃房間，在她爸爸的房間裡，根本找不到清晰可見的指紋，大部分都被擦掉了。在她從爸爸房間帶來的東西上，負責指紋部門的凱勒警官耐心地提取指紋。但有的指紋太模糊，沒有什麼用；有的東西上面只有她自己、露西姑媽和清潔工的指紋，根本沒有別人的指紋。

克萊兒的希望隨著時間的流逝逐漸破滅了。她有時候會收到明信片，這些明信片是他父母從菲律賓、日本、香港以及其他地區寄來的。她堅持把這些明信片帶給凱勒警官，讓他查看上面的指紋。但凱勒警官告訴她，上面已經完全沒有清晰的指紋了，因為碰過這些明信片的人太多了；還告訴她，不要再為明信片浪費時間，這樣做沒有絲毫用處。但是，她收到明信片後還是會給凱勒警官。

她現在沒什麼事的時候，就到警察局去。警官會跟她聊天，耐心地向她介紹指紋方面的理論，並和她聊指紋方面的最新發展情況。

每次她在警察局看到科斯塔局長時，他都會和她說幾句話。她碰到的兩位警察都很和善，這不禁讓她感到很溫暖，還能讓她耐著性子等待最後的結果。

紐約那家醫院終於有了回覆。局長告訴她們，和他想像的差不多。「小姑娘，這下你應該相信了吧。這些照片就是證據，你看看。」他把照片遞給克萊兒，「醫院一般不採指紋，但他們每次做整容手術，都會拍一張照片，做幾次就拍幾張。他們送來了你媽媽做手術時的一些照片，如果第一張是她，那麼毫無疑問，其餘的也一定是。」

克萊兒一言不發地看著那些照片，然後，把它遞給姑媽。

露西姑媽看完照片後，急切地對克萊兒道：「親愛的，這的確是黛拉，真的是她。」

克萊兒沈默著沒有說話，她覺得很不是滋味。她手裡有一個信封，現在她一直看著那信封。過了一會兒，她抬頭看著科斯塔局長。「我今天收到一封信，是她寫的。」她始終叫不出「媽媽」兩個字，「在信裡，她說她想回家。信封裡面的指紋應該是很清晰的，我本來想把它交給凱勒警官，讓他檢查指紋。但現在，我想你對它已經不感興趣了。」

「小丫頭！」他耐心地說。露西此時也嘆了口氣，「我已經幫你們找到了證據，那些照片證明這個女人是你媽媽。但你現在還不相信，我估計我也幫不了你什麼忙了。」

兩人只得離開局長辦公室，但克萊兒在即將離開時，悄悄地把信塞到局長手裡。當她走到門邊時，她聽到局長展開信紙的聲音。

她們兩天後又被叫到科斯塔局長的辦公室。開始的時候，局長和她們隨便聊了些家常。然後，他擦擦他厚厚的下巴，清了清嗓子，沈重嘆息一聲，好像要說什麼的樣子。

露西看起來很茫然。

克萊兒神情莊嚴，瞪大眼睛地問：「你是不是發現了什麼？」

他的眼睛充滿沈思的神情。「是發現了什麼，但還不僅如此。我思考了很長時間。」

他拿起一個信封，對露西道：「你姪女上次走的時候把這封信留給我。裡面的內容非常感人，是一個她的女兒不認她是媽媽的女人寫的。」他停了一下，然後又接著道，「假如她真的是假的呢？」

露西緊張地亂搔著手，「不會的，她是黛拉。克萊兒現在也說她就是自己的媽媽。」

「假設她是別人，而黛拉早就死去了呢？」

他們互相看著對方，有一會兒沒有說話。克萊兒雙手冰冷，露西姑媽轉過臉看著她，握住她的手。

克萊兒小心翼翼地道：「你說我媽媽已經死了，那你是怎麼知道的呢？」

他把信封放在桌子上。「這只是在假設，我現在還什麼都不知道。你在過去幾個星期裡，跟凱勒警官學到了許多有關指紋的知識。現在，你肯定知道，一個清晰的指紋是多麼重要。所以，如果我們把一個非常清晰的指紋送到華盛頓，就能知道很多不知道的事情。」他好像一點也不急，又拿起信封敲敲桌面，「你一定也了解，在華盛頓有指紋存檔的無非以下三種人：在軍隊服役過，在政府部門工作過以及曾經犯過罪的。」他停下來，看著她的臉。克萊兒沒有回答，只是盯著他，意思好像是讓他繼續說下去。

「我把指紋寄到了華盛頓，那裡很快給了我答覆。如果華盛頓那邊說，這個指紋屬於黛西·安布羅斯——威廉太太。你們知道這是什麼意思嗎？」

露西驚得呆住了。

「我知道這個指紋很有意義，」他繼續道，「因為指紋的主人被認為在七年前就死了。七年前，發生了一起車禍，一對年輕的夫婦死於非命。現在，死去的那個女人，她的指紋竟然出現了。我想或許她當時就沒有死，死的是這位小姑娘的媽媽。」

「不過，卡特怎會——」露西表示不同意。

局長對她點點頭，然後，開口打斷了她的話。「你弟弟竟然把那個女人當做妻子了！這一點，是不是讓你很奇怪，但我想了一下，就算是這樣，也是有可能的。就算黛西．安布羅斯是一個陌生人，但她人是活著的啊，如果她裝成是你弟弟的妻子，那她六年後將繼承一筆叔叔的遺產。」

「但是，我弟弟和這個安布羅斯太太車禍前並不認識啊！」露西姑媽說。克萊兒一動不動地站在那。

「雖然當時他們還不認識，但他們車禍後有足夠的時間溝通。車禍之後，只有你弟弟見過她，也沒有人去認屍，誰知道黛西．安布羅斯不是你弟弟的妻子呢？他們沒有親戚，所以她的過去無關緊要。她丈夫也死於車禍，為了活下去，她一定會同意裝成你弟弟的妻子。」

「巧的是，她和塔蘭特太太有一樣的身高和膚色。這樣一來，就更沒人能發現她是假的了。她當時受了重傷，容貌盡毀，就更沒人認得出來了。不過，還有一個五歲的小姑娘，也許她認識真正的黛拉．塔蘭特。但一個五歲的小姑娘根本起不了什麼作用。」

克萊兒的眼睛冷冰冰的。「你是說，我媽媽車禍後就死了，而那個人自車禍以後就一直在冒充我媽媽！」

「也許吧。你在車禍之後，和她對視過嗎？你爸爸屋子裡的窗簾，總是拉上的。她總是背著臉，這樣就沒有人可以看到她受傷的臉了！她儘量避開你，所以從你五、六歲起，你爸爸就經常讓你到姑媽家去。我說的對嗎？我可以打賭，假如你現在仍然記得她的眼睛，那一定是你小時候的記憶。」

「按你這麼說，這事我爸爸也知道。」

「如果剛才我們的推斷是真的話，那他就知道。如果要替換醫院的那些照片證明，只有在車禍剛發生的時候才能做到。」他看著她，「我讀了你交給我的一封信。現在，你打算讓我怎麼處理它，要不要把指紋送到華盛頓？」

她的眼睛一動不動。

他繼續道：「也許你是對的，她確實是假冒的。對冒充別人身分的初犯者，政府的懲罰並不嚴重，可能坐幾年牢就行了。」

她感到自己的胃又開始疼了，她握緊著拳頭道：「你做出這些推論的前提，僅僅是這封信上可能有一個指紋？」

他點點頭。她慢慢地把桌面上的信撕成碎片。她感覺自己的胃痛減輕了，便鎮靜地問：「你做出這樣的結論，有沒有什麼根據？」

他嘆了口氣道：「小姑娘，你可能撕毀了所有的證據。不過，一個真正出色的警官可能已經把這封信影印下來了，甚至他可能會把影印件放在他的檔案中。這樣的話，以後你如果改變主意了，那東西還能用的到。」

一個星期後的洛港機場，克萊兒和露西姑媽在這裡等著西海岸來的飛機。乘客們開始從飛機上走下，她們的目光搜索著人群。

「在那兒！」露西喊道。

順著露西的目光，她看到了她英俊的爸爸，他手挽著一位女士（這位女士經過長時間的旅行，被曬得很黑，不過，她看起來很可愛）的手臂，正大步向她們走來。

克萊兒向她爸爸走去。

他掙脫挽著女士的手，笑著對她們道：「看到你們真的很高興！你們還好吧！」他把克萊兒轉向和他一起旅行的女人，「你不向你媽媽打個招呼嗎？」

小姑娘非常猶豫，她眼睛直盯著黛拉。她感到她的胃又開始疼了起來，她強忍著胃疼走向那個女人，吻了她一下，笑著說：「媽媽，你回來了！」

清倉大拍賣

「瓦爾，我相信你有很多個藉口，」警長生氣地說，「不過，我要警告你，你現在的這種買賣必須立刻結束。假如你不願這樣做的話，這個鎮上，將有一半的人死去。」

他攤開了從口袋裡拿出的一份報紙，並且吼著對他說：「誰聽說過這種事？瞧這個『出清存貨，千載難逢！』我從沒有聽到這樣噁心的事。」

「所有的店鋪都登廣告，」瓦爾固執地說，「鎮上其他的人都在出清存貨，為什麼就只有我不行？」

「誰讓你是承包殯葬的人，」警長大叫道，「一個承包殯葬的行業，也可以像其他的店鋪一樣嗎？搞個什麼清倉的玩意兒？」

「我倒認為沒什麼不可以。」瓦爾不高興地說。他有著一頭黑髮、兩道濃眉、個子很高，他在說話的時候，總是說得很慢，像在考慮該怎麼說一樣。「我必須把這些棺木賣掉，然後進一些新貨，除了棺木，紙錢、骨灰盒等也要全部清倉。我的警長，你應該看看那些盒子連稅金一起，只要一百五十元一個。如果你要的話，我可以給你挑一個最漂亮的。」

「別說那些有的沒的！」阿德警長習慣性地用手帕擦了一下嘴角，「事情不像你想像的那麼簡單，這事肯定不行！」

瓦爾狐疑地看著他的朋友：「那好，我的警長，你說該怎麼辦！這事難道就是我一個人和我的生意問題嗎？這五年來，我們一向都在一條戰線上的，難道你變了。」

五年前，這位警長結束了舒適的光棍兒生活，他準備結婚。瓦爾曾想警告他的朋友，但當時阿德警長不聽，最終和山頂村一位叫巴妮達的小姐結了婚，從他們進教堂互相說結婚誓言的那一刻起，就注定了他以後的不幸。

巴妮達總是把他們的新房收拾得一塵不染。她是個性很強的女人，婚後，她不准阿德警長和一些人交朋友，也不准他再和瓦爾交往。那些日子很鬱悶。

婚前，瓦爾和阿德在每星期四晚上，兩個人一定是嘴裡叼著煙斗，端著一杯啤酒，對殺一盤棋。這種時光可能再不會有了！只是當時的他們並沒有感覺到。直到他們想起那些時刻，才了解他們之間深刻的友誼。

開始的時候他總為這些事和巴妮達爭吵。他告訴她的夫人，你不能替我選擇交什麼朋友。我一定要和瓦爾一起，我們要一起下棋。

但巴妮達是個聰明的女人，她沒有直接反對她的警長丈夫，只是在鎮上無中生有地說瓦爾的一些壞話，說些關於他一些不可告人的事，說瓦爾做棺木時偷工減料。

警長太太的話在鎮上引起一片嘩然。因此警長先生最後準備放棄，放棄他和瓦爾下棋的事，以免影響瓦爾的生意。

阿德五年前經常來這個房間。這是一間舊書房，看著很舒適，是標準的男人房間。火爐邊依然擺著棋桌，這時阿德警長不知道自己要說什麼了，只是默默地看著那張桌子。

「我不怎麼下棋了，」瓦爾告訴他，「貝克有時候會來玩，但我總是怕他騙我使詐，因此老不能集中精力下棋。」他兩眼直視著警長，「我認為這事可以等一等再辦！現在我們坐下來喝杯啤酒吧，要是能下一盤棋就更好了。」

警長趕忙搖搖頭：「你拍賣棺木這件事，讓我們鎮上週的死亡率增高了不少，瓦爾，你不會說你不知道吧？」

瓦爾摸著下巴，沈思著，沒有回答。「不錯，確實是這樣，上週一自從登出廣告後，我一直在店鋪裡忙來忙去。但我認為這很正常啊，只是那些人運氣不好，正好碰上我大拍賣的時候死，這我有什麼錯嗎？又不是我讓他們死的。」

「不要這麼說話！」阿德警長不高興了，「你不覺得這事很巧嗎？從上週開始一些人就陸續死亡，就在你清倉之後！」

瓦爾疑惑地看著他，「你這是什麼意思？難道和我有關！」

「我是這樣想的，有些人買了你打折後的棺木，另一些人就真的躺在了裡面，他們的死都不是自然死亡，我敢確定，不是自然死亡。」

瓦爾仔細思考著他的話：「你是想告訴我，上週以來死去的人是被謀害的？」

阿德憤怒地說：「我一直想要你明白，事情就是這個樣子！如果你不停止大拍賣的話，我們鎮的死亡也不會停止！」

「我的警長，他們大多是意外死亡。」瓦爾認真地說，「海絲麗小姐的脖子被擰斷了，被發現在她家的後門廊；大家都知道，韋思先生如果繼續使用罐子裝火，他早晚會倒楣；至於德曼先生……」

「他們的死是有巧合的地方！」警長接著道，「但到現在為止，我們還沒有接到關於下毒的案子，所有的案子都找不出證據。但這些死去的人有一個共同的特點！那就是這些人都是快要死的人，或者是他們的家屬認為沒用的人。家屬們趁著你清倉大拍賣棺木的時候，過早地結束了這些將要逝去的生命，這樣可以節省一些殯葬費用。」

瓦爾道：「這也很可能，但這和我沒關係啊！我為什麼要停止拍賣呢？」

阿德警長很耐心地對他說：「海絲麗也是上週死的，我們都知道，她留給她的侄子傑克兩萬元。」

瓦爾微笑道：「傑克！他這兩天正好回來過節了！」

阿德叫了起來：「是啊！剛剛回來就把她殺死，然後順利地領到海絲麗的兩萬元。關於韋思——」這時電話鈴響了，瓦爾起身去接電話，「我是瓦爾，哦，真是意外！不是嗎？這真是太遺憾了！好的，好的，我就去。」

掛上電話，兩個男人互相對視著。

「又死了一個？」阿德問。

瓦爾點點頭：「露茜跌進磨坊邊的池塘裡，死了。」

警長嘆道：「這說明鎮上人人討厭露茜，因為她經常散佈可恥的謠言，隨意去傷害每一個人……」電話鈴又響了，瓦爾拿起電話。

瓦爾神情肅穆地說：「是你太太，阿德。她好像很生氣的樣子，她要和你說話。」

阿德心想：「這女人身上不會裝了雷達跟蹤器吧，我並沒有和她說過今天要來這兒啊！我剛到這裡一小會兒，老婆就打電話要我回家。」

警長夫人尖銳的聲音劃過房間，她的話好像是對著瓦爾說的，她很清楚瓦爾也能聽到。

兩個男人緊挨著站在一起，阿德把聽筒往瓦爾那邊伸了一些。每次老婆說話停止的時候，警長便溫柔地道：「是的，親愛的。好的，親愛的。」

他默默地掛上電話，呆呆地站在那裡，看著他的老朋友。

片刻之後，瓦爾反而高興了起來，慢慢地道：「我的老朋友，我想拍賣再延後一些時候，也許是不錯的，也許對你有所幫助。」

巴妮達死了！是因剎車失靈而死的。警長太太的葬禮是全鎮最豪華的了，所有在葬禮上該做的一項都沒有少，還增加了許多額外開支。但因為許多殯葬用品正在清倉，所以花費倒不是很大。

這陣清倉大拍賣之後，瓦爾就沒有多少生意做了。不過東西也賣得差不多了，日子又像以前一樣了。他和阿德警長還決定，每週一、週四是兩人的下棋時間。現在，一切又恢復過去的樣子了！

女賊與保安

她是一個賊，經常在百貨公司裡順手牽羊。在街上「購物中心」作案兩年了，可從來沒人懷疑過她。她藍色的眼睛充滿純真，一雙手敏捷而又靈活，一個不大的皮包經常掛在左肩上。她行竊，看起來像在變戲法：右手做障眼法，左手行竊。任何東西只要被她看中，她就會用小指頭把皮包打開，那件東西便隨著她彎曲的手指落入包裡，然後很自然地一壓，把皮包的又扣上，絲毫不會引人懷疑。這種技巧她練習了很久，現在已經做得近乎完美。皮包很輕鬆地在她左肩滑上滑下，彷彿有了生命一樣。

當然，危險也無處不在。商場裡總有些目光敏銳的店員，他們不停地用探照燈似的目光打量商場的各個角落。這通常讓人望而生畏，不敢貿然行動。許多百貨公司還雇用一些人員幫忙看管。他們隨時可能出現。佯裝購買東西，是他們經常用來作掩護的一種戰術。他們會像普通顧客那樣，從這個店逛到那個店，讓人真假難辨。

此外，穿著綠色制服的保安，也是需要小心提防的對象。他們很有可能會在購物中心的寬闊走道裡攔住你。假如一個人遭到懷疑，那麼當他走到結帳櫃台時，保安就會檢查他的提袋。有時候，這些提袋也是偷來的。不過，她注意到，保安們更願意在購物中心外執行這個任務，那樣行竊者身上正好有贓物，根本百口難辯。但她很有自信，一點兒都不害怕。

這種自信，是必須有的，否則就會露餡兒。即便你的手法很高明，也總有呼吸困難，或是猶豫不決的時候，或者突然地斜瞟一眼，一陣焦急，一陣緊張。總而言之，如果出現一點兒疏忽，你就會露出破綻。

自信能獲得別人的尊敬。這種尊敬可以使你與順手牽羊者區分開來，會把你歸入從容、誠實的購物人堆裡，也就是一個合法公民的行列。她，有的就是自信，她對自己的能力充滿自信，相信自己不會有被抓住的一天。

這天，就在她充滿信心地要離開購物中心時，右肩上被人很權威地拍了一下，她轉身問道：「什麼事？」聲音聽起來很鎮定，沒有一絲憂慮。

一個個子很高的保安正站在她的身後，他身材健美、面目英俊，即使穿著制服也很好看。他有禮貌地說：「對不起，小姐，您的包我必須檢查一下，請您配合。」

她詫異道：「我的提包？憑什麼讓你檢查？」

「對不起，我們懷疑您偷竊。」

「偷竊？我偷竊？天啊！」她睜大了美麗的藍色眼睛，顯得特別無辜，「你竟然懷疑我是小偷？」

「對不起，這是我的職責。」保安說。

「職責？」她憤怒了，「哼，好大的膽子！」任何一個美麗的小姐遭到這樣的懷疑，都會憤怒的。

「小姐，請吧。」保安推推帽子，黑色的鬈髮露了出來。

事實上，她現在沒有別的選擇，她被困在購物中心的牆角裡，如果再不配合，就會被強行帶走。

「我偷什麼了？」她移了移身子質問。

「相機、打火機，也許還有別的。我也希望是我記錯了，但為了你好，還是請你先配合一下。」

「拿去吧。」她從肩上取下包說。

「好的，謝謝。」

話音剛落，突然一陣急促的腳步聲響了起來，她還來不及反應，包就被拽走了！於是「證據」跟著一個瘦長的人影，一起消失在眼前了。

「見鬼！」保安捶胸頓足，叫道。

「來人啊，快來人啊，抓賊啊！」她開始大聲叫喊起來。

「你就別叫了，是他幫了你。」保安用犀利的眼光從頭到腳看了看她，然後說道。

「哼！我一向都是大喊大叫的，特別是在我的皮包被人搶走的時候。」她裝腔作勢地說，看上去一副趾高氣揚的表情。

「包括現在？」

「是的，當然！」她明亮的眼睛彎成了月牙，美麗的嘴唇微微上挑。

他知道她在嘲笑自己。低著頭沈思了一會兒，他又抬起頭，看著她，無奈地說：「實在抱歉，打擾你了，小姐。希望你的包能找回來，真的！」

她滿臉堆笑地回公寓了。當她推開公寓的門時，哈利正在興致勃勃地研究照相機，包裡其他東西都已經亂七八糟地散在桌面上了。

「太神了，你！這速度絕對夠資格參加世界運動會！他還沒弄明白怎麼回事，你就沒影了，時間把握得真好。」她說。

「我知道。」他簡單地回答了一句。

「也許我需要換個地方了，去一家新的購物中心。」

「也好，換一個沒人能認出你的地方。」哈利回答，說著把照相機、打火機、手錶和其他東西都裝進一隻小皮袋子，晚上準備送到老闆那兒去。

「以後千萬要小心，今天我救了你，必要的時候我會再救你一次，但再有第三次，我就不再行動了。你好自為之。」他接著說。

聽完這些，她第一次覺得這麼沮喪。

「我應該歇一會兒。」說著哈利灑脫地晃一下腦袋。這個動作在她看來很有吸引力。

「走吧，輕鬆一下。」他向她送上一個足以令人心蕩神移的微笑。

一切又一如往常……

在城區的另一邊，有一家「坎伯蘭購物中心」。她把下一個目標選在了這裡。一個星期的時間，用來熟悉各個店鋪的情況，挑選合適的出口，並認準監視店面的人員。這裡的保安都穿著做工不太講究的藍灰色制服。經常巡視的保安有四個，他們戴著帽子、穿著制服，看上去一模一樣，甚至連每個人露出的厭煩表情都一樣。

沒過多久，她便開始故伎重演了。隨著她的出現，櫃台上或者貨架上的東西悄無聲息地沒了蹤跡。一切都很順利，她的信心也開始漸漸地復原了。樂在其中的還有哈利，兩個人的日子又回到了從前那般平靜。

可是有一天，這種順利卻被打破了。

那天，她背著藏有精美首飾的皮包剛走出購物中心，右肩被人輕輕地拍了一下。她轉過身來，鎮靜地問：「什麼事？」

保安個子很高、身材健美、相貌堂堂。

「對不起，小姐，我必須檢查你的包。」保安說。

「我的包？為什麼？」

「偷竊商品，小姐。」

「偷竊！」她喘著氣說，同時睜大了純潔的藍眼睛，「天哪，你竟然當我是小偷！哼，你的膽子可真夠大的。」

「請，小姐。」他伸出手，做了一個請的姿勢。

她被逼到了牆角。可能只要幾分鐘，他就要搜查她的皮包了。

「好吧！」她移了移身子，說著把皮包拿下來。

隨著一陣急促的布鞋聲，她的包被一個人奪走了，同時，她右腕被保安抓住。這個高個子保安側過身來，用他堅硬的鞋尖去碰哈利的軟布鞋，哈利整個人飛了出去，臉朝下摔在水泥地上。經保安這麼一拉，女孩也倒在保安身上。

當保安扶她時，他的帽子掉了下來。她看見他露出一頭黑色的鬈髮。

「是你？」她叫道，很顯然認出了他，「你怎麼會在這兒？」

「很簡單，」他說，「上回你得手後，我就申請調職，接著開始調查你會再找哪家購物中心繼續下手。」

「你為什麼一定要跟我過不去？這對你有什麼好處？如果你放了我，會有很大的好處。」她意味深長地說。

「你能給的，應該沒有我想要的多吧？」

「你說什麼？」

「我看好了一家很不錯的珠寶店，可是還缺少一個女伙伴。你這麼有技巧而又自信，是個很不錯的人選。」他對她說著，微微地笑了起來。

逃亡路上

車裡的氣氛緊張極了，誰都沒有出聲。方向盤被傑克緊緊地握著，他用力踩了一腳剎車，雪佛萊汽車從「U」型轉彎處緩緩地駛過。瓊的眼睛一直盯著峽谷下面的嶙峋怪石，整顆心都快吊到嗓子眼裡去了。

「我們還需要等多久？這簡直是一種煎熬……」瓊指著遙遠的天邊說，「在這兒，除了天空盤旋的老鷹，一切都是死的。」

傑克打斷她說：「能走的時候我自然會走，我知道要過多久才會真正安全。」

「是的，你一直什麼都知道，你無所不能包括非得要殺死那個門衛，害得我們一直在這鬼地方躲著。」

「十萬元不是已經到手了嗎？想到我們有這麼多錢可以花，你應該感到高興才對。」傑克雙手握住方向盤對瓊說。

「那也得順利離開才行，我簡直受夠了穿工作褲和採草莓的日子了！」瓊看著拿在手裡的空汽油桶說。

「那總好過坐牢吃子彈吧！」

傑克一邊繼續把車往前開，一邊在心裡暗暗嘀咕：「要是只有我一個人去花這一大筆錢多好！真不想再忍受她這沒完沒了的嘮叨，我現在有這麼一大筆錢，誰還稀罕她這個黃臉婆子呢？」

大約行駛兩里多的泥土路，進入了高速公路，一家兼營汽油的舊雜貨店和一家商店出現在路旁。時間還早，跟以往一樣，看不到其他車輛。這都在他預料之中，瓊不會想到這些。

他走進店裡拎了一大袋雜貨和一袋碎冰。出來的時候，他瞥見了路旁的指示牌上寫著：

「**德本斯機場，七英里**。」之後，他快步往酒鋪方向去了。

「請給我一瓶波旁酒。」他對店主說。

當店主正要把酒拿給他時，他往機場撥了一個電話，是一位女性接的電話，聲音非常溫柔，不像瓊，她老是凶巴巴的。女人的嗓音很悅耳：「是今晚十一點到聖東安尼的嗎？是的，還有一個座位。您可以到三號窗口買票，請在十點四十五分之前來購票。」

明天在墨西哥，就可以享受美女和美酒了。一想到這個，他咧嘴笑了笑。

瓊在路旁的汽車邊等他。「我想和你進去一次，只一次！」她接過冰袋和雜貨袋說。

「警察正在尋找一個矮個子和一個金髮的婦人，這你也知道。」傑克很不耐煩。

「下回你自己來吧，我不陪你了。」

「隨便你。」

傑克沒再開口說話，到了「U」字型轉彎處，他說：「你聽，車的聲音真怪！」

「要不是我一直在修理它的話，這車早就跑不動了。出去，我來開！真沒用！」瓊輕蔑地說。他們互相交換了位置，瓊一直把車開到了山上的小木屋前。瓊拎著雜貨袋子走進屋子，臨進門時狠狠地瞪了傑克一眼，他到車後座取酒去了，並沒有看見這眼神。

午飯過後，他到臥室午睡。三點鐘醒來的時候，他準備要實施自己的計畫了。他取出波旁酒，加了冰塊，調成兩杯，瓊喜歡喝的口味。瓊接過他遞過來的酒，雖然多少感到有些意外，可她沒有說什麼。

屋後的長凳上，傑克和瓊並排坐著。

瓊彎下腰，小口喝著酒。三里地之外的小鎮上正停靠著火車，瓊遠遠地望著火車，緩緩地說：「已經過去四個星期了，他們的搜查也該停下了吧？」

沈默了一會兒，她又說了一句：「他們永遠不會停止。再過兩個星期，我們也會搭乘那列火車。」

「我也希望如此。」傑克說著，把她的空酒杯取走，往小屋裡去了。

「這次給我少倒一點。」她朝他的背影喊道。

他笑了，很陰險。這次他比先前倒得還多。接著他倒掉了自己那杯的一大半。當他遞給她酒的時候，她說：「就喝這最後一杯。」

事實上，一切如同他的預料，第四杯酒她也沒有拒絕，五、六杯酒下了肚之後，她搖搖晃晃地走到桌前，乾脆拿起了酒瓶。

等她徹底醉倒時，天已經黑了。他搖了搖她，沒有搖醒。於是他讓她在長椅上躺著，自己走進屋裡，挪開餐桌，拉開地板，把一隻皮箱和一隻圓形布袋從裡面拖出來。

「她的行李怎麼會在這兒？」他驚奇地看著那個袋子說。

他把箱子提出來才發現，箱子已經空空如也。錢早已被她移到她的袋子裡去了。難怪她說下次不陪他去雜貨店。去購貨的時間是九點鐘，剛好能趕上一趟火車。

他大笑著將錢放回自己的箱子，然後興高采烈地刮了鬍子，換上筆挺的西裝，將箱子扔在汽車的前座，發動好汽車往山下去了。

車行至「U」字型轉彎處時，他用力踩一腳剎車，頓時臉色煞白。汽車像匹脫了韁的野馬，失去控制，一直快速向前，只見它衝出路面，騰空而起，傑克大聲尖叫，連人帶車一起向下墜落……

空包彈

吉恩走進演員俱樂部酒吧的時候，已經是下午了，俱樂部裡的人不是很多。他跨進店裡，徑直走到吧台前。「給我一杯酒。」他對艾迪說道，目不斜視。儘管只有一些零零星星的觀眾，但他還是招來一番關注。由於他的進入，頗為戲劇化的一幕出現了：正在下雙陸棋的人，停了下來，約莫有半分鐘的時間。在這個地方下雙陸棋，停歇是很少見的，即使是片刻的工夫。正在撞球的那個人，由於抬頭看他，接著擊球時，球跑偏了。他的對手也分了神，球再一次跑偏。但似乎誰也沒想著抱怨，這倒是有點出乎意料。

艾迪開始倒酒給吉恩，短暫的停頓後，一切又恢復了正常。

別人對他有怎樣的評價，我不知道。但我很欣賞他。想要做好那件事情，是需要一定膽識的。除了吉恩和我，沒有人會了解這些。

我站起身來，走到吧台前，折起剛剛正在閱讀的報紙。這似乎看起來挺滑稽的。報紙的頭版頭條是一個大家都熟知的事——吉恩殺死了一個女人，就在前天晚上。

那個女人叫貝蒂，她是百老匯舞台劇製作人的妻子。吉恩正在「Next to Good」戲裡擔任男主角。他是個前途無可限量的演員，正處於事業的高峰。聽說，吉恩能得到那個角色，是因為貝夫人喜歡他。關於這一點，我也不大清楚。我只知道，吉恩演那個角色，是因為他恰好適合。那齣戲是我編的。我也知道他當時已經有家室，在他還四處尋找工作和劇院的那些日子裡，他身邊總有一位可愛的女伴。目前他家住在城郊，已經有兩個孩子。在已經過去的半年裡，吉恩和貝太太經常一起在公共場所出現。我所了解的也就這些，關於這些，城裡的每位專欄作家都報導過，而且不止一次了。

我走向吧台，吉恩一個人站在那裡。

酒保抬起頭看著我。「來一杯那個。」我指指吉恩的酒說。

「雙倍威士忌？」艾迪吃驚地看看我，我平常總喝淡酒，這個他知道。

吉恩只顧喝他的酒，沒有看我。

「對，沒錯！雙倍威士忌！快點，你這愛爾蘭傻瓜！」

艾迪咧開嘴笑起來。來這兒的人經常會跟他開玩笑，假如哪一天我們不理他的話，他反而會覺得有些寂寞。

聽說，就在昨天，吉恩和貝蒂在「浪漫餐廳」裡還喝過酒、聊過天。正在這時，貝爾過來了。貝蒂年輕的時候，是個很漂亮的女人。雖然現在已經四十八歲，但仍然很動人，風韻猶存。

報紙對昨天發生的事報導得很詳盡，當時，餐廳裡用餐的是百老匯的人，全都認識他們三個，想要找個目擊證人並不困難。

貝爾走向吉恩和貝蒂時，他們正在喝咖啡。貝爾彎下腰，輕聲在太太耳邊說些什麼，聲音很小，除了他們兩個誰也不知道他到底說了些什麼。接著貝爾又附在吉恩的耳邊，用很低的聲音說了些什麼。隨後，貝爾從口袋裡掏出一張紙條，摔在桌子上。吉恩說了幾句，貝爾看起來生氣極了，他向吉恩衝了過去。就在這個時候，吉恩本能地從口袋裡掏出了槍。

後面的事情，像開端一樣引人入勝。那張貝爾扔在桌上的紙，大概是貝蒂寫給吉恩的一張字條。上面寫著：「今天的戲演完後，馬上到『浪漫』來，快點！蒂蒂留。」

和這個字條一起的，還有一封信。信是用打印機打的，上面寫著「貝爾親啟」。

在結束演出，匆匆謝過兩次幕後，吉恩急忙回到化妝室。他草草用毛巾擦掉臉上的妝，甚至連戲服都沒來得及換，穿上格子粗呢外套和法蘭絨長褲，就趕去他們平常見面的地方——拐角的餐廳。

也正是這個原因，他的外套口袋裡才有一支裝了一個空包彈的手槍，而這支手槍正是「Next to Good」的最後一齣戲裡的道具。吉恩向敞開的窗戶那邊開了一槍，嚇走了正在下面潛伏的小偷。這個情節很特殊，相信很多人還記得。

「貝爾走了過來，他開始咒罵我，你也知道，沒人願意接受沒來由的咒罵。我只是想讓他閉嘴。貝蒂和我只是好朋友，這個他自己也很清楚，有人故意寫一封惡意傷人的信給他。指責我和貝蒂有苟且之事，而且附了一張條子，目的就是要證明今天我們會見面。可他相信了！他變得有點歇斯底里，簡直瘋掉了！」事後《每日新聞》如此引用了吉恩的這番話。

不管怎麼說，他們之間的確發生了激烈的衝突，而且說了讓人難以忍受的話。貝爾顯然已經氣得失去理智了，他在大庭廣眾之下衝向吉恩，而吉恩竟然想起了拿槍。事實上，那支槍不具有什麼威力，因為槍裡面的子彈是空包彈。

現場目擊者似乎都說辭一致，他們都認定，有那麼一段時間，吉恩拿槍指著貝爾，使得貝爾暫時安靜下來，不敢輕舉妄動了。就在這時，餐廳的服務生走過去，看樣子是想勸說他們放棄爭執。但是勸說並沒有奏效，雙方都各執一詞，一點兒也沒有退讓的意思。貝爾跳了過去，他準備去奪吉恩手裡的槍。

頓時，兩個人廝打起來，都死命地用手抓著槍，不肯鬆開。裝咖啡的杯子在他們的推搡下，倒在了桌子上，杯裡剩餘的咖啡灑了出來，濺了貝蒂一身。她似乎被這場面給嚇著了，大叫著跳了起來，她抓狂地撲向這兩個男人，試圖將他們兩個分開。槍卻在這時候走火了，傳出兩聲槍響。酒店的服務生聞聲都圍了過去。

只見貝蒂身體前傾，倒在桌上，而後整個人倒在地板上。餐廳裡安靜極了，這時候，哪怕是一根針掉下來也聽得見。沒人見過這樣的場面，一時間，所有在場的人都怔住了。

貝蒂看起來虛弱極了，誰都看得出來，她傷勢嚴重極了，隨時都可能有生命危險。手槍裡面竟裝了實彈！那兩發子彈，一發打中她的嘴角，從嘴角一直穿過腦部；另一發擊中了左乳房，緊挨著心臟的位置。由於槍槍都在要害上，當急救人員趕到時，已經太遲了，她早已停止了呼吸。

「再給我來一杯。」吉恩喝下酒，對酒保說。就在酒保隨即給他斟酒時，他發現了我。

「嗨！」我跟他打了一個招呼。

他只是揚手舉舉杯，以一個友善的手勢回應我。他的眼眶黑黑的，臉上寫滿了疲倦。

我一口氣喝完杯中剩餘的酒，然後把酒杯向艾迪那邊推了推，又要了一杯。「不要太責怪自己了，也不全是你的錯。誰也不想發生這種事。沒人會責怪你的。」我跟吉恩說。

他的確沒被責怪。警方把他和貝爾帶到警局，審訊了一個通宵。經過驗屍，以及十六分局和凶殺組的偵查，最後得出的結論是：「意外死亡。」警方認為這不是故意殺人，而是一次荒謬的巧合。

吉恩和貝爾被釋放了。今天的早報已經報導了這些。

想想覺得，這件事充滿諷刺。那把吉恩用來表演的槍，一直是由管道具的人負責裝彈的。最近，他們新進了一批空包彈，五十顆裝的，整整六大包。可不知在什麼時候，被人悄悄地換了一盒真子彈。這些真子彈是警方在調查此案的時候發現的。而在次之前，也就是那天下午，吉恩演出的最後一幕，他射出了一枚真子彈！

可是，當時，誰會想到這些呢？沒有人會去瞧瞧吉恩射擊過的後牆，更沒人會在意那個背景上的小洞。貝蒂實在死得冤枉，她的死全屬意外。

等艾迪離開了，我走到吉恩身邊，靜靜地說：「吉恩，你為什麼非殺她不可？」

他沒有回答，只是皺了皺完美的鼻子。從這一點我已經判斷出，我的想法是對的。可這並沒什麼值得好奇的，我正在梳理事情的來龍去脈，相信您也能做得到。

「你喝醉了吧？還是你就喜歡胡言亂語？」吉恩問道。

「噢，不！事實上我很清醒。我知道你會平安無事的。」

他愣住了，眼睛一直盯著吧台。

我看著他，繼續說下去：「其實，你的說辭是有漏洞的，只是警方並沒有發現。你很了解貝蒂，可是警察卻並不了解。問題就出在她寫的字條上。貝爾拿到信是在昨天，也就是貝蒂出事的那天。很顯然，信是你提前一天寄出去的。但信上說你們約在『今天』見面，那正是貝爾收到信的時間。我敢保證，那封帶有字條的信裡，一定有你和貝蒂會面的詳細時間和地點。而這顯然是不可能的。誰都不是先知。那麼只有一種可能，那就是貝蒂的那張字條是事先寫好的，準備留著最近經常使用的。可誰會有此殊榮，能得到她如此的傾心？答案很簡單，那個人就是你！」

「你瘋了！」

「我可沒瘋，我說的全是實情。若是按照常理推算，我這種說法是有點荒謬。你不可能自找麻煩給他丈夫寄去那樣一個字條，外加一封只會引發正面衝突的下流信。這似乎看起來對你沒有一點好處。」

「表面上看，不應該有人這樣懷疑你。可貝蒂死了，她被殺了！她很欣賞你，你們經常在一起，而且關係很好。可這也是你最好的掩飾。沒有人相信你敢在餐廳——這個人員嘈雜的地方，眾目睽睽之下，貿然行事，甚至動手殺了她。」

吉恩不再否認，只是把頭低下去，仔細地聽我往下說。

「現在有一種假定，儘管它聽起來有些不可思議。但這種假設應該是成立的。從頭到尾，最方便動手腳的人是你——那把手槍的使用者。因為要使用手槍，你有機會進道具室，然後神不知鬼不覺地調換一包真子彈，因為你要使用手槍，你可以順理成章地更換子彈。其實管道具的裝進去的，確實是一顆空包彈，只是後來你把它換掉了。因為知道裡面的子彈是真的，你射擊時很小心，以確定不會露出破綻、更不會傷到別人。」

「你憑什麼說這些？還這麼清楚？」

「因為我知道誰會想置她於死地，這一點我知道，你也知道，可警察是不會知道的。她是一個貪婪的女人，想要的總是太多。男人在她眼裡就像一個將要被榨汁的水果，她總會嫌榨出的水分不夠多。也許她需要的遠遠超出了你的能力？婚姻？」

他幅度很小地點點頭，似乎不想被人察覺。

「我想我沒有猜錯。你想要發展自己的事業，可你也愛自己的太太和孩子。為了你的事業能更好地向前，你不得不順從你的老闆娘，甚至不惜跟她保持曖昧。可她並不滿足這些，她要你拋掉生命中最寶貴的東西，然後取而代之。這當然不是你想要的結果。於是，你決定鋌而走險，選擇一個適當的時機幹掉她。不過說真的，這的確是個瞞天過海的好辦法。找一個公共場所當舞台，先是用信，再當面侮辱，再掏出你假裝不知道是真子彈的槍，讓貝爾先動手過來搶，因為你比較年輕力壯，等槍對準適當的方向時，你就扣動兩次扳機。這樣你借貝爾的手，殺了他的結髮妻子。在外人看來，除了認為是意外事件，誰還能怎樣認為？」

「你簡直是個魔鬼！」

「我應該告訴過你，我很早就認識她。那是在二十年前了，我還很年輕，也很有才華。我的妻子很漂亮，夫妻恩愛極了，跟現在的你很相像。最後，我的婚姻因為她破裂了。她那樣的人，我最清楚不過，我知道她在想什麼。她一直把男人當成玩物，這麼長時間了才得到懲罰，也算是她的運氣。吉恩，不用擔心，我不會拆穿你的，這也是我一直想做的！來吧，咱們再喝一杯，放鬆一下！」

狼狽為奸

門前停了一輛嶄新的敞篷車，鮑．威廉一看見車，就知道是米爾醫生來了。意識到這個後，他不自覺地加快腳步，向前門走去。

走到前門，威廉停了下來，他向四周掃視了一下，這才從口袋裡掏出鑰匙，靜悄悄地打開門，進屋去了。

屋子裡很安靜，鋪著厚地毯的樓梯一直通向二樓的臥室。他小心翼翼地踏上樓梯，生怕發出一絲聲響。威廉一邊上樓，一邊從口袋裡掏槍，這支點22手槍是他前一天特意買的。走到臥室門前時，手槍的保險已經打開了。他深吸著氣，手握著槍，輕輕地推門。

門打開了，米爾醫生沒有穿鞋，赤腳站在地上，雙手扣著白色襯衫的鈕子。威廉夫人——露絲，正慵懶地縮在坐臥兩用的長靠椅上，一件滾花邊的睡衣很隨意地在身上披著，金色的長髮有些凌亂，顯然還沒有來得及打理。

露絲被眼前的一幕給嚇住了，她看起來有點兒目瞪口呆。她一動不動地挺在靠椅上，表情僵在臉上。米爾醫生也愣住了，他一動不動地站著。房間裡一片寂靜，時間像是在這一刻停住了。

這一瞬間，威廉覺得自己反倒像是個外來的，一個不請自來的不速之客。

「威廉！」露絲像是在哀求他。

威廉沒有理她，此刻他根本無法壓制心中的怒火。他扣動扳機，小手槍發出很小的聲音，準備站立的露絲隨即又躺回了長椅，彷彿一下子耗盡了所有的力氣，直挺挺地躺在那裡。威廉手裡拿著槍，毫無力氣地站著，槍口指著已經斷了氣的妻子，眼神迷茫。

不知僵持了多久，凝重的氣氛被打破了。窗外傳來唧唧喳喳的鳥鳴，街上響起了來來往往車輛的奔馳聲。

「你準備也殺死我嗎？」米爾醫生怯怯地問道，他的手同時還繼續扣著釦子。

威廉盯著他，看了很長時間，回答說：「不，我不準備殺你。」此刻的威廉，已經耗去了太多心神，有點虛脫。他看起來疲憊極了，似乎再沒有精力去關心別的。

米爾醫生扣完釦子，低頭又看了一眼威廉夫人。他多年的行醫經驗告訴他，露絲已經斷氣了。「我們有大麻煩了，快離開這兒！」他帶著一些懇求的語氣，對還在發呆的威廉說。

米爾一邊迅速地穿褲子和鞋，一邊接著說：「其實我很理解你。假如今天這事擱在我身上，我也會毫不猶豫地這麼幹的。露絲是個什麼樣的女人，我想你比我清楚。否則，你不會開槍打死她。而我只不過是碰巧跟她在一起了，還攤上這種事，運氣真夠差的！」

威廉一時間陷入了困惑，僅僅幾分鐘的時間，他的生活被一聲小小的槍響徹底改變了。

米爾看出了他的困惑，開始試圖說服他：「發生了這種事，對你和我來說都是一場災難。你可能因此去坐牢。而我也會名譽掃地，變得一無所有。我苦心經營的診所，有可能會因此破產。我妻子也可能會藉機跟我離婚，並把我搜刮得乾乾淨淨，你也知道，像她那樣的人什麼事都幹得出來。」

威廉認識米爾夫人，一個精明強悍而又盛氣凌人的女人。幾次在交際場合見到她，威廉夫婦都迫不及待地想要躲開。沒有人能受得了她那副高高在上的樣子。只是看在錢財的份上，米爾醫生才一直忍著她。他自有打算，如今目的已達到。米爾自己經營了一家診所。在現實面前，米爾醫生總是顯得很有智慧。

「現在的狀況對我非常不利，」米爾看著威廉，開始繼續往下說，「來這裡出診，護士小姐是知道的。汽車停在外面快一個小時了，若是警察調查起來，我找不出不在場的證據。」他綁好鞋帶，站起身來。

威廉打量著他說：「你有什麼打算？」

「我們得相互幫忙才行。」米爾醫生笑了，看起來像是已經胸有成竹。

「或許我們可以佈置一下，讓這一切變成一個意外，看起來像是她自殺？你是醫生，這個對你來說應該不太困難。」威廉把槍裝進口袋，然後摘下眼鏡，心不在焉地用手帕擦拭。

「她自己開槍的話，子彈不可能從那個方向穿過胸膛，這說不通。」米爾醫生皺皺眉頭說。他一隻手托著下巴，打量了一下房間的角角落落，然後眼睛盯著窗外，看起來若有所思。終於他開口了：「辦法有了。」

威廉漸漸緩過神來，他靜靜地站著，看了一眼倒在那裡的露絲，他一點都不為她難過。看著眼前的米爾，他似乎已經沒有了憤怒。露絲是一個行為極不檢點的女人，假如此刻的男人不是米爾醫生，現在和威廉站在臥室的，也許就是另外一個人。現在，威廉的心裡只有一個強烈的慾望，那就是活著。

「我們乾脆把這一切安排成意外，一個突然降臨的意外。這樣會更有說服力。」米爾頓了一下，指指窗戶，「瞧，窗簾上的鐵桿，它也許能救我們的命。把它插進傷口，看起來好像是她在卸窗簾時跌了下來，被窗簾桿刺死了，完全出自意外。」

「你瘋了？那子彈呢？」威廉問道。

「這個不用擔心，我可以把它取出來。」米爾醫生看看角落裡的黑色醫療包，回答他說。「窗簾桿的直徑比子彈大得多，要掩蓋子彈進入的痕跡，不成問題。」他聳聳肩，「總之，朋友，我們得試試再說。」

「聽起來還是有點冒險。」威廉的語氣裡充滿了猶豫。

「要是檢查得不仔細的話，應該問題不大。不過，她不會被仔細檢查的。按照本州法律，只要我打急救電話，叫救護車送她去醫院搶救，在抽出鐵桿救助無效時，我就有權出具死亡證明，說她是因意外受傷，救治無效而死。這種意外每天都會發生，數量太多，根本沒人去驗屍。」米爾醫生緩緩地說。

威廉下意識地咬了咬嘴唇：「那總得有見證人。」

「是的，會有兩個，你和我，」米爾醫生立即明白了他的意思，繼續說道，「但為了使事情看起來更逼真、更有說服力，我們得想個說辭。我們就說，是在上樓梯時，聽見她跌倒了，發出了尖叫。我們匆匆上樓後，就發現她已經躺在窗戶邊，傷勢很重。當時她還能動，於是我們將她搬到躺椅上，於是，後面的一切也就發生了。」

威廉重新戴上了眼鏡，看了一眼已經停止呼吸的妻子，心中所有的怨恨似乎一下子消失了。此刻的那具屍體，再與他無關，而僅僅是一具百貨公司裡擺放的人體模型。他扶了扶眼鏡問：「那麼，接下來我們怎麼做？」

「你得先幫我把屍體搬到窗戶邊。然後，幫我把醫療包拎過來。」米爾醫生說。

大約二十分鐘的時間，他們把一切都安排妥當了。露絲仰躺在窗戶邊，一張椅子翻倒在她的身旁，一根粗粗的窗簾桿插在她的胸口上，那樣子看起來，可怕極了。米爾醫生驚慌地在前廳掛著電話，他神情凝重地吩咐護士小姐，請她以最快速度去叫急救車。他演得很逼真，好像一切都是真的。五分鐘後，警方趕到了。

發生這種事，例行檢查自然是少不了的。這件案子是由一位名叫懷特的警探負責的，他四十餘歲，但看來飽經風霜。他處理案子的方式似乎很呆板。

案子進行得很順利。鮑．威廉和米爾的供詞一致。威廉夫人因患咳嗽，米爾醫生駕車前去應診，就在跟威廉先生一起上樓時，房間裡傳來一記沈悶的聲音和一聲尖叫。聽到聲音他們飛快地趕到臥室，威廉夫人已經危在旦夕，她極為痛苦地說明了事情的緣由。米爾醫生見狀，連忙打電話尋求急救，可當救護車趕到時，已經都太遲了。

案情審問以後，那位憔悴的探員安慰了威廉幾句。案子就這樣了結了。

在露絲的葬禮上，威廉表現得好極了。對此，連他自己都有些吃驚，他簡直就是一個天才的演員。當然，米爾醫生也毫不遜色。很多人都在為露絲的死而難過，可誰也不會懷疑到他們。

事情已經過去一個星期了。威廉開始了正常的生活。他心安理得地繼續在一家水泥公司做著他的副主任會計，心中已經絲毫不再有悲傷和罪惡感。反而，在有時候，他還為自己能輕易地將這件事掩飾過去而暗自慶幸。

就這樣，又平靜地過去了一個月。威廉過上了一種全新的生活——一種沒有憎恨的新生活。殺死露絲，在他現在看來，倒還是個不錯的主意。

一個星期後，米爾醫生的出現改變了他的想法。米爾衣著鮮亮，藍色運動衫加上一條白色長褲，外加脖子上繫著的領結，這種風格和他往常一樣。儘管在威廉看來，米爾這樣的打扮不太符合他的身分，但他也明白，這身打扮著實讓許多女人欣賞不已。米爾是一個到家出診的醫生，他之所以到家出診，不僅僅是因為醫術高明，也因為他有著不可告人的目的。

米爾醫生接過威廉遞給他的威士忌，抿了一小口。接著他在一張椅子上坐了下來，直接說明了來意：「威廉，我們又有麻煩了。」

「麻煩？怎麼會呢？」威廉眼鏡後面的眉毛揚了起來。

「是阿黛，她起了疑心。她懷疑我和露絲有染。露絲平日裡很懶，很少做家務，而且更不會自己去卸窗簾，這個她很清楚。」米爾醫生說。

威廉坐直了身子，給自己也來了一杯威士忌，「那僅僅是懷疑，也沒什麼大不了的。」

「問題沒你想的那麼簡單，她想去報警。要真的那樣，警方肯定會重新插手此事。」米爾醫生說著，他看起來有些緊張。

「我明白了。」威廉意識到事情的嚴重性後，頓時產生一陣恐懼，這種恐懼一直在他腦海裡滋生、蔓延，快要讓他窒息。他吞了一大口酒說：「那我們該怎麼做？」

「以現在的情形，我們只能做一件事。」米爾不停地旋轉著玻璃杯，那隻手一看就是刻意修剪過的。

「你不會是要……哦，不，她怎麼說也是你的妻子。」威廉詫異地說。
「我說夥計，別假裝神聖了。現在可沒那工夫，還是想想該怎麼解決我們的麻煩吧！」
「是的，當然，可是凡事總得講究個度吧。」威廉喝光了杯中的酒說道。
「一點兒都沒錯，老朋友。我保證這是最後一次，可我們必須這麼做。」米爾醫生把酒杯放在茶几上，雙手疊放到大腿上。
「說吧，那你打算怎麼辦？」威廉問道。
「全都計畫好了。阿黛會自殺，她像是做那種事的人，這一點你得承認。」
「她為什麼會自殺？動機是什麼？」
「是因為我，這就是動機。大家都知道我有很多外遇，而阿黛，她實在忍受不了，因為妒忌，所以選擇了自殺。」米爾醫生愉快地說道。
「動機是有了，可細節怎麼安排？」威廉問道。
「這個我早就想好了。我準備用哥羅芳把阿黛弄暈，然後把她送到我們林子裡的小屋去，另外留一份用打字機打好的、簽了字的遺書在那兒，然後打開瓦斯。而我自己則安排好不在現場的證明，我的接待小姐瑪格麗特已同意為我作證，說我整夜都在她的公寓裡。她多年來一直對我死心塌地。絕對是個堅定可靠的證人。」
「嗯，聽起來確實很不錯，」威廉說道，「那我需要做些什麼？」

「你只要知道將會發生什麼，免得聽到阿黛的死時，摸不清楚狀況一時說錯了話。另外，你也得準備一個不在場的證據，防止出現什麼狀況。」

「整個計畫確實很周全，可有一點，我搞不明白，你提到了簽了字的遺書，這個可不太好辦。」

「我早猜到你要說這個，夥計。瞧。這個我已經拿到了。」米爾醫生得意地把手伸進了外套口袋，只見他從口袋裡掏出一張折成三層的空白打字紙，打開之後，展示給威廉看。

威廉一驚，看到在紙的末尾，竟有阿黛的簽名！

「天哪，這簡直不可思議！你是怎麼得到這個的？」威廉驚訝地問。

「這個也許你還不大清楚吧，阿黛是個酒鬼，她的酒癮很大。昨天晚飯後，我在她的雞尾酒裡下了藥，然後把她騙進了書房。我拿出打印紙要她簽字，說是要申請保險。她相信了。也許現在她也不會記得自己到底都幹了什麼吧。」米爾醫生看了一眼手中的白紙，然後折疊好，放回口袋，一臉掩飾不住的得意。「對於一個醫生來說，做有些事情簡直是輕而易舉的。這簽字看起來有些抖，不過，一個臨死前的人，手總有那麼一點發抖。」

「這個當然。」威廉說道。

「沒有什麼好擔心的，我現在就可以保證。但我們必須要做到萬無一失才行。你一定得拿出那天不在現場的證據。跟朋友一起去吃飯，或者到你熟悉的地方去，總之得有人能記得你。」米爾醫生說。

「這好辦。」威廉聳聳肩。

米爾醫生站起身來，他穿過客廳，向前門走去。威廉緊緊地跟在他的後面。

「放輕鬆一點兒，夥計！什麼都不用掛念，很快就會過去的！」米爾醫生拍拍威廉的肩膀安慰道。

「這我可做不到，不過等事情了結了，我就輕鬆了。」威廉回答說。

米爾醫生邊打開大門，邊說：「就在星期四晚上，過了這天，我們就可以解脫了。」

威廉站在門口，他一直目送著米爾走下人行道，走到他的敞篷車前，直到米爾上了車，發動引擎，把車開進擁擠的車流裡，他這才收回了視線。

週四到了，因為有心事，威廉一整天都無法安心工作。時間已經是晚上九點鐘，威廉家裡的電話突然響了。一聽到電話鈴聲，威廉的整顆心立刻揪了起來。電話是米爾醫生打來的，這時候打電話過來很有可能是出了什麼亂子。

事情正如威廉所擔心的。「該死！我遇到了一些麻煩，需要你來幫忙。」醫生激動的聲音從電話那邊傳了過來。「究竟出了什麼事？」威廉的手緊緊地握著話筒，急切地問道。

「夥計，沒有我倆辦不成的事，可這個沒法子在電話裡說。」

「你在哪兒打的電話？」

「木屋附近，一個公用電話亭，我需要你盡快來木屋幫忙。」

威廉頓覺頭皮一陣發麻，他很想拒絕，整個事情的演變讓他厭煩極了。可畢竟他已經牽扯進去了，容不得抽身。

「威廉，你在嗎？」

「是的，米爾，我在這兒，去木屋的路怎麼走？」

那個木屋的位置隱蔽極了。威廉在開了將近一個小時的汽車之後，才隱隱約約看到它。他小心地將車駛進一條通往木屋的狹窄小路。抵達後，他把車的火熄了，稍稍休息了一下。

木屋很小，甚至比他想像的還要小，屋外被漆成淡淡的灰色。屋子的周圍是一片密集的樹林。米爾醫生的敞篷車背對木屋，停靠在一個烤肉用的小石坑邊，看上去像隨時要逃走的樣子。

看到這些，威廉不得不承認，米爾醫生是一個極為謹慎周到的人。他從汽車裡走出來，踏上木製的台階，輕輕地敲了敲木屋的門。米爾醫生打開門，面帶微笑地把他讓進屋裡。

威廉進了木屋才發現，米爾醫生的雙手正套著肉色的手術用手套。米爾夫人則坐在一張皮製的扶手椅上，兩眼安詳地閉著。她已經被哥羅芳麻醉了，威廉猜想。接著他開始環顧四周，打量起這間屋子來。屋裡有一個石砌的壁爐，在它的四周各有一面鏡子，遺書就貼在其中的一面鏡子上面。「你說你遇到了麻煩……」並沒有發現異常的威廉不解地問道。「困難已經解決了，夥計！」米爾醫生看著他，臉上依然掛著笑。「那她會昏迷多久？」威廉指著米爾夫人接著問道。

「她永遠醒不過來了，來，夥計，看看這個。」米爾說。

威廉走到椅子的另一邊，順著米爾手指的方向，他看見米爾夫人的太陽穴上有一個形狀整齊的小洞，黑黑的，周邊全沾上了血漬。「你為什麼這麼對她？」威廉移開了他的視線，那場景實在慘不忍睹。

「這也是計畫的一部分。」

「那也不必用……」威廉的話突然停了，因為他看見米爾醫生手裡正握著一把小手槍。

「我想我需要解釋一下，你知道的，阿黛應該是自殺，可那子彈口周圍有燒過的痕跡，這一點肯定會引起警方懷疑的。」

「自殺？為什麼要自殺？」威廉說。米爾醫生仍微笑著，回答道：「因為她沒辦法離開你。」聽到這個，威廉驚駭得目瞪口呆。

「我相信，她肯定很後悔殺死了你。你知道，夥計，你們是一起開車來這裡的。這兒是你們的愛巢，這一點你可得記住了。阿黛的遺書，是用你家的打印機打印出來的。現在就貼在那面鏡子上。」米爾醫生繼續自說自話。

威廉顫巍巍地走到鏡子跟前。遺書上是這樣寫的：「我發誓，我要和威廉永遠在一起，不論是生是死，都永遠不離不棄。」

米爾醫生抬起胳膊，晃了晃手裡的鑰匙說：「這是你家前門的鑰匙，露絲生前給我的。就在你出去做不在場的證明時，我用這個進入了你家。那張有阿黛簽名的打印紙就是在那時被打上她的遺書的。」

他把鑰匙在手裡轉動了幾下，又放進口袋。「不過，一會兒，我會把這個放到阿黛的口袋裡。」米爾的聲音裡充滿了得意。

「你這樣良心盡失，遲早會遭報應的。」威廉的聲音明顯地提高了八度。

此刻的米爾，整個人已經被興奮佔據了。他根本不去理會其他。「來吧，讓我們重新把這個故事組合一下，事情是這樣的：幾分鐘前，阿黛用槍打死了你，她寫好遺書貼在鏡子上後，又舉槍自殺。我猜原因可能是，你要和她分手，或者是你不同意跟她結婚。這個我可以理解，我想別人也能理解。這一個多月來，我一直在散佈你和阿黛的謠言。」

「胡說八道！那完全是胡說八道！」威廉幾乎是在咆哮。

米爾醫生搖了搖頭，像是在同情，又似乎是在嘲笑：「沒用的。你的汽車、你家的鑰匙，這些都是鐵的證據。妻子死後你的孤寂，我的經常不回家，阿黛的徹底死心，還有我散佈的謠言……這一切看起來完美極了，簡直是天衣無縫，不是嗎？」

威廉再也沒有機會去回答了。米爾醫生用戴手套的手指，朝他開了槍。威廉的身體直挺挺地倒在地上，他能看見的最後一幕，是米爾醫生把手槍放進阿黛的手中，再往後的，他不會再看到了，永遠也看不到了。

威廉和阿黛的死訊很快就被傳開了。米爾表現得很大度。他跟一些朋友說，阿黛和威廉的事他早就有所耳聞，但是妻子的死，他還是很難過。另外，由於接待小姐瑪格麗特的作證——醫生在出事的那天晚上整晚待在她的公寓裡，使他跟阿黛的死亡撇清了關係，因為他有強力的不在場的證據。米爾醫生平日的拈花惹草加之瑪格麗特的供認不諱，使這一切怎麼看怎麼順理成章。總之，一切都圓滿地進行著。

可麻煩似乎很喜歡找上米爾醫生。沒得意多久，接待小姐瑪格麗特拋給米爾一個新的難題：她想要人財兩收——分得米爾一半的財產，並跟他結婚。

這回，米爾醫生可得再動一番腦筋了。

離婚協議

機票的時間是第二天上午，可朱迪似乎已經等不及了，她早已把行李準備齊全，隨時等待出發。她應該等哈利回來之後才出發的，因為先前她答應過哈利。可現在，她好像已經失去了耐心，不想再等下去。

就在前天，哈利飛往北部的緬因州之前，曾跟她說，只去幾天，回來以後，就簽字離婚。可等不及哈利回來，她就飛往那個迷人的海灘找他去了。和哈利離婚是遲早的事，她何必如此著急呢？

第二杯咖啡喝完後，她順手拿起一張報紙看了起來，一隻手上夾著剛剛點燃的香煙。離婚，對她來說，根本不用急，該急的人應該是哈利，他想要跟瑪麗結婚，為了達到這個目的，他什麼都會答應她的，哪怕失去一切。

看完報紙之後，她又研究起貂皮和鑽石方面的廣告來，那是深受女士喜愛的兩樣東西，可哈利早已不買給她了。她看中了一些耳環，它們和她頸上的珍珠項鏈很般配。就在想要把它們撕下來以便保存時，她又習慣性地看了看反面，背面只是一個訃文欄。她有點失望，用手抖了抖報紙準備翻頁，就在這時，訃文欄裡一個名字跳了出來。她趕緊拿好報紙，仔仔細細地看個究竟。那則訃文內容是這樣的：漢孟德城，瑪麗女士，享年四十五歲，將於本週一上午十一點在惠普爾殯儀館舉行告別儀式。

她揉了揉眼睛，又拿著報紙看了好幾遍，這才確信，她剛剛所看到的是事實。「可憐的瑪麗，這場戲才剛剛開始，你就不在了，可真夠慘的。哦，還有哈利，老天也真會跟他開玩笑。」她自言自語，臉上露出了令人很難察覺的笑，一種勝利者的笑。她小心翼翼地把那則訃文撕了下來，放進她的皮夾裡。

或許我應該把這則訃文給哈利寄去，跟他開一個玩笑。一想到這個，朱迪忍不住快要大笑起來。可是，突然一個想法躍入她的腦子裡，讓她再也笑不出來了。瑪麗死了，哈利就可能重新跟她商量離婚的條件。要真是這樣，她的處境就不容樂觀了。她不但很難得到更多的財產，也許到了最後她什麼也得不到。

現在，她能做的只有一件事——讓哈利在得知瑪麗的死訊前，跟她簽好離婚協議，這是她最後的一點希望。只要哈利一回到家，就會馬上知道這件事的，就算他還不知道，也說不定會有人打電話告訴他，即使都沒有，哈利自己也會給瑪麗打電話。到那時，一切都來不及了。好在哈利現在還在緬因州的小木屋裡待著，此刻他也許正在木屋裡做著防寒工作，收拾過冬的裝備呢。木屋裡沒有安裝電話，這個她很清楚。她還有些時間。

一想到這裡，她立即將文件往皮包裡一塞，披上外套，抓過了汽車鑰匙，直接奔向屋外的車庫。

車子正開往緬因州的方向，她有點興奮，又有些忐忑。她慶幸自己還算聰明，及時意識到事情的變化，同時也有一點擔心，因為她還沒有想好，該怎麼跟哈利解釋她的突然來臨。哈利所在的地方到了，那是一個產業區。她直接把車開進了產業區裡，停靠在哈利的車旁。這個產業區是哈利老叔叔的，老叔叔和他一樣，都喜歡養鳥、賞鳥。老叔叔死後，哈利從他那裡繼承了遺產。

停好了車，朱迪向小木屋走去。一陣陣寒風襲過來，冷得她渾身發抖。她打開門，進屋去了。屋裡面很暖和。她這才記起屋裡是有取暖設備的，哈利先前跟她提過。其實哈利並不怕冷，他自己就像一個暖爐，不管有多冷，他身上總是熱乎乎的。哈利此刻不在屋裡，於是，朱迪索性脫下了外套，坐在一把已經發霉的椅子上等他回來。

朱迪點燃了一根煙，想起心事來。但願他能快點回來，早點把這事給解決了。

煙已燃到了盡頭，朱迪拿起煙盒，這才發現裡面已經空了。停車加油的時候怎麼沒想起來買一包呢？她暗暗抱怨。打開皮包仔細翻看，希望能找出一支煙來，只要一支就好。可是，該死的！什麼也沒找到。

朱迪快要按捺不住心裡的焦躁了。她起身踱起步來。一想到在簽離婚協議之前，哈利可能會得知瑪麗去世的消息，協議的條件可能會重新商量，她就再也坐不住了，禁不住想抽支煙，就算是哈利抽的那種薄荷煙也好，但是連這個也沒有。門前，掛了一件哈利的舊皮夾克，她翻開口袋，還是沒有煙。然而，在胸前的口袋中，裝著哈利的皮夾子。這個皮夾子，哈利一向都帶在身邊的。她打開皮夾子細細地翻查起來。皮夾子裡，並沒有什麼異常，裝的都是像信用卡和錢等一些平常的東西。她又仔細地看了看，發現他還留著他們的結婚照片。可當她抽出照片時，忍不住尖叫起來。

她那張美麗的臉龐，被哈利用鋼筆畫了一嘴吸血鬼才有的尖牙，那雙優雅的眼睛也被兩個大大的「$」蓋住。

她端詳著照片，試圖把她所了解的哈利和具有這方面個性的哈利聯繫起來。他一定很輕視自己！她想。哈利平時是一個溫文爾雅，連隻蒼蠅都不會打的人，可他竟把自己的妻子畫成那副鬼樣子！

看來他真是個狡猾的傢伙。在被畫得不成樣子的結婚照的旁邊，是一張他和瑪麗的合影。他們溫情脈脈地對望著。照片的底部整齊地寫著一行字：

哈利，我的愛。永遠愛你的瑪麗

看到這些，她簡直憤怒到了極點。她拿起火柴，把自己那張已經畫得不像樣子的照片點著了。接著，她從自己的皮夾子裡取出瑪麗的訃文，把它放進哈利的夾子。她放得很有技巧：用訃文包著他們兩人的合影，然後用兩張五元鈔票把照片夾在中間，接著將這些一起塞回放鈔票的夾層。只要哈利一打開錢包，就肯定能看到。她動作迅速地把皮夾子放回原處，這時，門外傳來了一陣腳步聲。

哈利走進屋來，他穿著羊毛格子襯衫，望遠鏡懸在胸前，煙斗從他的襯衫口袋裡凸顯了出來。「我看見外面的汽車了。」哈利摘下眼鏡，揉揉疲倦的眼睛說道。接著，他盯著朱迪疑惑地說：「能不能告訴我，是哪陣風把你吹來了？」

她解釋說：「哈利，這個可能你還不知道，我在旅行社報了名，準備出去旅行，可旅行社今天早上打電話說，他們的計畫有點變動，船要等到明天中午才出發。因為時間還來得及，加上已經答應你，在家等你簽字，所以，我就想乾脆在出發前，找你把字給簽了。」

哈利的眼睛裡充滿了懷疑，問道：「僅僅是因為這個嗎？」

頓時，朱迪的脈搏加速了，跳個不停，為了掩飾心虛，她故作生氣地反問道：「你是什麼意思？」

「對不起，如果是我猜錯了的話，請你原諒。可我有點弄不明白，一直以來你不是都不贊成離婚的嗎？」

「你到底還要不要簽字？」朱迪把文件從皮包中拿了出來，又拿出一支筆，一起遞給了哈利。

哈利在一式兩份的文件上簽了字。朱迪把自己的一份放進皮包，剩餘的一份則由哈利放進他的皮夾克口袋。那個口袋裡裝著哈利的皮夾子。

「好了，辦妥了。」他的語氣很輕快。

「辦完離婚手續，你就會和瑪麗結婚嗎？」朱迪問。

「是的，當然，我是要跟她結婚。」哈利回答。

她微笑著回應他。哈利看到朱迪的笑，鬆了一口氣說：「我們之間的事情已經用和平的方式解決了，或許，你不介意我搭你的便車回去吧，氣象台預計明天會有一場暴風雪，我擔心因為這個，會趕不上明天的飛機。」

「不，哈利，我可不想因為你要搭便車，在這裡待上一夜。」朱迪抗議。

「一個多小時以後，我們就能出發。我們開兩部車下山，然後我把車寄放到機場。」哈利解釋說，「不過，我得先餵完鳥才行。」哈利從櫃子裡取出一袋雜糧，那是專門給鳥準備的。「然後，我需要去一趟『瓦拉布』，在那我預訂了一些東西，我得取回來。」他一邊說著、一邊伸手去取皮夾克，還沒等朱迪表示同意，就推開門出去了。

現在，對於朱迪來說，最不喜歡做的事情，就是跟哈利一起回家。哈利剛從屋後的林子裡消逝，她就想驅車趕路。

可是，這會兒，她急需一根煙。煙會放在什麼地方呢？她的腦子轉了起來。眼睛也開始上上下下打量起整個房間。突然，她的眼前一亮，目光落在一張寫字檯上，這應該是最有可能的地方了。

寫字檯最上層的抽屜被打開了，她找到一支手電筒、蠟燭和火柴，但就是沒有煙。下一個抽屜是放著一些說明書，上面介紹的全是像如何關閉壁爐的節氣閘、如何點燃煤油燈、如何關掉水管裡的水等一類的問題。

她把這些說明書推到一旁，試圖拉開第三個抽屜。在這個抽屜裡，放了一個金屬保險箱，箱子上著鎖。找到這裡，她似乎已經不再奢望找到什麼香煙了。不過，有了皮夾子的前車之鑒，她決定把那個箱子打開，看看裡面有沒有她可能很感興趣的東西。她研究了一下箱子上的鎖。這種鎖，結構不太複雜，只要使用適當的工具，想要打開也不是什麼難事。哈利看到之後，肯定知道是她幹的，但這似乎已經不重要了。就算他知道，又能怎樣呢？他們已經離婚了，再無瓜葛。

她急匆匆地進了廚房，拿了一把小刀出來。她握著刀柄，將刀尖塞進鑰匙孔，然後用刀上下左右地來回扭動，扭了幾圈之後，只聽微微「咔嚓」一聲，鎖被打開了。

掀開箱蓋，她看到箱子裡面有一沓信封。她隨手撿起一個信封，從中抽出信，噢，那不是信，那是一張有著哈利筆跡的紙，上面留的日期是昨天。朱迪草草地掃了幾眼，只見上面羅列了數百股股票，裡面有將軍股、國際商務機械股等各式各樣的股票，後面還都標注了時價。她把紙裝了回去，拿起了第二隻信封袋。打開以後，她發現裡面竟是一份哈利叔叔的遺囑副本！她開始讀了起來，這一讀讓她吃驚不小，這才明白了哈利購買股票的資金來源。在贍養費上，她被矇騙了。如果這份遺囑真實，那哈利現在應該是個大富翁。

朱迪突然覺得一陣眩暈，她沒有繼續再往下看。極度的憤怒和懷疑，讓她覺得手有些發抖，幾乎握不住那份遺囑。她深吸了一口氣，冷靜一些後，把遺囑按原樣放回箱子，接著又鎖好保險箱，把它放回抽屜的最底層。是的，現在事實再清楚不過了，哈利向她隱瞞了他的財富。可剛剛簽了字，事情已成定局了。她記得律師的話，記得清楚極了。她一旦簽字，即使再上法庭，也沒有機會再增加贍養費了。

「我必須把那份已經簽好的協議書弄回來！不過，哈利也不是個傻瓜，他肯定說什麼也不會同意的。」她想著，同時用腳踢了一下抽屜，把它合上，「如果真是那樣，我是不會介意去參加他的葬禮的，不就是當寡婦嘛，沒什麼大不了的。」

哈利的確該死。他那樣對她，就算是死，也罪有應得。現在，得有個十全十美的機會讓她變成寡婦才行。當然，她也可以跟他一起先回家，可那樣的話，就會夜長夢多，她不能保證自己會穩操勝算。看來，她真得好好合計一下了，讓這一切看起來像是一個意外。她抬起手腕看了一下時間。哈利說過，他餵完鳥之後，會去「瓦拉布」，大約一個小時才能回來。

還有些時間，她可以仔細地思考一下。可是不抽煙，她怎麼能想得清楚呢？

哈利回來了，老遠就聽見了他的腳步聲。他拿著空袋子走進木屋，朱迪連忙去迎接他。

「哈利，我想抽煙。」她從臉上擠出一個微笑，對哈利說道。

哈利掏出煙盒，把裡面僅有的一支煙遞給了她。

她把煙點著，深深吸了一口說：「就一支？」

哈利點點頭說：「如果你還需要的話，可以和我一起去買。」

「我……還是你自己去吧！」她支支吾吾地回答。

「那好，我會買一條，不過，」他說，「我得先去把水管裡的水放乾淨，這樣，等我一回來，我們就能直接出發了。」說著，他走向了地下室的樓梯。

「噢，先等一下，」她看了看梯子，頓了一下說，「先不要關水，也許我還得用。」

「說得也是，」他沒有反對，「好吧，那等我回來再關吧。」

汽車行駛的聲音響起後，她隨即走向了地下室，並打開了燈。

梯子沒有扶手，一道石階直通底部。哈利已經是輕車熟路，即便不開燈，數著台階也能走下去。也許可以在燈泡上動個手腳，那樣的話，他就得去換燈泡。正想著，一個新的主意從她的腦袋裡跳了出來。對，珍珠項鏈，早該想到這個的。她在心裡嘀咕了一下。她取下項鏈，數了數，一共是四十三顆。在燈光下，顆顆都閃著光。她切斷了穿珠的線，手裡攥著散開的珠子，走回石梯。一股腦把珠子全散在第一個石階上後，她站起身，伸手取下了頭頂的燈泡。她把燈泡拿在手裡，用力地來回搖晃，燈絲終於斷了。

她似乎還是有些不放心，擔心即便這樣也無法讓哈利立即斃命。燈泡安回到燈頭上了，就在這時她拿定了主意，她決定在必要時在哈利頭上多加幾道傷疤，然後再撿回珍珠，取走離婚協議書。

可哈利還有一隻手電筒！想起這個，她走到了書桌跟前，從抽屜裡把它拿了出來。摳出的電池將它浸泡到了鹽水裡。一段時間過去了，她撈出電池，擦乾之後裝進了電筒。她把電筒按原樣擺在那兒。哈利看不了那麼仔細的。他的視力不是很好。就算有蠟燭，他也很難注意到石階上的珠子。

她的煙癮又來了，可是香煙已經抽完了。也許這會兒只能拿睡覺來打發時間。可是現在她睡不著。哈利還得半小時才能回來，她是該睡個午覺。一會兒她還有長途的車要開，而且明天還得趕去佛羅里達。

她進了臥室，準備休息一下。床上只有一張墊子，什麼也沒有鋪，光禿禿的。她打開壁櫥，沒有找到可以鋪的東西。反正就一會兒的工夫，何必在意這個呢？她索性用大衣裹著身子，在光禿禿的床墊上躺下了。

一覺醒來，天已經很黑了。房間裡冷極了。她的臉頰被凍得生疼，鼻子也好像快要失去知覺。她穿好大衣坐起身來，撩起窗簾，幾片雪花從已經結了霜的玻璃窗裡，鑽了進來。

外面的風似乎很大，窗外的松樹被吹得一直搖晃著。

哈利哪去了？她看看錶，已經一個多小時了。天已經黑透了。看到這種情況，她隨口一句咒罵。下床穿好鞋後，走出了臥室。她長出了一口氣，哈出的氣瞬間變成了白色霧狀。

太冷了！她哆嗦著點亮蠟燭，來到了壁爐跟前。爐裡只剩兩根已經燒焦的半截木柴了。她點著了報紙，試圖將這僅有的兩根木柴引燃，可是沒有點著。她站起身來，確定節氣閥的開關是打開的。她抓起一本哈利的雜誌，點燃了投進壁爐。在一本接一本的雜誌被投進壁爐後，木柴終於燃燒了起來。火爐旁，她搓著已經凍得慘白的手，對哈利的遲歸和電力公司的中途斷電有著一肚子的抱怨。也許，此刻停電也不見得是件壞事吧。這樣一來，哈利去關水閥時，視線就會更差了。

木柴很快就著完了。短暫的溫暖後，木屋恢復了已有的冰冷。

哈利該回來了。他的汽車性能很好，而且輪胎裝有防雪鍊子，應付這樣的風雪根本不是問題。再過一會兒，要是雪在路面結上冰，那可就糟了。這一點他再清楚不過了，沒必要去冒這風險。

除非，她想到了一個她很不願意的結果──哈利發現了訃文，故意耍她。若是情況跟她想的一樣，等他回來的這段時間，就得挨凍了！她可不想受凍。她拎起了餐廳的一把櫻木椅子，使勁地在壁爐上拍打，椅子碎成幾片。她動作利落地撿起碎木，丟進壁爐。接著，她採取同樣的辦法，又分解了三把椅子。壁爐裡火著得很旺。這時，有杯咖啡就好了！她心想。爐子打開了，可怎麼也點不著火，她這才記起已經停電了。顯然是失望極了，她奮力將水壺摔了下去，水花四濺出來，弄得她滿臉都是冰水。

真想把這屋子也點著了！朱迪有些惱怒。可她知道，現在可不是意氣用事的時候，那樣的話，她的計畫就全都泡湯了。她想起先前翻看的說明書上說，這兒有煤油燈。可哈利把它放哪裡了呢？

她拿著蠟燭走向壁櫥。這裡沒有油燈。就剩地下室沒找了。可那兒太黑了，而且……她有點猶豫。她開始考慮發動汽車，到車裡繼續等哈利。在來這兒的路上，她只加了一回油。還有很遠的路程要走，在這兒把汽油耗光可不是明智之舉。想到這裡，她打消了念頭，繼續去找油燈。

地下室的入口，她小心翼翼地探出腳，避開第一個台階，一格一格地數著走下梯子。終於到達了地面。燭苗顫微微地抖動著，她躊躇了一下，像是有點不適應這微弱的閃爍光圈。天冷得出奇，她不由自主地豎起衣領，也許那樣能稍微感覺暖和一點？

油燈放在梯子下面的一個小凹室裡。她取出燈，按照先前看過的說明開始查看刻度。還好，燈裡還剩有一些油。她用臂彎夾起油燈，騰出一隻手拿住蠟燭，摸索著順著牆角往上走。快到梯頂的時候，她停了下來。把油燈先放在梯頂，然後加點小心，一步跨過了最後的台階。

經過這次地下室之行，她突然意識到自己的計畫還有漏洞——把珠子全放在一個台階上，也許很難一招致命。哈利很有可能因為急著關水，一次跨下兩個台階，恰好空過撒有珠子的那一階。

她想也許是該分散放置幾個台階。伸手取暖的時候，她的煙癮又犯了。這會兒，即便是有煙，恐怕也來不及抽了。哈利說不定什麼時候就會回來，也許馬上呢。來不及了，得抓緊時間才行。

她急忙走回地下室的門口，甚至連煤油燈都顧不上點。蠟燭正放在梯子中央，她蹲下身去，捻起一把珍珠，裝進了外套的口袋。

她站起來，撇開第一個台階，一階接著一階地走下去。她選中第四個台階坐下了，故意分得很開的雙腳踏在下一個台階上。接著，她從口袋裡隨機掏出一些珍珠來，將珠子撒在雙腳之間。同樣的姿勢，她重複地做了一次。珠子撒完了。

看著自己的傑作，朱迪心裡一陣得意。就在她伸出胳膊放鬆一下，準備轉身上樓時，意外發生了。蠟燭被她的手不小心打翻了。她彎腰準備去扶蠟燭時，身體失去了平衡。

她大叫起來，慌亂地掙扎著，想恢復原來的身體重心。也許事情發生得太突然了，慌張之中的掙扎給她帶來了更大的麻煩。她的手掃落了最上層的珠子，珠子順著樓梯恰好滾到了她原本就沒有站穩的腳邊。一個趔趄，她摔在了樓梯上。她的身體順著台階往下翻滾，她的肋骨、肩膀還有膝蓋似乎成了滾動的支點，一次次地被撞擊在冷硬的階梯上。等滾落到地下室的時候，她已經昏了過去。

不知過了多久，她恢復了知覺。她彎起手臂試圖支撐著站起來，可她發現疼痛已經浸透她的全身，讓她怎麼也動彈不得。她哭了，眼淚在冰冷的臉頰上凍住了。應該是哈利躺在這兒的，可現在卻換成了她！哈利要是在此刻發現了她，情況只能更糟吧。哈利完全可以想辦法來扭轉原本為他準備的死亡計畫。

……

「病人好像已經睡下了，醫生。」

「嗯，這是個好兆頭。」帶著金邊眼鏡的醫生看了一下錶說，「剛把他送過來那會兒，我們忙了好大一會兒。他連自己心臟病犯了都不知道，也真夠可憐的。李小姐，你知道他是誰嗎？」

「他是外地人。住在離這兒二十里的地方。因為是鄉下，所以他屋裡沒裝電話。」

「他還有沒有說些別的？」醫生又問。

「他一直在叫瑪麗的名字，也許那是他的太太。」

醫生一邊在圖表上做著記載，一邊接著說：「他的手上帶有結婚戒指。如果他是和太太在一起住的話，我們應該盡快通知他的太太。她一定在擔心，他出了什麼事呢？」

「恐怕是沒法通知了，他太太去世了。有人發現他時，他已經暈迷了。手裡正拿著他妻子的照片和訃文。」護士說著，拿出皮夾子裡的照片和剪報遞給醫生。

「他需要安靜，我們必須想辦法讓他冷靜一點，不要胡思亂想。給他打一劑鎮靜吧。」

「好的，醫生。我今晚值特別班。一個護士小姐剛打來電話請假。因為天氣太冷，汽車門都被凍上了呢！」

「這也難怪。零下三十幾度，想想就覺得夠嗆。風好像能從牆裡吹進來。」醫生回答說。接著他搖搖頭說，「這樣的晚上，我真想放棄一切，到南部的佛羅里達去渡個假呢！」

連環套

分部來了一位新主任，剛來的時候，愛德華很鄭重其事，他親自從公司總部蒞臨，為我們介紹。他對這位名叫查理的新主任評價很高，他說我們幸運極了，因為我們將會有一位合格的、能力很強的領頭人。愛德華並沒有仔細地列舉查理合格的條件，因為據我所知，查理以往負責的是業務，這似乎跟我們部門從事的會計沒多大關係。也許我有點苛刻，可是，就目前我的處境來看，這種想法也完全合乎情理。在會計部，我也算是元老了。在這兒，我已經工作了二十多年，最近的八年，我一直是部門的第二負責人。

介紹程序結束後，其他人都回到自己的崗位繼續工作。愛德華碰了一下我的手臂說：「艾倫，你過來一下，我想，應該有必要，私下裡介紹一下。」他又轉身看著查理，「他就是艾倫，之前我跟你提起過。」

查理點頭示意，眼光停留在我身上，上下打量著。他看起來比愛德華矮一些，高矮應該跟我差不多。年紀大約也和我相仿，但他的外表讓你很難判斷出他的準確年齡。在他臉上看不出皺紋，皮膚是褐色的，那是一種在太陽下待很久才會有的顏色。

「托馬斯在職時，一直是艾倫配合他的工作。在他退休的這段時間，艾倫獨立地撐著這個攤子，快六、七個月吧？現在好了，我想他現在應該很樂意卸下這個擔子了。」愛德華繼續說。

查理的臉上露出一絲笑意，看來帶有一點諷刺，說道：「我認為應該是這樣的。」說完他掛在臉頰上的笑容不見了，「好了，艾倫，很高興見到你，回頭我們再好好聊聊。」

「好的，主任。」我知道那是一道逐客令，於是識時務地轉身離開。

在穿越辦公室回辦公桌的路上，很多雙眼睛一直跟隨著我，我能感覺得出來，可我不想理會這些。

湯姆悠悠地走了過來，他身材瘦長，職位略低於我。

「艾倫，這不公平，這是在忽略你。」他說。

我的臉拉得很長，感覺不自在極了。「或許是這樣。」我艱難地從嗓子眼兒裡擠出一句話，「不過，現在的事情不太好說，這種事很常見。還好，我並沒有太在意那個位子。」

說實話，最初，我的確沒有去在意過。托馬斯退休時跟我提過，他曾向上頭推薦過，讓我接替他的職位。可總部沒有同意。他們想找一個新人，想讓公司充滿新鮮的血液。儘管他的意思表達得不是很完整，可我聽明白了。

而我也接受了現實。幾個月過去了，那個職位一直空著。很顯然，總部還一直沒有找到合適的人選。出現了這種情況，希望也就自然而然地產生了。時間一長，這種希望就在心裡不斷滋長。漸漸地我開始告訴自己，那個職位最後將會是我的。可是，結果很讓人失望。

「你能這樣想就好，我只想讓你明白我的感受，」湯姆說，「其實不僅僅是我，很多人都這麼想，覺得這樣安排對你很不公平。」

也許真是那樣。可我也知道，有人會很高興看到這個。比如莎莉。

莎莉的工作是負責打字和抄寫，在兩個同樣職位的小姐裡，她年齡稍小一些。在部門裡是一個微不足道的角色。我曾經批評過她幾次。因為她喜歡在上班時間佔著電話聊天，還有，她的裙子穿得太短。

查理上任不足三個星期，莎莉就被調去做他的私人祕書，並且增加了薪水。

我不想再提自己的壞運氣。可查理如此草率的決定，讓我覺得實在不妥。作為一名有些資歷的老員工，我有責任向查理提出這些。因為在部門裡還有一位能力和資歷都比莎莉出色的小姐。

查理很不以為然，他聽完後，聳聳肩說：「在這兒，有資歷，倚老賣老的人太多了。」

這其實是一種預兆，被整的時候就要來了。

只是我當時還沒有反應過來。第二次被叫進他辦公室的時候，我沒有一點心理準備。

「艾倫，你怎麼還在批閱傳票？」他問道，說話的口吻就像是對著一個犯了錯誤的學生，一邊說，一邊敲著桌前的傳票，「這難道不應該是我的工作嗎？」

「噢，從程序上說，是應該這樣，可您的前任交代過，像這樣的瑣事就不必去麻煩他，所以這些事就一直是我代辦的，我以為您也會這樣處理。」

「哦，是這樣。」查理說。稍事停頓，他拿起傳票，查看格式，「那上星期，你大概批准多少傳票？」

「不知道，」我聳聳肩，「沒有仔細統計過。它們來自不同的時間和不同的部門。平均一個星期有二、三十件。」

「哦，」查理聽完，用手敲敲桌上的傳票，身子往後挪了挪，靠在椅背上。「那好，」他的聲音聽起來有些粗率，「我們來看看，能否從混亂裡整理出一個思路來。可以讓莎莉負責，由她蒐集保管一週的傳票，到星期五，一起送給我批閱。」

「那樣做的話，付款時間就會往後推很久。」我說。

「也不會太久，這樣我們可以有一個很好的習慣，會隨時很清楚自己到底在做什麼。」

「好吧，就按你的意思做。」我說完就轉身走了出去，順便把這個決定轉達給莎莉。

話雖然是那麼說，可他們是不會按查理的話照辦的。一週過去了，我又被叫進了辦公室。他的辦公桌上整齊地放了一疊傳票。

「艾倫，能告訴這些傳票是怎麼回事嗎？它們都被退回來了，上面還蓋有『恕難辦理』的印章。」這一次，他的語氣聽起來隨和多了。

我拿起傳票，有意識地慢慢翻閱。其實不用看，我也知道是哪裡出了問題。「是這麼回事，」我看著傳票說，「一些必要的號碼，小姐們給漏掉了。她們經常疏忽這個，每次總得我來提醒。」

「噢，那好，」查理說，「既然你知道這個，為什麼不提醒她們，等她們做好了再送來給我呢？」

「可我連個傳票的影子都沒見著，我以為，你是要直接批閱。」我辯解說。

「我說艾倫，我要求這樣，是想建立一個監督系統，可你總不能指望我去檢查傳票的每一個細節，至少一開始我並不了解這些。」查理說。

我心想，他說得很對，你的確是不了解。但我只是靜靜地站在那兒，一言不發。

「艾倫，」查理繼續說下去，「你的任務是，配合我一起把工作做好，使工作更加合理有序。可你的行為卻是在拖我的後腿。你不僅要這樣的花招，而且還企圖挑撥我和同事之間的關係。」

「沒有的事。」

「對不起，不過，我認為，你完全有理由做出那樣的事。」查理冷冷地說。

「你要是執意這麼認為，那我也沒有辦法。不過，有苦衷的可不只是你一個。我也有。六個月了，我一直都做著兩份工作。可我又得到了什麼？就連獎金或加薪也是隻字不提。」我回擊他說。

「這個應該由總部來決定。」查理用嚴肅的表情看著我說。

「可這得有人告訴他們才行！」我說。說完這些我開始恨自己。不過，我的確是很想坐上分部主任的位子，而且，我也很需要錢。

「我可保證不了這個。有些話也許我本來不該說的，」查理說，「不過，你仔細想想，這麼長的時間，這個職位一直空著，你有很多機會去爭取，可你沒有。所以，艾倫，即便我去推薦你，也未必有用。事實上，我想說的是，也許你應該考慮提前退休。」他身子向後靠了靠，倚在旋轉椅背上，抱著手臂，很認真地補充道，「這個意見你最好慎重考慮一下，並且照辦。」

「好的，主任，我會考慮。」我說。

坐到辦公桌前，我用手握住桌子上的記事簿，一時間怔住了。一連串發生的事，讓我有些茫然。總部的意思是讓我不要阻礙查理的工作，而我已經認清了現實，早就不再奢望主任的位置了。至於傳票的那件事，我也只不過是按照他的意思，不去插手。

查理的話，我一直放在心上。我總是不大相信。也許，一直空缺職位只是在考驗我的能力的說法，只是一個藉口。現在，能爭取一點實實在在的東西才是明智的選擇。或許我可以直接越過查理去找愛德華，要求他補償本該屬於我的獎賞。

可我並沒有十足的把握，愛德華總是給主任充分授權，對他們的工作毫不干涉。

就在我看著雙手發呆時，莎莉拿了一疊被退回的傳票走了過來。「主任讓你把號碼編上，一會兒我得送去重辦。」她頓了一下，補充說了一句，「他讓我轉告你，要負責辦好，不能再打回票。」

我嘆了口氣說：「好，放那兒吧。」

繼續坐了一兩分鐘後，我拿著圓珠筆，機械地在傳票上寫著編碼。

在書寫編碼的同時，我的眼睛掃見了查理簽在「核准欄」裡的名字。

他的簽名有些潦草，那些字母，差點讓人認不清到底是什麼。和許多大人物的簽名一樣，他這樣的簽名只是一種形式，一個身分的象徵。從他上任以來，我多次見過他的簽名。直到今天我竟發現，要想模仿他的簽名，也並不是一件難事。

於是，我推開那些寫著編碼的傳票，抽出一張便箋，開始照著簽名欄裡的筆跡，比葫蘆畫瓢。最初的幾個仿得很離譜，但過了幾分鐘後，我已經學得有模有樣了。照這樣的情況，經過一番練習後，要想達到以假亂真的程度也不是沒有可能。

我把便箋揉成一團，投進廢紙簍裡。這時，一個籌錢的計畫，已經在腦子裡基本成形了。只要做好準備工作，計畫就可以實施了。

可準備工作不是一朝一夕的事，必須面面俱到才行。而現在，我能做的只是把這些傳票做完，然後送給莎莉。傳票送過去的時候，莎莉看都不看一眼，直接把它們塞進信封裡了。

我清了清嗓子說：「從下一次起，傳票拿過來後，先交到我那兒，主任查閱完後，我再看一次。」

她有點不解，問道：「主任核查之後？」

我點點頭。等著她繼續問些什麼。

我必須得再看一遍。因為一經主任核查，就只剩下裝訂歸檔了。不會再有什麼變故。那時候，情況我就可以控制。

我說：「就個人責任而言，我有權再過目一下。」這樣的說法是有點自命不凡，可那全是為了方便獲得利益。

莎莉輕蔑地看看我，然後聳聳肩，接受了我的理由。

到目前，一切都在照著我的計畫順利進行。

即使這樣，我還是得小心行事。很顯然，我不可能在傳票上填我的名字，更不能把傳票寄回家。趁著別人去吃中午飯的時候，我開始設立一家名叫極好日用品的公司，當然，這家公司是根本不存在的。設立公司其實簡單極了。我租用了一個郵箱作為通信地址，就完成了手續。然後，我去開了一個新的銀行戶頭，並在銀行的檔案裡存了一張簽名卡。一切安排完畢後，比平常遲到了幾分鐘返回公司。經過一下午中規中矩的工作，終於下班了。我拿著已經夾好空白傳票的報紙，回家去了。

那個晚上，我一直在練習主任的簽名。所有的努力總算沒有白費。簽名在圓珠筆尖下輕鬆地、惟妙惟肖地寫了出來。寫好簽名後，我用家裡的老爺打字機，把一張空白傳票打成了一張金額為一百九十六元五角的支付傳票。這個數目，不算太大，也不算太小，沒有人會去懷疑這個。

我覆查了傳票上每一個項目，確保沒有疏忽、遺漏。

在確認無誤後，我拿起筆比畫了一會兒，然後在「核准欄」裡漂亮地簽上了查理的名字。我把自己模仿的和查理的真跡拿起來比較，非常仔細地對照，但卻看不出什麼分別。我收好傳票，鎖進書桌，然後得意揚揚地睡覺去了。

星期五下午，莎莉拿了一大疊傳票放在我桌上。這些傳票主任已經核查完，並且簽過字了。拿來的時候莎莉沒有說話，可她臉上的表情已經透露出了她的真實想法。她肯定認為我有些婆婆媽媽的。可她知道什麼呢？

我一張一張地翻看著傳票，佯裝重新檢查的樣子。在算準了沒什麼人注意的時候，順勢把假傳票混進其中。為了保證安全，又等了五、六分鐘，我才給給莎莉送過去。

「全部都沒有問題。」我說。

「那就好！」她說著，毫不在意地將傳票擱在一旁。

我有點緊張起來。我原以為，她會立即把這些傳票裝進信封封存起來。一經封存就安全了，就不會再有閒人翻看了。

「還有別的事嗎？」莎莉見我有些發愣地站著，問道。

「哦，沒有了。」我說著，回到自己的辦公桌前，可眼睛卻一直不聽使喚，總停留在、暴露在那疊傳票上不肯回來。

我忐忑極了，真想找個藉口把傳票重新弄回來。就在這時，公司的傳遞人員進來了。莎莉很快地把傳票裝進一個信封，交到傳遞員手裡。

我長長地出了一口氣。可那份輕鬆是暫時的。

雖然在公司已經很多年了，可我並不清楚，從傳票核准，送到總部，到支票開好，寄出，究竟需要多長時間。

接連下來的兩週時間，我總是坐立不安，每天帶著希望夾雜畏懼的心情去郵局查看。

終於等來了！郵箱裡放著一個薄薄的棕色信封，上面寫著「極好日用品公司」。是的，我的計畫已經成功了！我弄來錢了！

拿到了錢後，我的內心一直被兩種想法佔據著：一種是只要把欠款還清，我就立即收手；另一種是，如果一切都很順利，為什麼要歇手呢？

最終，我被後者說服了，此後我就一直不停地做著手腳，用假傳票從公司撈錢，直到被發現的那天。

一進查理的辦公室，我就後悔了。查理拿出一疊傳票，亮在我面前。一直以為自己很高明，其實真的是愚蠢透了。

「艾倫，我不明白，你到底是怎麼想的？即使莎莉沒有發現你做的手腳，核對帳號也早晚會查出來的。」

我有些聽不明白，「核對什麼帳號？我沒聽說過。」

「你當然沒有聽說，」查理說，「目前只有我和莎莉知道，以你的背景和資歷一定明白，公司不會任由費用莫名其妙地多出來的。」

當時，我被嚇傻了。連他話中的真正用意，都沒領悟出來。

他充滿厭煩地看了看我。「你看起來沒有聽明白？」他顯然對我的愚鈍有些失望，搖搖頭，「說實話，公司這些年來是有些虧欠你，所以，我並不想把事鬧得太大。現在，你有一個星期的時間，希望你能把那些款項盡快補齊。一星期後若是帳目沒什麼問題的話，公司就既往不咎。」

「謝謝你。」我有些木訥地站了起來，然後慢吞吞地離開。

「艾倫，」查理叫住我說，「你也不用擔心，你不來上班的問題，我會替你解釋的，就說你去度假了。不過，辦公室鑰匙，你得留給莎莉。」我點頭，退出去。

莎莉接過鑰匙，一臉嚴肅地說：「說實話，我有些難過，可我確實沒有辦法。」

「是的，這個我知道。」我回答她。

我轉身離開了。在這個時候，好好把握這一週的時間，才是最重要的。可一週的時間，顯然是不夠的。要想在一週的時間裡籌齊這麼一大筆錢，可不容易。也許我只能爭取延期。帶著這個希望，我在期限到來的前一個晚上去敲查理家的門。

他家位於市郊一條安靜街道的末端，我站在門外，冷得直哆嗦。門鈴在裡面響了起來，可沒有人答應。屋裡靜悄悄的。也許家裡沒人。可我等不了，我的期限就要到了。於是，我不死心地又按了一遍門鈴。門突然打開了，查理發現了我，眼睛瞪得很大，「天哪，怎麼是你，艾倫，你怎麼來這兒了？」

「我想跟你單獨談談，可去辦公室不太方便。」

他扭頭看看屋裡，猶豫了一下。就在我以為他會拒絕我時，他聳聳肩，讓出位置，請我進屋去了。

「你看，也沒怎麼收拾，家裡很亂，」他一邊大聲說著，一邊領我走進過道，「我太太去她妹妹那兒了，這十幾天來，我一直一個人在家。」

走道的盡頭是一扇門，他打開門，我才發現是一間裝修得很不錯的書房。房間裡面有一個壁爐，是用石頭砌成的。壁爐裡一根燒著瓦斯的圓柱型燃管，正燃著火焰。屋裡暖烘烘的。在壁爐的左側是一扇門，通向屋子裡面，門半掩著。

茶几上的兩個玻璃杯吸引了我的視線，它們並排放在那兒，杯裡的水都只剩一半了。在一個杯口上印有一個口紅唇印，這大概就是查理遲不應門和擔心的原因吧！

屋裡有一個女人，可並不是他的太太！

查理注意到我的異常，皺了皺眉頭說：「艾倫，你想說什麼？可以開始了。」

「錢還沒有湊齊，我還需要一點時間。再給我一個星期。」我說。

「這恐怕不行，如果你沒有錢，再給多久也沒用。」查理搖搖頭說。

「會有的，相信我，」我急忙繼續補充說，「我還有一些產業，買主都已經找好了，對方正在籌錢。」

這全是謊話。可不管怎麼說，能多拖延一天是一天吧。在這段時間裡，也許還能有什麼轉機。我或許能發現查理更多不可告人的祕密，然後拿這個威脅他不去揭發我。

查理把手伸進胸前的口袋，從裡面掏出一支雪茄。他用指縫夾起雪茄，抬起手臂，悠悠地問：「可以籌到多少？」

「六千，」我急忙回答他說，「這是還公司的，再留一點……」

「留什麼？」查理把我的話打斷，接著說，「六千？那只是你盜取款額的十分之一。」

「怎麼可能？極好公司的傳票加起來也就三千多一點。」我爭辯道。

「『極好』確實是那個數目，但是，還有別的。算上你偽造的『康白公司』、『丁大公司』和其他許多假公司的錢，大約一共是七萬五千元。」

聽完這些，我目瞪口呆，過了很久反應過來，「不是這樣的！」聲音聽起來明顯有些底氣不足，「我不知道你在說什麼，那些公司我連聽都沒聽說過。」

「沒用的，艾倫，沒人會相信這個的。」查理說。

是啊！我盜用的數目並不是很大，沒有人會注意這個的！

因為知道這個，所以我一直做很小的數目。

明白了一切後，我說：「你不用再這麼小心翼翼地裝下去了，我全都明白了。因為你想找一個替罪羊，所以你會給我一個星期的時間，讓我去籌錢。你以為，我因為籌不到錢，就會逃走。那樣的話，你就可以隨心所欲地編排我了。可事情並不是你想的那樣。我要告發你，我讓所有人都知道事實的真相。」

「夠了！」查理凶狠地叫，「真不知道你到底安的什麼心？明明是自己還不起那筆錢，還想來誣陷我，把我也牽扯進去。我跟你說，你這麼說一點好處都沒有。這麼做把我對你那點同情都抹殺了。」

他拿著雪茄的手一頓，做一個強調的手勢說：「剛才，你說你能在一週裡籌到六千塊，那太好了，你可以把那錢留著，正好夠請個律師的費用。」話音剛落，他一個轉身，將雪茄送進嘴裡叼著，接著取出火柴從壁爐引火。

聽完這話，我完全失控了！隨手抓起一個沈重的玻璃煙缸砸向他的後腦勺。

查理身體前傾，一下子碰到壁爐上，然後順著壁爐倒下來，一動不動地躺在地上。

看到倒在地上的查理，一時間，我怔住了。眼睛直勾勾地看著他。愣了一會兒，我恢復了一點理智。彎下腰，把他拉離壁爐。我下意識地檢查他的心跳。可我的手並沒有感覺到跳動。查理死了！我竟失手殺死了他！我緊張極了，在慌亂裡帶著恐懼的心情，轉身逃走。

我一路瘋狂地駕駛著汽車，直到返回公寓。我已經記不起來自己是怎麼到家的。我只記得，那時，我站在公寓門後邊，深深地吸了口氣，接著又長出了一口氣，開始絞盡腦汁地思考對策。

可到最後，我什麼也沒想出來，好像什麼都行不通了。因為有目擊證人！就算我沒有留下指紋，可在查理房間裡藏著的那個女人，肯定會發現這一切的。她一定聽到了我們的爭吵，也許她甚至看到了我的長相。她肯定會指認我的。這次，我是真的逃不掉了。也許只剩下一條路可以走了。

連外套也沒顧得上脫，我徑直進了浴室。走到放著安眠藥片的藥櫃前。打開櫃門，我取出了藥。藥還是滿的。我從中取出兩片，倒在手裡，拿一杯水把藥順了下去。接著我又倒了兩片，看了很久，到底沒勇氣再吞。

最後，藥片又回到了瓶子裡。我拖著腳步走進臥室，和衣在床上躺下。藥力漸漸地發作了，我沈沈地入眠了。

已經是第二天清晨，一陣電話聲驚醒了我。我帶著沈重的心情下床接了電話。感謝上帝！是總部愛德華打來的，並不是來自警局。

「艾倫，太好了！你在家！公司出大事了。我們現在很需要你，很抱歉打擾了你的休假，不過事情實在太突然了，查理死了。現在還不清楚是意外還是自殺。他家書房裡的暖爐是瓦斯的，不知道是什麼原因，瓦斯爆炸起火了。誰也說不清楚，到底出什麼事了。」

他稍稍停頓了一下，接著說：「有件事你遲早會知道的，所以我還是先告訴你一聲。查理一直把錢打給他杜撰的公司，也許他知道我們正在查他的帳，遲早會露出馬腳，所以他只好選擇自殺來解決。」

我的身子一陣發冷，就在昨晚，我差一點就走了同樣的路。

「我們可以相信你嗎？艾倫。」愛德華問。

「可以，這個當然。」我勉強回答。

「很好，艾倫，那麼，我們現在決定，由你接任分部主任。也許你並不是最令人滿意的主任人選，但至少你很誠實，有這一點，已經足夠了。」

「是的。」我說著，遲疑了一下，放下了電話。

天哪，我簡直不敢相信自己的耳朵。可是，這些確實都是真的。隨著瓦斯的爆炸，一切可能的證據都沒有了。至於傳票的事，完全都在我的控制之中，我想怎麼解釋就怎麼解釋。

可是，那個藏在屋裡的女人為什麼沒有投案呢？這的確有點令人費解。

哦，我知道了，也許她是有夫之婦，害怕醜聞纏身。管她呢，反正她並沒出面。也正是她的不出面，我的境遇一下子改變了，從此一下子光明起來。

我走進浴室沖洗，並做出了一個決定，以後再也不會出現像假傳票那樣的傻事了。因為我不可能每次都有這樣的運氣。

就在我打著領帶的時候，有人按響了門鈴。我繫好領結，把領帶拉直，然後打開了門。莎莉帶著神祕的微笑站在門外，手上高舉著一串鑰匙。那是我的鑰匙，前些天，查理讓莎莉給收回去了。

她見我有些愣住了，解釋說：「我想你要回辦公室的話，肯定需要這些鑰匙。我現在親自給你送過來，免得你再跑一趟。」

這下子，真叫人受寵若驚。

「可是，艾倫，」她說著，臉上的笑意突然一下子不見了，「對於一個聰明人來說，你昨晚的行為可實在不夠高明，就那樣一走了之，任由他那樣躺著！」

我故作鎮定，打開門，上好鎖後說：「是你！昨晚陪著查理？」

「沒錯，你的運氣真不錯，還好我也在場，如果我不及時熄滅那些火，然後到廚房定時間，在一小時後再繼續點火的話，你現在應該是在坐牢，而不是坐著主任的位置。」

「可是，我想不通你為什麼這麼做？」我說。

「因為那些不知道來歷的假傳票，其實不是查理做的，是我。我花了三個星期的時間，終於弄明白了你在幹些什麼，然後，我照著你的做法，也開始那樣做，反正這很安全。因為真到了必要的時候，我完全可以檢舉你，而你，根本有口難辯，你找不出證據來證明那些並非你所為。」

「不過，現在查理死了，他自然成了替罪羊，」莎莉喘了一口氣，「就某種意義上說，他的死，確實很令人惋惜。他那簽名也太簡單了，沒學多久我就能模仿了。」她繼續說，「現在，你當上主任了，模仿你的簽字看起來也不是什麼難事，我說的沒錯吧？」

夥伴

傑克去韋氏企業應聘的時候，已經二十九歲了。儘管在自己的企業破產之後，再去給別人打工，是一件令人十分難過的事，但他還是硬著頭皮去了。卡爾答應雇用了他，當時卡爾都快四十歲了。

在聽完傑克企業的破產過程後，卡爾說：「有些東西是我們無法把握的，比如死亡和納稅，但是，有些東西是永遠存在的，比如說公司。相信我，在這裡，你會有安全感的。」

韋氏企業是一家規模很大的公司，一直以來，不停地在很多地方下設子公司，修建高樓大廈，進行各種房地產交易。卡爾作為達朗地區辦事處的主任，給傑克傳授了許多生意上的技巧。他們的工作是處理產權登記和辦理貸款事宜。既為公眾服務，也為韋老闆效力。

一晃九年過去了，傑克似乎忘記了他的破產，忘記了令他傾家蕩產的歹徒。他的生活不太富有，但每月都有固定收入。每逢週六，他就跟卡爾一起去打高爾夫；到了夏天，會相約一起去釣魚。

一年前，一個來自芝加哥的人接管了韋氏企業。據說這人以前是個黑社會的。

傑克對卡爾說：「雖然公司還存在著，但是公司的所有者可能會發生改變，這對我們會不會有什麼影響？」

卡爾聳聳肩說：「未來是什麼樣子，我也說不好，從我來這家公司到現在，也沒有見過大老闆的面。只是見過他的律師幾次。」

傑克不肯罷休的追問道：「聽說，這個叫康德蘇的傢伙是個狠角色，他找韋老闆，到底想幹什麼？」

「誰都知道，我們的公司很賺錢，也許，他想拿一些合法的商業行為做幌子，來掩蓋他那些無法見人的事情。這年頭，很多不法之徒也開始做合法的生意了。」

一年時間過去，有些事傑克大概早已淡忘了，包括康德蘇是現在韋氏企業的真正所有者。但他還是感受到了公司的一些變化：韋氏企業要利用達朗地區的地皮來蓋房子。這下他們有的忙了。他們的辦事處裡，專門指派了八個小姐去負責打印合同，並調查年輕客戶們的信譽。接連兩個星期，卡爾和傑克都沒打成高爾夫球，因為他們必須得去加班。

傑克忍不住對卡爾抱怨起來：「公司這段時間事情太多了，也不給咱們辦事處加派人員，害得我們倆在週末只能輪休。」

卡爾安慰他說：「等這裡的房子一賣完就好了。」

「哪有那麼容易的啊，一批賣完了就有新的一批。聽說公司正在商談『新月峽谷』那塊地，準備在那塊地上蓋一大批房子。」

「公司是不會拿到那塊地的。」卡爾臉上掛著笑說。

在咖啡屋的門口，他們分了手，各自回到辦公室。

星期一早晨，卡爾出現在傑克的辦公室裡。當傑克抬起頭時，發現了站在自己身後的面無血色、滿臉迷惘的卡爾。

「剛才康德蘇打電話了。」卡爾有氣無力地說。

「這不是真的吧？你又沒有做錯什麼！」

「我也不知道。他讓我去一趟他的海濱別墅，現在就得過去。」

傑克的心一直懸著，擔心極了。他一直在等著，直到卡爾回來。當被詢問情況時，卡爾的回答有些閃爍：「說是要提拔我，幾天之內就會接到通知。哦，我……我得離開幾天，週末才能回來。這裡的所有事情，你先負責。」

他目送卡爾離開。卡爾若是升遷的話，那麼我就是接替他職位的最佳人選了。他想。

一直到了週五，卡爾終於出現了。不過看起來有些反常，傑克差點快要認不出他了。面對傑克的關切，卡爾有些緊張，臉上寫滿了不安的神色：「我感覺不太舒服，下星期一我們再見吧。」

星期天傑克又給卡爾去了電話，電話裡卡爾說他已經沒事了。但接下來的第一個工作日，他們沒有來得及講一句話。

傑克接到一個電話。「我是康德蘇，」一個很深沈的聲音從電話裡傳了過來，「請馬上來我的海濱別墅。」傑克別過頭，一面留意卡爾的位置，一面應答：「你好，我是傑克，我這就去叫卡爾。」

「我需要見見你，傑克！」那聲音又發話了，並且告訴了他別墅的位置。

卡爾沒有在辦公室裡。他一定又溜到什麼地方去了。傑克驅車前往海濱，他百思不得其解，始終想不出康德蘇要見他的緣由。帶著一肚子的疑問，他找到了地址裡的房子。房子很大，面朝著海。房屋外面的碼頭上有一艘遊艇。門打開了，一位僕人接待了他，並隨即引領他走進一間裝修十分豪華的書房。書房四面的牆壁都鑲嵌著彩色玻璃。

一座酒吧櫃台映入他的眼簾，康德蘇就在後面坐著。他的一頭黑髮披在肩上，看起來一點都不像人們口中所說的年過花甲。他一直打量著正在靠近的傑克，眼中充滿了機警。

「請坐，來喝杯酒。」他說著，一面向書桌旁的那個人示意，那人正在往公文包裡塞文件。「尹文斯，我的律師。」他說。律師朝這邊點了點頭，傑克用同樣的動作做了回應。接著律師急匆匆地拿起文件，起身告辭了。

傑克的目光拉回了吧台，他看見康德蘇身子前傾，倚靠在櫃台邊上，正把一個裝著酒的杯子推到他面前。康德蘇的臉距離傑克很近，他的嘴唇很厚，一雙眉毛看起來又黑又濃。

「我知道你，如果我記得沒錯的話，你應當是一個辦事處的主管。」

「您知道我？先生。」他拿起酒杯，對於康德蘇知道他的存在有些吃驚。因為韋氏企業的人員晉升，一向都是各個分公司的主管負責傳達的。他非常清楚，康德蘇和他們並沒有什麼直接的接觸。

「是的，我還知道你來公司已經九年了，在這九年裡你的表現一直很出色，你的工作記錄棒極了。」康德蘇笑了一下，接著說，「你以前有過一個自己的公司，可是因為受人陷害而倒閉了。」

傑克有些吃驚，關於他的情況，康德蘇居然知道得這麼多。

康德蘇見狀，直截了當地進入正題：「傑克，別愣著！尹文斯律師在桌上留了一份合同，你看一下。」

傑克起身去取合同。那份合同的內容，是有關購買新月峽谷地皮的。在三年前，也就是合同簽訂時，那塊地皮的行情只有現在行情的兩成左右。

康德蘇叫回了傑克，隔著吧台，繼續往下說：「現在公司需要這塊地，可是業主想單方面毀約。我了解過，當時是你作的公證。如果現在，你在登記簿上簽上三年前的日期，蓋上公證人的印鑒，他們就沒有後悔的餘地了。」

「我想我聽明白了。」傑克點了點頭。他是真的明白！康德蘇想要利用他公證人的身分，以不正當的手段低價獲取新月峽谷的地皮使用權。也許康德蘇向卡爾也提出過同樣的要求，但究竟是怎樣的，他不能確定。

十年以前，他曾經做錯過一件事，但那回他自己是受害者。

當時，在他自己的小保險公司裡，他也擔任著公證人的職務。他的一位投保人和妻子一起來找他作見證，並以他的簽署為憑據出售房屋。結果，那個投保人騙了他，那個和他一起去作見證的女人，根本不是他的妻子！

真正的妻子出現了。她以自己一半的房屋產權被不合法的出售為由，向傑克的公司索要八千元的賠償。之後，跟他有關聯的公司，也開始一同向他發難，他的汽車貸款，他投入的保險，還有為期四年的分期付款，都一起找上門來。

回想起往事，傑克拒絕了康德蘇：「對不起，這個恕難從命。我不能簽署過期的日期，那樣做，有違我良好的工作記錄。」

當然，康德蘇還是自有主張。他給傑克出了一個主意：把整本已經做好的記錄重新登記到一個新的冊子上面，順便在當中插入那份買賣契約，就像是三年以前確實發生過此事一樣。這確實是個辦法。因為每本登記簿都是等到完全填滿後，才寄到州政府的。有時侯，要填滿一本登記簿需要五、六年時間。

「我一向喜歡聰明人，只有懂得合作才能達到雙贏，否則……」康德蘇說著，他用拇指在空中一劃。

翻身的機會終於來了，就擺在眼前。而且，康德蘇也一再向傑克保證，沒有什麼危險，因為他的律師清楚這一行動中的所有細枝末節。假若傑克不配合，很可能會面臨失業。他已經三十八歲了，還有兩年就四十了！

康德蘇緩緩地對他說：「傑克，只有識大體的人才更受歡迎。現在整件事情，你已經了解清楚了，究竟該怎麼做，我想你應該明白，對嗎？」

傑克呆住了，兩隻眼睛睜得很圓。康德蘇急忙補充道：「當然也不會虧待你的，兩倍怎麼樣？」傑克點點頭，表示同意。因為至少這一次，受損失的不是他。可是，他又錯了。他怎麼都不會想到，一場噩夢正剛剛開始。

因為損失了近一千兩百萬元——高出傑克估計的二十倍，受害的一方向法院提出了訴訟。作為案件的重要證明人，傑克被傳出庭。他那本已經更改的記錄簿，已經添加上了三年前的買賣產權一項，作為當堂證供，為韋氏公司贏得了官司。敗訴的原告有些氣急敗壞。他們的辯護律師面對這樣的場面，都瞪大眼睛看著。

傑克離開法庭時，注意到尹文斯律師向他眨了眨眼。而康德蘇並沒有出席。

卡爾被調去洛杉磯辦事處了。傑克理所當然地成了原辦事處的主管，薪水比原先增加了一倍。他給卡爾打電話，邀請他繼續一起在週末去打高爾夫球，但卡爾拒絕了他。

「改天吧！」——四個月以來，卡爾一直拒絕傑克。

「等一下，卡爾！吃午飯的時候，我們見個面吧。」傑克說。

卡爾還準備拒絕，但是拗不過傑克的一再堅持，最後終於同意了。

在一家約定好在餐廳裡。傑克已經到了。遲些到來的卡爾，只向侍者點了一杯咖啡。卡爾坐下來，臉色看起來很不好，眼睛裡布滿了血絲，好像已經很久沒有睡過好覺了，整個人憂心忡忡的。

「傑克，你實在不該做那些事。」

「我做了什麼？你聽誰說的？」

「沒人告訴我。有關新月峽谷地產權買賣的事，在康德蘇接管韋氏企業之前，我就知道。傑克，我想你不會不明白吧？我們都很清楚，那可不是一筆小數目，牽涉幾百萬元！」

「康德蘇也跟你提過做偽證的事嗎？」

「是的，不過我沒有答應。我說，那個舊的公證登記簿，早寄到州政府了，那本新的是剛開始換的，所以我沒法偽造三年前的日期。」

「是你告訴他，我的登記簿是五年前的？」

「當時的情況，由不得我不說。」

「可你應該早點告訴我這個。」傑克指責道。

「是的，我應該那樣做。可是，他們會調查的，所以我沒法撒謊。他們把我調到洛杉磯辦事處，聽起來是晉升，實際上是為了堵住我的嘴。我以為你會拒絕他們的。」

傑克嘆了口氣：「但他威脅說要解雇我，說我已經知道的太多。他們做得太絕了。卡爾，或許我們合作，康德蘇就不能給我們帶來什麼威脅了。」

卡爾說：「你太容易上當了，傑克，聽我說。」他的手有些顫抖，手裡端著的咖啡幾乎要打翻了，「這些我以前沒有告訴過你，不過有一個人，叫安東尼，你還記得嗎？他是主管貸款業務的。」

「我當然記得，聽說他去度假的時候，跌進懸崖摔死了。」

「是的。在他死之前，我跟他一起吃過午飯。他看起來有些驚慌，整個人憂鬱極了。因為他在替康德蘇做些滿足自己私利的事情，所以才被康德蘇提拔，去主管貸款的工作。安東尼跟我說，在芝加哥替康德蘇做事的時候，康德蘇總是用一種辦法，去逼迫本來無心作惡的人去做像他一樣的歹徒，當他們走進黑社會圈子以後……」

「然後，他就會殺死他們？」傑克的聲音聽起來很大。

卡爾聲音很低地說道：「噓！小聲點！不是你想的那樣。他說，康德蘇利用他們繼續去做其他的壞事，一些更加變本加厲的事！」他喝了一口咖啡，把杯子放下，「你該想想，也許安東尼是被謀害的。」

「你說什麼？跌落山谷也許只是個說辭？而你，當時也在那裡度假，那就是說安東尼被謀害的事，也許就發生在芝加哥。」

「也許是吧。我必須得離開了。傑克，你自己要小心些！」

傑克不想再做那個所謂的主管了。辦公室中的女職員也是總出問題，交代的工作一直都無法圓滿的完成。他發現自己開始害怕黑暗，出門的時候，他也異常小心，非常留心身邊來往的車輛。

三個星期過去了，康德蘇又來了電話，他讓傑克到海濱去。

當傑克踏入書房的時候，康德蘇已經是滿腔的怒火。他穿了一身航海服，見到傑克，他隨即把頭上戴著的藍色航海帽用力擲到一旁，大聲吼了起來：「知不知道你都做了一些什麼蠢事？」

見到這種陣勢，傑克想不出該怎麼回答，現在他能做的只有直挺挺地傻站著。

康德蘇拿拳頭狠狠地砸在櫃上說：「那個舊的登記簿你是怎麼處理的？」

「我把它捆起來，塞到公寓後的垃圾桶裡了。」

「你這個笨蛋！怎麼不燒掉它？」

「找不到地方去燒。」

「算了吧你！現在那東西在甘地手上！」

「甘地？誰是甘地？」傑克心裡一陣打鼓。

「還問是誰？一個該死的告密者！他想插手此事，想要控訴韋氏企業，」康德蘇拿手指了指櫃台後面的鏡子，接著說，「他不知道在什麼時候，在那裡面安裝了竊聽器。我在這裡的所有祕密，他都聽得一清二楚。當然，它現在肯定不在那兒了！我扭掉了它！可他已經把有關產權買賣的那件事錄了音，並且製成了錄音帶。可錄音帶在法庭上是沒法作為證據的，他是想用這個來敲詐我。可是你倒好！他們很輕而易舉地就在你的公寓裡找到了要我們命的東西！你竟然就那樣直接丟到垃圾箱裡！你乾脆把那東西直接遞到他們手裡得了！」

「你事先沒有跟我說過這些。」

康德蘇怏怏地說：「是呀！我沒跟你說，你也不動腦子想想！尹文斯律師說，也許你會在牢裡待上二十年。而我，頂多是多花點錢罷了，就當是自己倒楣，我認栽！我會按他們說的價格去拿地皮，但甘地休想來控制我的公司。可你就慘了，不管你怎麼否認，可你確實偽造了登記簿，而且也因此升了職，若是真的調查起來，我們完全可以說這是個人行為，公司對此毫不知情。」

「謝謝你的提醒！我這就去找我的律師。」傑克大怒。

看到傑克的憤怒，康德蘇臉上的表情突然變了，「事情雖然是那麼說的，不過，也不是沒有回旋的餘地，你要來杯酒嗎？」

「當然，為什麼不！」傑克粗聲粗氣地說。現在，他掉進了陷阱裡。訛詐新月峽谷地皮的事，人家出手還擊了，而且還是以眼還眼。坐上凳子，他問：「還有什麼選擇？」

康德蘇的眼睛瞇成了一條線，慢慢地道出，「那就取決於你的膽子到底有多大了，你可以把他除掉！」

「要我去殺人？」

「你聽著，傑克，我也只是個建議。但只要甘地死了，一切又都和以前一樣了。我知道你會打高爾夫球。」

傑克點了點頭，他好像已經嚇得說不出話了。

「在你們打高爾夫的時候，甘地被球砸中了，正好砸在腦袋上，那完全是個意外！」

傑克低聲吼起來：「我腦子有點亂！就算有機會打一個狠球，可未必就能一次擊中。」

「這個你就不用擔心了，你肯定能擊中他。他通常會去有資格限制的山谷俱樂部打，到時候，我帶你進去。在他玩過一圈後，會習慣性地在終打地區練習，你可以在那裡等他，然後找個沒人的時間，乘機下手。」康德蘇一臉獰笑，對傑克說。

「就用高爾夫球？它看起來可沒什麼殺傷力。」傑克有些質疑。

「不用那個，用榔頭把它搞定！好了，別磨磨唧唧的。你都不知道，我在擺平這事上花了多少錢。」

「我還是不能確定，我需要些時間考慮一下。」

「好的，當然，你有這個權利。給你一個小時，外面有條船，你可以去那裡好好想想。我在這兒等你的答案。只是有一點，我想提醒你一下，你年紀已經不小了，也許你的一念之差，就會讓你在監獄裡待上二十年。」

陽光照在傑克身上，他坐在那兒，心裡暗暗地想：「其實，甘地不是什麼好人，他現在是我極大的威脅。」他順著思路想了下去：他一定害死過許多人，這種人也許死有餘辜。他又想到了卡爾，這件事情已經快要讓卡爾崩潰了，而他自己現在也深受著種折磨。他想到了自首，可轉念一想，向警方透露消息肯定會被康德蘇知道，最後必死無疑。也許還有別的方法，總之他們絕不會放過他的。

在山谷俱樂部裡，甘地正在練習。來回已經練習兩次了，一直有人陪同他。他喜歡以第十八個洞為目標來練習。俱樂部是私人開設的，地方不大，在那裡打球的人也不是很多。練習區域的四周圍繞著長得很密集的樹，枝葉繁茂，是個隱蔽的好地方。傑克一直待在那裡，他正在等待時機。

終於，自信戰勝了緊張。他下定決心，要去實施這個在他看來還算完美的謀殺方案。在他寬鬆外套的口袋裡裝有一個沈重榔頭，一個硬硬的高爾夫球繫在上面。他還準備了一個相同的高爾夫球，那是在把人擊倒之後用來做障眼法的。

甘地接著開始練習第三次，這次總算只剩下他一個人了。傑克小心謹慎地環顧四周，在確定沒人在場以後，他用左手拿著擊球棒，把一個球瞄準甘地打了過去，緊接著他向甘地那邊走了過去。然後，乘著沒人在場的時機，重重地朝甘地的右太陽穴上猛烈一擊。甘地沒來得及吭聲就已經倒在草地上，左邊著地。傑克又掃視一邊周圍，隨即動作很快地蹲下來，他用事先準備好的高爾夫球放在甘地流出的血上面，跟著扔掉球，讓球看起來像是從甘地的腦袋上被彈開的一樣。甘地死了。他收起剛才行凶的鐵榔，然後急匆匆的離開了案發現場。

他走向汽車，回頭目測了一下，那球看起來像是從第四個洞或第八個洞飛過來的。甘地的死亡純屬一場意外，這似乎確定無疑。

新聞報導出來了，大致內容是這樣的——一個從芝加哥來的名叫甘地的歹徒，在山谷俱樂部高爾夫球場練球時，因不幸被球擊中，意外身亡。

這消息讓傑克長出一口氣，關掉了收音機。也不知漫無目的地兜了多久的車，他終於回到自己的公寓了。他有些懊悔，良心不住地遭受譴責。倒酒的時候，他有些吃驚，他的手不停地抖。於是，他到椅子上坐著，仰著臉凝視著天花板。

「天啊，我都做了些什麼？」他大喊大叫起來，剛剛喝下的酒在他的胃裡，令他一陣陣的噁心。他打開電視，可已經十點多了，並沒有什麼節目。這一刻，他終於體會到了什麼才叫魂不守舍。

熬了一個小時，突然門鈴響了，那一刻他真希望來的人是警察，他再受不了這種折磨了！可他竟看見了康德蘇！一看到傑克的神色，康德蘇哧哧地笑了起來，他四下看看，然後走進屋說：「別這樣，放輕鬆一點，你幹得漂亮極了。」

傑克點點頭，「可我覺得噁心。」

「你有這樣的感覺是正常的。」他說著，把傑克按坐在沙發上，並在旁邊坐下。傑克咽了咽口水，他咧開嘴笑了，說：「你有些後悔，寧願這些你都從沒做過？」

「是的，我的確這麼想的。」傑克說。

「這個我完全可以理解，所以我從來不會留第一次出手的人一個人在家的，他們都會在家裡跟自己生悶氣。」

「第一次？還會有下一次？」傑克有些驚愕。

「那是自然，你最好先冷靜一下。慢慢地，你就不會再為第一次的殺人而感到不安了。相信我，這都是真的，也是為了你好。」

「你簡直是個瘋子！」傑克有些惱怒，起身離開了他。

他肆無忌憚地笑了起來，沒開口說話。在傑克轉身的工夫，他點燃了一支香煙。他吐著煙圈，眼睛裡透露出遮蓋不住的喜悅。你很難想像，像康德蘇這樣身分的人會出現在傑克的住所，你更難想像，就在不久之前，傑克還因為他背負了一條人命案。傑克不禁有些懷疑。也許甘地根本威脅不到他。試想，康德蘇那樣心思縝密，又心狠手辣，甘地怎麼可能會闖進他的房子，並有機會裝竊聽器呢？他又上當了！

「現在，你還想除掉什麼人？」傑克的語氣很平靜。

康德蘇瞇上眼說：「一個像你一樣感覺到有些厭倦的人，一個可能把你送進牢房的人，不管你現在都想些什麼，也許你應該想想這個！」

是的，他說的一點都沒錯，他手裡攥有傑克的把柄，他已經把傑克推進了他的黑社會圈裡了。早在傑克偽造房產買賣的時候，他就已經變成了歹徒，跟他們一夥了。然後康德蘇又用謊言誘騙傑克行凶殺人，讓他徹底地掉進深淵，不能回頭了。

「其實甘地和我根本就毫不相干，是嗎？」傑克質問道。

「隨你怎麼想，可我還是想告訴你，這到底是怎麼回事。」康德蘇反駁，「這一切究竟是因為什麼，是你那個好同事，卡爾！」

「哦，不！卡爾？跟他有什麼關係？」傑克吃驚極了，連連問道。

「這一切都與他有關。原本是讓卡爾去除掉甘地的，可他實在太沒用了，在那兒都待兩天了，還是沒有成功。」

「我不相信！卡爾不會去做那些的！」

「隨你！可我有準確消息，我的查帳員發現，他和安東尼在你的辦事處私下裡做過手腳。」傑克搖搖頭說：「如果真有人盜用公款的話，那是肯定安東尼，不會是卡爾。」

康德蘇不置可否地聳聳肩說：「也許你說的沒錯。但讓我坦白地告訴你吧，安東尼留下的一切，矛頭全都指向了卡爾。」

「這麼說，安東尼已經死了。」

「是的，沒錯，也許你可以猜到，這是誰做的？」

傑克忽然覺得兩腿發軟，「難道是卡爾？不！這不可能！」

「那絕對是個漂亮的意外。我跟卡爾說，是安東尼在背地裡搗鬼，他可能會因為這個而在牢裡待上十二年，要想不去蹲大牢，最好的辦法就是除掉安東尼。所以卡爾和他一起去了『大峽谷』，然後把他推向了懸崖。事後他驚呆了，幾乎嚇破了膽。甘地的事情在他那裡，也就一直沒有進展。」

「所以你就想了個主意，由我來替你殺死甘地。」

「非常正確，沒錯，看來你已經明事理多了。或者我還可以再提醒你一句，如果卡爾不在了，你就能進入企業的董事會，年薪會有兩萬五千元。當然，也就成了我的心腹，這是一個不錯的結局，值得你去考慮一下。」

「可是，為什麼非得是我去殺掉卡爾？」

「總得有人去做這件事！傑克，也許你已經別無選擇了。卡爾支撐不了多長時間的，他肯定會去向警方自首。到時候，他會說出所有的實情，包括甘地的事情。他知道甘地是你殺的。說實話，我也不希望看到朋友之間弄成這樣，可我真的愛莫能助。尹文斯律師可以幫我辯護，說我跟此事毫無瓜葛，可是你就……」

「說吧，我該怎麼去做？」

「真爽快，小子！」他很滿意地咧開嘴笑了，接著說，「用獵槍幹掉他。你可以現在到他家裡去，從後門進去，他認得你的聲音。然後抓緊時間幹掉他，再馬上離開那兒。」

「可他是我最要好的朋友，警方一定會來調查我的。」

「你可以再趕回海濱，尹文斯和我會為你作證的，說你整晚都在這裡待著，哪兒也沒去。這些我早就計畫好了，僕人們已經都放假了，不要再去擔心什麼。」

「獵槍在哪兒？」

「走吧，和我一塊兒過去取，我的車裡有一把。」他說。

傑克尾隨康德蘇出去，從康德蘇手裡接過了一把用毛毯包好的、已經上過膛的獵槍。取完傑克的外套，他們立即出發。看著傑克爬上卡爾家的樓梯，康德蘇把車開走了。傑克進入卡爾的公寓，直奔廚房。傑克知道卡爾在廚房。

幾個小時前，傑克曾打電話讓卡爾到自己家裡來，而卡爾每次到傑克家，都是從後面的樓梯上來，因為那樣他可以把車停在傑克的車庫前面。

一打開廚房的房門，傑克發現卡爾已經面無人色。

「你全都聽見了？」傑克問道。

「他按門鈴的時候，我剛進屋。你也知道，我現在的情況糟透了！我跟你說過，不讓你攪合進來。」

傑克沒有理會這些，劈頭蓋臉地問道：「安東尼真是你殺的？」

卡爾點了頭，低低地嘟嚕了起來：「是的，當時知道是安東尼誣陷我，我氣急了，就聽了康德蘇的話，把他推下了懸崖，但是事情剛一做完，我就反悔了。」

「卡爾，我想現在我們就剩下一條路可走了。我這裡有把獵槍，我們現在就去海濱！」

「去那兒！」卡爾的眼睛睜得圓圓的。

「對，去幹掉那兩個無恥的小人，這一會兒應該只有康德蘇和尹文斯律師在那裡待著，我總覺得他們什麼都知道。」

卡爾沒有反對。於是，他們倆像是外出執行某個神聖使命一樣，充滿了信心，一起趕向了海濱別墅。

「康德蘇最大的失敗就在於，他根本找不到完全可以信賴的朋友。」卡爾說。

「是的，這一點我完全同意，他可以說服一個人做任何事情，但是忠誠除外。」

凌晨三點鐘，他們出現在康德蘇的別墅門外。當康德蘇打開門的時候，傑克的槍口直朝著他。他們把他挾持進了書房，但並沒有看見尹文斯律師。

「怎麼沒見到尹文斯？」傑克問他。

「鬼才知道。」康德蘇悻悻地回答。

傑克向卡爾使了一個眼色，然後自己上樓去了。床上正躺著已經睡下的尹文斯律師。傑克打開電燈，尹文斯見狀，尖叫一聲，忽地坐了起來。傑克一槍打死了他。

槍聲剛落，樓下便傳來又一聲槍響。傑克急忙下了樓，卡爾努努嘴，示意他趕快離開。傑克瞥了瞥已經躺在地上的康德蘇，然後隨著卡爾一起玩命地向外逃竄。

車已經足足行進了五十里地，他們兩個在一座橋上扔掉了獵槍。

拿著咖啡，兩人默默地對坐著。

「星期六，我們一起去玩高爾夫球吧？」卡爾打破了沈默。

傑克目瞪口呆，看著他，然後咯咯地笑了起來，「我想不出有什麼理由推辭，卡爾。」

「那好，八點鐘，我準時來接你。」

週日，報紙上出現了這麼一條新聞——高爾夫球場，有一名男子因後腦勺被球意外擊中，當場死亡。

律師太太

他的妻子要離開他了，原因並不是有第三者插足。

「我受夠了做家庭主婦的日子！現在已經不同於以前的時代了。也許我們還會有碰面的一天吧。」說完這些，她就走了，搬去了位於城邊的一個單身公寓。

為此他懊惱極了。她竟這樣瀟灑地走了。更讓他喪氣的是後來的事情：不管他去怎麼央求，她都不為所動，他甚至跪下來乞求，但也毫無用處。看來，她真的是鐵了心要走。他突然覺得自己像是香蕉皮一般，就這樣被她隨手丟棄了。

他開始慢慢地由愛生恨。他會因此而去報復她嗎？答案誰也不知道。他一直是個缺乏信心的人，做事優柔寡斷，對於生活缺乏積極性。在很大程度上，她是因為這個原因，才離開他的。

他每天都生活在白日夢裡，根本就弄不清自己到底應該怎樣對她。由於沒日沒夜地盤算他心裡的那一點計畫，他更難睡一個好覺了。

一到晚上，他就輾轉難眠，就算睡著了，也會時常被噩夢驚醒。

凌晨三點左右，他從睡夢裡醒來。感覺脖子上涼涼的，有一支槍頂在上面。這……這不再是一個夢。

「站起來，去把燈打開。」一個男人的聲音。

他兩腿發軟，身子跟著頂著下巴的槍站了起來。

「快進去，讓我好好地瞧瞧你！」

男人一把將他推進起居室裡，扭亮電燈，隨即把他推向沙發。他渾身打著哆嗦，大氣都不敢出。藉著燈光，他看見槍管上安著消音器，表明這確實是一把貨真價實的手槍。

「瞧你那可憐樣！汗水都能滴滿整個游泳池了！」男人嘲笑。

此刻，他的冷汗已經打濕了整個睡袍。

「你究竟是誰？」他顫巍巍的聲音就連自己也差點沒聽出來。

「一個等了很長時間的人。」

來人個子高大，臉色蒼白，眼睛淡黃，頭髮烏黑，長得很長的絡腮鬍子被修剪得歪歪斜斜，像是兩柄鋒利的劍。

來人的口氣有一種很強烈的恨，可這究竟什麼原因呢？

「這裡面肯定有誤會！我們根本就沒有見過面！」他的聲音大了起來。

「哼！誤會？」來人面目猙獰地笑了起來，然後從腰部解下一條尼龍繩子，用力地捆緊他的手腕。繩子勒破了皮，深深地陷進肉裡。

「假如你想大叫的話，那就悉聽尊便！」來人又說。

在這個時候，就算喊破了喉嚨也是沒有一點作用的。他的家位於郊區，四鄰八境並沒有人煙。接著，他的腳踝也被來人捆上了。

「來吧，快點，想下手的話，就痛快一點！」他突然冒出電影裡常見的台詞來。

「那太便宜你了！」來人惡聲惡氣地說，「你不會死得不明不白，但你想痛痛快快地就死，那不可能！」

他的手腳已經全都被捆上了，沒有反抗的餘地。其實，就算不被捆上，他也壓根兒沒想過反抗。不僅是因為他懼怕來人手裡的槍，也因為他生性膽小怯懦。

他甚至連自己的妻子都不如。

來人走到了沙發上，正面朝著他，順手把手槍擱在扶手上，蹺起了二郎腿。

「嗯，這沙發還不錯！看來你活得一定很滋潤。你家是在郊區，楓樹街10624號。克萊兒，我是在電話本上找到這裡兒的。你儘管放心，我進來的時候根本沒人看見，待會兒走的時候也肯定不會有人看見。現在，讓我來看看你痛不欲生的樣子，讓你像我當初一樣，感受一下什麼叫做生不如死。五年了，為了這一天，我整整等了五年！」

「我根本不知道你在說什麼！這絕對是場誤會！」

「少跟我打馬虎眼。你根本就不知道，我這五年是在哪兒過的。」來人來回摸索著鋥亮的手槍說。

一下子，他覺得不太緊張了。他除了投降，還能怎樣？

一切任由處置吧。大不了是在腦袋上挨一槍，也許他還沒有感覺到痛苦就已經死掉了。反正活著已經這麼痛苦了。

「我倆素昧平生，我確實不清楚你的情況。」

來人氣得直咬牙：「又是這該死的鬼話。這五年來，我一直都在牢裡。就關在河上游的那座監獄裡。我的罪名是持槍搶劫。」

「我還是不大懂你在說什麼。」他說。

來人氣極而笑，接過話說：「當時，你無法想像我的日子是怎麼過來的。陰冷惡臭的監獄，我一刻都不想再待下去，可有一個希望支撐著我挺了下來，我以為外面那個好女人會一直等著我。可是後來，瑪麗來了一封信，說有一個名叫克萊兒的律師，已經替她出面，並幫她打贏了離婚官司。看完信，我頓時感覺自己的腦袋炸開了花。還好，我馬上找到了一個新的支柱，那就是親眼看著你的腦袋開花。」

「所以你從電話簿上來尋找克萊兒。」

「沒錯，律師先生。我想你還是省省力氣，不要在我面前展示你那該死的口才了。你幫助瑪麗和我離婚以後，她又結婚了，可她竟與第二任丈夫一起因車禍而沒了命。你倒是說說，我現在活著幹嗎？」

來人不再撫摸手槍，而是一下子抓住了槍柄：「你說，我們怎麼會是素昧平生？」

「可是，我也剛剛失去老婆。」他說。

「聽起來，還真叫人感到遺憾。」來人的語氣充滿了諷刺，同時，慢慢地將手槍舉起。

「我也很想報仇，她一直譏笑我、羞辱我，甚至還讓我跪在地上，朝我吐口水，最後她還是離開了我。」他說。

「被人拋棄的滋味一定很不錯吧！」來人的手槍指向他的兩眼之間。

「她的名字叫克萊兒！」

手槍緩緩地垂下去，指著他的胸口，來人滿臉狐疑。

「這個不難理解。克萊兒是我妻子的名字。這些年來，她一直不把我當人看，我們之間的關係根本不是妻子與丈夫，而是主人與奴隸。她甚至連接電話的自由都不給我，所以電話本上的克萊兒律師，是她的名字，跟我根本扯不上關係。」

手槍徹底地放了下去。

「是我妻子為你們打的離婚官司，我真的從來沒有聽說過你。我叫克里特，是靠寫小說謀生的。你要是不信的話，可以看看我的身分證，那個可以為我作證。」他說。

四肢被捆，他根本就動彈不得。抵不過手槍頂頭的威脅，他乖乖地就範了，說出了克萊兒現在的地址。

聽完，來人迅速地離去，那速度就像是叢林裡正在捕食的黑豹。哪一天我才能有這麼矯健的體魄啊！他心想。是的，要是那樣的話，他就可以快一點移動過去，進入廚房，找到利器割斷尼龍繩了。從那人離開到現在也快有三十分鐘了吧？

突然，他又覺得應該先移動到電話機旁，那樣做似乎更妥當一些。因為，雖說被捆得很緊，但他被捆著的雙手還是完全可以把電話拿起來，盡快打電話通知克萊兒的。

然而，就在他向電話機那邊挪動的時候，他又猶豫起來，覺得還是應該先把繩子割斷，這樣的話，打電話似乎要快一些。一時間，他不知道到底該怎麼做了，他得抓緊時間好好想。真希望自己能變得有主見起來……

而克萊兒，也正是因為這個才徹底失望，決定離開他的。

在這兒，得補充說明一點：驅車去克萊兒公寓大約需要四十分鐘的時間。

最後一搏

布萊克是一個資深的警察。由於從事這個職業太久，即使在休息時間，他依然保持著職業的敏感。完全可以說，他幾乎一天二十四小時都處於工作狀態。今天剛好休假，他打開電視看起了球賽，身邊放著一杯啤酒，看上去他顯得很放鬆，可是你錯了，在他的潛意識中，他依然忘不了工作。

很快，布萊克認出了電視上出現的那個人。

因為工作一直很忙，布萊克錯過了許多場橄欖球比賽。他原本以為連這一場也會趕不上，沒想到這一天他剛好休息。這是職業橄欖球的決賽，他覺得自己真的很幸運。是的，他的運氣的確好極了，後面還有更大的好事在等著他呢！

那是一場激動人心的比賽，布萊克看得很投入。對決雙方的比分輪換上升，現在又打成平手。電視鏡頭切換到觀眾席，觀眾們看得如癡如醉、興奮不已。

突然，布萊克在觀眾席裡發現了他！

布萊克身材高大。高中時期曾經打過橄欖球，後來他沒有上成大學，雖然他確實很希望能上大學。當時，橄欖球獎學金不像現在這麼普遍。他一直夢想著自己能上大學，然後成為一名職業橄欖球運動員。可他最後未能如願，而是當了一名警察。

他是一名很優秀的警察。起初，他被分在交通科。每天早晨開始工作之前，他總會留意失竊汽車名單，看看那些汽車的牌子。這成了他每天的必修課。雖然他當時還是個新手，但他找回的失竊汽車總是最多的。

他有著超強的記憶力，一旦姓名、號碼或面孔進入他的眼睛，他幾乎可以過目不忘。直到現在，他還能記得自己第一次約會的那個姑娘的電話號碼，記得戰爭時期他自己的一系列編號，記得他抓到的第一個罪犯的模樣。調離交通科後，他經常去局裡的照片室，細細打量那些通緝犯的面容。所以，每年，他都能不經意地——在街上、人群中、遊樂場、電梯中，以及在買熱狗時——發現幾個通緝犯。每一次他都認得很準確，從來沒有出過錯。這次，他也很自信。

臉色蒼白的布萊克過著很簡單的生活。直到現在，他還是獨身一人，從來沒有結過婚。在同事們眼裡，布萊克那不可思議的記憶力，吃苦耐勞的習慣，以及與眾不同的個性，是值得尊敬的。時間如流水般逝去，他的職位一步步地提升。就目前來看，他已經得到了應有的地位。

布萊克站了起來。他看清而且記住了那個人的位置，那個位置旁邊有一個出口。布萊克想了想，推算出那是F區。假如在他趕到時，比賽還在進行的話，那麼從出口進去，拐向左手的方向，就能找到那個人。

可是，現在距離比賽結束已經很近了。布萊克一面穿上鞋，把槍套掛上肩，一面思考這個有些棘手的問題。假如比賽按正常時間結束，那他肯定是趕不及了。但如果比賽出現平手，需要進行延長賽，那麼他就來得及趕到。現在最保險的做法，就是打電話通知那個地區的警察，說體育館裡有一個通緝犯，要求他們封鎖體育館，以便搜查。

他抿緊嘴唇，神色凝重。那個人，布萊克太了解了。雖然只看過一張用望遠鏡拍成的照片，但布萊克了解他的全部歷史。布萊克決定賭一把，賭的是延長賽。這次，這個獵物應該只屬於布萊克一個人，而不是警察局。布萊克喜歡獨來獨往，這次也不例外。一旦比賽正常結束，那個人走了……想到這裡，布萊克聳了聳肩。但他還是想賭一賭。既然那傢伙就在這座城市，肯定還有機會找到他。

布萊克匆忙地走出了自己的公寓，連電視也沒關掉。下了樓，一鑽進汽車，他馬上打開了收音機，密切關注比賽的實況轉播。

一路上，他踩著油門，拼命超車，竭力在比賽結束以前趕到。這個城市的交通路線，他再熟悉不過了，哪條路最近，哪條路車輛最少，他都瞭然於胸。

收音機裡，不時地傳來解說員的聲音。比賽即將結束，但比分依然持平。現場觀眾的情緒特別激動，喊叫聲震耳欲聾。那個人的聲音也在其中嗎？他是不是已經感覺到什麼，就離開了現場？應該不會。也許他是個狂熱的球迷，他一定會觀看完所有的比賽。

紅燈亮了，布萊克不得不停下車。

收音機裡，觀眾的吼叫聲繼續高漲。突然，解說員叫起來：「平手打破了！」贏了一分的球隊並不是布萊克喜歡的。這讓布萊克非常生氣，他在心裡喊起來：「加油啊，夥計們，一定要打成平手，一定要進行加時賽！」

終於等到了綠燈，他飛快地發動引擎，耳邊充斥著觀眾的吼叫聲。他喜愛的球隊正在發起進攻，他默默地為他們祈禱，希望能再扳回一分，可是進攻失敗了。布萊克有些喪氣，禁不住罵出聲來。只剩下一分鐘比賽就會結束，看來他已經沒有時間了。

球賽進入分秒必爭的緊要關頭，這次又輪到他喜愛的球隊發動進攻。布萊克心跳加快，握著方向盤的手也變得汗涔涔的。像這種情況，他應該先打個電話，而不是自己親自前往的。由於神經繃得太緊，他差點闖了紅燈。

突然，進攻得分！又是平手！結束的哨聲吹響了。

布萊克把身體向後靠了靠，不由得吹起口哨。看來，那個人逃不掉了。

雖然，布萊克只見過他一次，而且只見過照片，但他在電視裡一見到那張臉，就斷定那個人一定是屬於他布萊克的。

布萊克長出一口氣，繼續趕往體育館。距離延長賽還有一段時間，他不用那麼著急。因為在延長賽開始以前，他肯定能趕到現場。

此刻，他需要思考對策，想出一個萬無一失的辦法，順利地抓住那個人。這一個半月以來，東海岸警方一直在搜捕他。因為警局唯一的搜查依據是一張模糊的照片，所以他有恃無恐。甚至膽敢公開露面，跑去現場觀看橄欖球決賽。布萊克一見到那張照片，卻確定先前沒有在照片室裡見過這個人。要抓捕那個人，困難很大。像他這種罪犯，喜歡獨自行動，而且沒有前科，警方那裡自然沒有能夠清晰辨明他身分的照片和指紋。如果他的運氣不錯，或者他的計畫很周密，幹完一票大買賣後，就決定徹底收手，那麼案件很可能會石沈大海。

比如，那次的綁架事件，就很讓布萊克佩服。

那次綁架的對象是一個不願與警察合作的有錢人。對方不想讓警察或聯邦調查局深入調查他所做的事，因為那些事也在違法邊緣。綁架進行得非常順利，贖金很快就商談妥當。甚至在支付贖金之前，被綁者就被提前釋放了。釋放的地點是一處偏遠的森林。一拿到贖金，綁架者就馬上溜之大吉。對於警察來說，他們面臨的情況實在糟透了：除了一張在付錢時用望遠鏡照相機拍下的照片，其他一無所獲，而那張唯一的照片看起來也是模糊不清。這是絕對稱得上是一次漂亮的綁架案，手法相當乾淨利落。連布萊克這樣經驗豐富的老警察都不得不承認，這是他見過的最出色的一次。綁架者攜著錢財跑掉了！

六個星期過去了，警方連綁架者的影子都沒找到，一直為此大傷腦筋。不過，綁架者的好運快要到頭了，他怎麼也不會料到，他會碰到一個記憶力驚人的警察。

布萊克把車開進體育館停車場，就連忙走向出口。他用手一揮亮出證件，徑直向F區觀眾席邊的過道走去。他氣喘吁吁地到達那裡時，延長賽剛好開始。觀眾們都很激動，不約而同地站起來，高聲歡呼。

布萊克跟在幾個小販後面走出過道。他往左一拐，向上走兩個台階，停在那裡。他掃視一下賽場，觀眾區座無虛席。他緊挨著一排座位站著，儘量把自己混在人堆裡。賽場上一個運動員正帶著球奔跑，突然被絆倒了。

布萊克別過頭尋找他的目標，雖然已經做好充分的心理準備，但他看到那個人的時候，還是有些吃驚。布萊克快速地打量那個人一眼，又把視線轉移到賽場上。僅僅一瞥，他已經把所有的細節盡收眼底。

那個人很年輕，年齡不超過三十，身材削瘦，但看上去很結實。一張臉再平常不過，不會引起人們特別的注意。對於一個罪犯而言，這張臉是相當有利的。他身著一件普通的藍大衣，看上去沒有特別之處，裡面的一件是藍色西裝。手上戴一副皮手套。他看起來很興奮，看樣子曾經也有過打橄欖球的經歷。

比賽還在繼續，場上運用的是自殺攔截戰術，但布萊克已經沒有興趣關心這個。他真希望比賽就此結束。這個時候他正在做的事情，比橄欖球賽還振奮人心。他發現自己非常冷靜，這使他有些驚訝。此刻的他，感覺好極了，他感覺自己信心十足，他甚至確信自己這一次會成功。這是從未有過的一種感覺。可他也知道原因。

賽場上，對決中的一方發出進攻，這次成功了，比賽宣告結束。場外的觀眾開始騷動起來，又喊又叫，有的還往賽場扔東西。布萊克用眼睛的餘光掃視那個人，只見他正準備走向出口。

布萊克連忙走下台階，搶在那人之前走向出口。他混在第一批人群裡走出賽場。他不必回頭張望，因為這裡只有一個出口，那人肯定會從這裡出來。他迅速鑽進汽車，扭頭注視人群，找尋那個人的蹤跡。

目標出現了，正快步走向停車場。布萊克轉過身，隨即發動汽車。這個時候需要格外留神。因為人多車擠，一個不小心就會出現差錯。只見那個人開動一輛小卡車，向出口車道駛去。他的車恰好在布萊克前面行駛。這次可真走運。他們一前一後緊挨著，沒有別的車輛夾在中間。布萊克相當的鎮定、自信。他平生還是第一次這麼順利。

一直以來，他總不能如願以償。起初，他認真地學習打橄欖球，高中畢業後，卻沒有機會成為一名橄欖球運動員。後來，他當了警察，又開始從頭幹起、慢慢學習，一點一點向上爬。他已經用盡了全身的力氣，可沒能爬到最高。現在，他的年紀已經大了，升職對他來說已經不再可能。還有三個月，他就該退休了。那輛小卡車在大街小巷裡很穩當地穿梭，布萊克一直在後面跟著。那個人和布萊克一樣，也是一個獨來獨往的人。現在，他們兩人以一對一，會有怎樣的結局呢？

卡車來到一個安靜、樸素的住宅小區後，就停了下來。那人很聰明。顯然，他不願意跟犯罪集團扯上關係。這也是他不會被警局拍照，順利完成綁架事件的原因。拿到一大筆贖金以後，他沒有刻意地去改變自己的生活方式，而是繼續以往的平靜生活，雖然這種平靜只是一種表象。

卡車停靠在一棟不大公寓樓前，布萊克的車尾隨其後。下了車，布萊克向那人走去，同時打量著公寓門牌號，像是要找尋某個號碼。那個人非常仔細，他鎖好汽車後又去檢查了汽車的窗戶是否上鎖。接著他走上人行道，剛好跟布萊克碰了個對臉。

突然，布萊克把那人推搡到汽車邊說：「別動，你被捕了。」

那個人掙扎了幾下，但失敗了，因為布萊克的手槍正頂著他的肋骨，一隻手抓著他的手臂。「不許動，再動我就一槍斃了你。」布萊克威脅道。

頓時，那人的臉變得慘白。布萊克掃視了一下四周。這時候，並沒有人注意他們。

「快點進公寓！」布萊克說。

那人的手臂被布萊克的大手緊緊抓著，兩個人一起快步走進走廊。

「你住第幾層？」

「五層。」那人順從地回答。

進了電梯，布萊克按了一下五層的按鈕。電梯門緩緩地關上了，吱吱作響地往上升起。布萊克把那人擠在電梯牆上，在他的西裝裡發現一支手槍。布萊克拿出槍看了看，然後把槍放進自己的大衣口袋。此刻，電梯裡很安靜，只能聽到他們兩個人的呼吸聲。

「你是警察？」那人問道。

「對，我是警察。」布萊克說。

五樓到了，他們走出電梯，進入過道。

「哪個房間？」

「七號。」

他們沿著鋪有地毯的過道一直往前走。樓上隱隱約約傳來說話的聲音，但他們面前的過道空無一人。七號門牌出現了。

「裡面有人嗎？」布萊克問。

那人搖搖頭。

「如果我發現你說謊，就有你好看的。我再問你一遍，到底有沒有人？」布萊克說。

「屋裡確實沒人，就我一個人住。」那人說。

「開門。」

那人動作緩慢地從口袋裡拿出鑰匙，打開門。

進門時，那人試圖用門撞擊布萊克，但被布萊克一拳打倒在地。那人呻吟著翻了個身，然後坐起身來。

「你準備怎麼處置我？」那人說。

布萊克沒有回答他，命令道：「把大衣脫掉。」

那人掙扎著脫掉大衣，布萊克一腳把大衣踢到邊上。他探過身，一把拎起那人，猛地用力搖了幾下，然後掏出手銬，把他銬了起來。接著他往後退了幾步，目不轉睛地盯著那個人的臉。

「錢放哪兒了？」布萊克說。

「你這舉動可不像個警察，你是……」那人提高聲音說。

「不，我的確是警察，一個三十年的老警察，可是，說老實話，這次我不想把你帶進警局裡去。」布萊克平靜地說。

聽完這話，那人愣了一下，顯然是有些吃驚。布萊克也被自己嚇到了。從電視上認出那人開始，他的內心就萌發了這種想法，現在他終於把這個想法說出來了。

布萊克一動不動地站著，在心裡反覆考慮剛剛說過的話。其實，他說的都是實話，也是他的心裡話。一直以來，他都在尋找賺大錢的辦法。剛開始，他把希望放在橄欖球上，後來他又把希望轉到當警察上。但是，時間一天一天地過去，他的這種念頭和慾望逐漸地被日常生活所湮沒。他捨不下作為一個好警察的驕傲。可是，這個念頭一直埋藏在他內心深處。

有時候，人的念頭很奇怪，它會促使你做一些意想不到的事情。

布萊克一直以為，他過去的野心都已經消失了，就如同他想當職業橄欖球運動員的願望一樣，全都消失了。但他仍然喜歡看橄欖球比賽，也喜歡關注運動員巨額薪水的報導。一聽到巨額搶劫案，他就會激動不已，甚至一連幾個星期，他都無法平靜自己的內心，就像其他人為了心儀的女人而激動一樣。

那個人鬆了一口氣。他的表情和態度都發生了變化。「我想我明白了。」他緩緩地說。

突然，他們之間的關係開始發生微妙的變化：從警察和罪犯的關係，演變成了男人和男人的關係，他們像是為了某個目標而結成的同盟。

布萊克微笑著讚賞道：「你那次行動確實出色。你一定籌劃了很久吧？就像為了打贏一場橄欖球比賽，事先精心籌劃。你沒有這方面的經驗，第一次出手就玩得這麼大，這麼漂亮，說實話，很讓我佩服。」

「謝謝。」那人語氣有些生硬地回答。

「我需要那筆錢。」

他奔向主題了。他挎上槍套從公寓出發，一路馬不停蹄地忙活，想要的就是這個。布萊克在心裡暗暗地佩服起自己來。他覺得自己一下子好像年輕了二十歲。他以為自己僅剩下一副軀殼，所有的慾望和鬥志已經消失了，也許所有的人也以為他這輩子就這樣了，可這些想法都錯了，大錯特錯。三個月以後，等他退休的時候，他會發現，這些年以來所有的汗水和辛酸都沒有白白付出，最後還是他贏了，他會比很多上司更富有。

那人把頭搖了搖。布萊克重重地給他一記耳光。

「別跟我耍花樣，小夥子，為了這個，我已經等了太長時間，絕對比你等的時間長。」

他咬牙切齒地說。

「你算個什麼警察！」

「我是個好警察，一直都是。這幾十年來，我從來沒有接受過半毛錢的賄賂，也從來不搞什麼旁門左道。經歷了無數次的調查，我依然是清清白白的。」布萊克自豪地說。

「現在你找到了一個發財機會。」那人說。

布萊克點了點頭。「是的，小夥子。你從約翰那裡敲詐了二十萬元，現在該換我來學你那麼做了。」

「你看，我為了得到錢，可沒少花費心思。整整五年的時間，我不停地尋找合適的機會。終於等到他陷入了困境，我乘機綁架了他。那錢我確實掙得不太容易。」那人說。

「我相信你說的話，可是我也等了很久，」布萊克說，「我一直在等。我等待的時間，絕對遠遠超出你的想像。為了等到一個真正的發財機會，我放棄了許多的機會，我知道不能為了那個因小失大。在這一點上，我們身上倒有些相似之處。不過，現在我佔了絕對的主動優勢。快說吧，錢放哪兒了？」

那人還是搖頭。布萊克一把將他推到一張椅子上，側過身問道：「你叫什麼名字？」

那人抬起了頭，憤怒地盯著他。布萊克拎起他的衣領，看了看上面的標簽。接著又掂起大衣看了看。他掃視了一遍房間，從一個抽屜裡找出一本通訊簿，看看裡面的內容。

「你的名字叫羅納爾德·奧斯丁，以前是打橄欖球的？」他問。

奧斯丁沒有回答。

布萊克接著說：「早在幾年前，你是中西部隊的左邊鋒。球打得非常好。其實我也打過橄欖球。」他說著停下了腳步，看著奧斯丁說。

奧斯丁抬起頭，聳了聳肩說：「你說得沒錯，我的確在那兒打過橄欖球。」

布萊克端詳著他，喃喃地說：「打橄欖球不是很賺錢嗎？你運氣可比我好多了，我連上大學的機會都沒有。」

奧斯丁撇撇嘴。「我體重不夠，畢業那年，我試圖成為職業運動員，但是最終還是被淘汰了。」

「於是你就另找發財門路？」

「是的。」

「那麼，錢在哪兒？」

「我不會告訴你。」

「不，我相信你會說的。就在你的屋子裡嗎？」布萊克用平靜的聲音說。

奧斯丁還是沒有回答。布萊克靜靜地等著他開口。

僵持了一會兒，布萊克說：「那好，我自己去找。如果我找到了，一切好說；如果我找不到，還會來問你。」

他打開一隻手銬，拉著奧斯丁站起來，將他拽到床邊，把他正面朝上地推倒在床上，又把手銬銬在床柱上。

他一聲不吭地開始在房間裡搜查，奧斯丁在一邊看著，任由他隨意翻騰。經過很長時間的找尋，房間裡狼藉一片。接著，他拉起奧斯丁，挪開床，又搜了一遍，仍然沒有收獲，他終止放棄了，累得大口喘氣。

稍事休息後，他說：「來吧，小夥子，看來我得對你採取一點非常措施。」

奧斯丁抬起臉看著他，臉上露出畏懼之色。

「別硬撐著，我真動起手來，你未必能熬得住。我可是這方面的專家。為了得到那筆錢，也許我真會動手殺人。這一點你一定很清楚，當然，你也會因此想殺死我。」

「我說，你為什麼不直接把我帶到警察局呢？那樣的話，你會成為一個大英雄。」

布萊克搖搖頭說：「我不會帶你進警局的。我的年齡已經大了，再過三個月，我就要退休了。如果我還年輕的話……」他邊說，邊走向奧斯丁，「好了，我們開始吧。」

他下手非常重，奧斯丁疼得齜牙咧嘴。因為想到奧斯丁可能會出去取錢，所以他沒有傷到他的臉部。直到奧斯丁昏了過去，他才停下了手上的動作。他找到浴室，喝了一杯水，然後又端著一滿杯水回來，把水澆在奧斯丁的臉上。他蘇醒過來，不停地呻吟。

布萊克盯著他說：「你是個了不起的小夥子，很少人能受得了這個的。」

奧斯丁從牙縫裡擠出一句，「謝謝。」

「你何必這麼固執呢？你應該知道，如果達不到目的的話，我有可能折騰你一個晚上。」布萊克說。

奧斯丁艱難地從地上爬起來，因為疼痛，他的臉扭曲了起來。他坐到一張椅子上，眼睛盯著布萊克說道：「無論如何，我都不會完全放棄那筆錢，就算你殺了我，我依然會那麼說的。為了那錢，我耗費了太多的精力，因為實在很需要……」

布萊克看得出他沒有說謊。於是他妥協道：「好吧，那這樣，錢我們兩個均分，一人拿十萬。其實，有一半我就夠用了。」

他們的眼睛緊盯著對方。這會兒，他們的關係又變了。從他兩人遇上的那一刻起，他們的關係就不停地改變。先是警察和罪犯，接著是男人和男人，然後是拷打者和被拷打者。而現在，他們的關係，誰也說不清楚了。

奧斯丁一臉凝重，看樣子已經下定了決心。布萊克從他的表情裡，讀懂了這些。

「就這麼決定吧。我知道在什麼時候應該妥協。我們一人一半。」奧斯丁說。他試圖笑一下，讓自己看起來輕鬆，但誰都看得出來，他的笑很牽強。「真希望你在拷打我之前，就提出這條建議。」他訥訥地說。

「我得先看看，你能否熬得住。否則，我們始終無法知道對方的底線。」布萊克用冰冷的口氣回答他。

奧斯丁點點頭。看來他們都非常了解對方。

「現在可以說錢在哪兒了吧？」布萊克問。

「在一個保險櫃裡。」

「怎麼沒看見鑰匙？我一直在尋找鑰匙。」

奧斯丁笑了。「鑰匙在樓下的信箱裡。」

「那就是說，我們只有等到明天才能去取錢。現在銀行肯定關門了。」布萊克說。

「對。」

「我們要等一整個晚上。」

「你能保證一整夜都不打瞌睡？要知道，一有機會，我就會殺了你。」奧斯丁說。

「這個你不用擔心，我可以整晚不睡。」布萊克的聲音聽上去冷冷的。

在一片狼藉的公寓中，布萊克坐在一張椅子上，他看著坐在另一張椅子上的奧斯丁，等待著黎明的到來。偶爾，他們也有一句沒一句地說話，奧斯丁告訴他，六個月後，他打算乘遠東公司的船，離開這裡。

「我不反對你那麼做。」布萊克說。

「當然，假如你願意放走我的話。」奧斯丁警覺地說。

「我不管你以後會做什麼，那與我無關。相反，如果時機成熟的話，我會幫你逃走。我可不想讓你被逮到，這對誰都沒有好處。」布萊克說。

第二天，雖然是布萊克值班，但他並沒有往警察局打電話請假。他的頂頭上司早已習慣了，他一定以為布萊克又發現了什麼新的情況，一個人調查去了。他對布萊克非常信任。出發的時間到了，布萊克打開奧斯丁的手銬，看著他穿好大衣。

「記住，千萬別耍什麼花招，否則我就當場斃了你。我可以說，我是在執行公務。而你只有跟我平分這一條路。」布萊克說。

「我知道，我只是好奇，想知道你怎麼找到我的。」奧斯丁看著布萊克說。

布萊克驕傲地笑了，說：「我對人臉有特殊的記憶力，可以過目不忘，你在取贖金時，警察拍到了你的照片。而昨天我在家看球賽時，一眼就從電視裡認出了你。」

奧斯丁深吸了一口氣說：「這種事情發生的機率那麼小，我竟然栽在上面。」

「如果我不是一個橄欖球球迷，我也抓不到你。」布萊克說。

奧斯丁聳聳肩。「真應該讓你參加我的綁架行動，我們肯定是一對好搭擋。」他說。

「說得沒錯，我們沒有合作，確實有些遺憾。」布萊克說。

他們走出門，乘坐電梯下了樓，走向布萊克的汽車。

奧斯丁把車很快開到銀行。他們肩並肩走了進去。布萊克看著奧斯丁在登記簿上簽了名後，兩人一起走進地下室。奧斯丁和銀行職員打開保險盒，布萊克閃在一旁靜靜地看著。接著，銀行職員離開了，奧斯丁從裡面抽出盒子。布萊克用貪婪的眼光，看著他拿出厚厚的一疊疊鈔票。接著，奧斯丁把鈔票遞給布萊克，布萊克把鈔票放進一個手提包裡。取贖金的時候，使用的正是這個袋子。

事情很順利，但是他們倆還是一直不停地冒冷汗。

「走吧，回公寓。」布萊克說。

返回公寓的時候，他們走了另一條路。當公寓門在他們身後「砰」地一聲關上的時候，兩人同時長出了一口氣。

這時候，他們更像是一對患難與共的夥伴，而不是利益雙方的對手。

「我們已經成功了，你還同意跟我各拿一半嗎？」奧斯丁說。

「是的，當然。」布萊克說。

他把手提包放在椅子上，拉開拉鏈。看著這麼多錢，他有些喘不過氣來。這是他多年以來夢寐以求的。就在他即將告別警察行業的時候，他盼望了太久的東西終於擺在了面前。

他發著呆，突然瞥見奧斯丁正朝他撲過來，於是他趕緊一躲，可已經晚了。奧斯丁從後面緊緊地抱住他，把他絆倒在地上，他的手槍也掉了。奧斯丁乘勢壓在他身上。他反擊一拳，把奧斯丁打落在地，由於奧斯丁體重太輕，根本抵擋不住他。他隨即又向奧斯丁揮了一拳，然後用整個身子將他緊緊地壓住，使他動彈不得。同時，他的思維開始飛快地跳躍，就像是在對著奧斯丁大聲說話一般。

拿到錢以後，我原本準備殺了你。後來，我轉念一想，不能那麼做，因為我們兩個人現在正坐在同一條船上。但是，我發現我錯了，你的想法和我一樣，我們都想獨吞那筆錢。

等他轉過身去，突然發現奧斯丁已經不會動了！他從軟綿綿的屍體上爬起來，努力讓自己的呼吸恢復正常。他哭了。從長大成人之後，布萊克就再沒哭過。

他直愣愣地看著錢，那些全是他的了！他緩緩地走了過去，伸出雙手去拿。

正在這時，一陣「咚咚」的撞門聲響了起來，他猛然轉過身。門開了，布萊克下意識地伸手去掏槍，可沒有找到。是警察局的人！後面一排站著他們科長。布萊克一動不動地杵在那兒，看著他們衝進房間。

「聽到搏鬥的聲音，我們就趕緊過來了。發現了線索，為什麼不事先通知我們呢？」科長對布萊克說。

「你聽到我們在搏鬥？」布萊克有些茫然地重複了一遍。「你們一直在監視這個地方？安裝了竊聽器？」他接連問道。

科長笑著說：「哦，不，是聯邦調查局告訴我們的。他們做了許多細緻的調查，確認罪犯是一個運動員。所以他們從報紙上留意拳擊手和橄欖球運動員的照片，希望找到點什麼線索。從昨天起，我們開始跟蹤監視他，希望找到那筆敲詐來的巨款。如果不是你的話，也許我們還需要等上很久呢！」

一個年輕人在檢查手提包，布萊克知道他是聯邦調查局的幹員。年輕人對一個警察做了個手勢說：「看好這些錢。」接著，他轉過身，滿臉懷疑地看著布萊克說：「看到你和他一起走進公寓時，我們真的很吃驚，但科長一直堅持說，你只是想把錢騙出來。」

布萊克看著手提包中的錢，又伸手去掏槍，這才記起槍早在跟奧斯丁爭鬥時弄掉了。

科長「咯咯」地笑了。「你的演技真不錯，布萊克。你讓他相信，你只是想要錢，想要跟他平分這筆錢，而不是要逮捕他。好樣的，布萊克。」

布萊克凝視著他，一時間沒有明白他到底在說些什麼。

科長用大拇指指了指那位幹員說：「他以為你真的想要這筆錢，當時，他執意要衝進來，但我把他攔住了。我知道，你那麼做，肯定有你的目的。放心吧，布萊克，我們完全信任你！」

布萊克一臉茫然地站在屋子中間，其他警務人員在他身邊來來回回走動，做一些例行程序性的工作。

「今天早上，你們一起去了銀行，但是，從銀行出來後，你沒有直接回警察局，這一點，讓我們有些不能理解。可你的上司執意讓我們等你。能告訴我，你們又回到這裡的原因嗎？」幹員冷冰冰地問道。

布萊克完全暈頭轉向了，他大概沒有意識到這個問題的危險性。他搖搖頭，喃喃地說：「我必須確信錢全都在這裡，我必須弄清楚這一點。」說完，他低頭看看躺在地上的死屍說：「我沒打算殺死他。」

科長拍了拍他的肩說：「你向來做事都非常認真、仔細，就連最細微的問題，你都一定要弄個明白，這是你的一貫作風。振作一點，夥計。你把他殺了，這確實有些遺憾。可是，現在你是個大英雄，媒體會專門去警局採訪你的。我說布萊克。這可是你偵破的最大一宗案件了。」頓了一下，他接著說，「這也是我堅持讓你一個人單幹的原因，這樣的話，所有的功勞就全都是你的。怎麼樣，成為了一個英雄，感覺還不錯吧？」

「是的，確實不錯。」布萊克說。他又看了一眼聯邦調查局的幹員，看得出來他仍然不太相信他。但這些已經無關緊要了，他僅僅也只能是懷疑，並不能拿他怎麼樣。布萊克寫滿疲憊的臉露出了一個微笑。「退休以後，閒來沒事的時候，我可以坐下來，一遍一遍地讀有關我的報導。」他說。

走出公寓，他要回家了，想要好好休息一下。他的確需要好好歇歇。明天，還有事情等著他去做，他將面對蜂擁而至的記者。但是，現在，他只想睡覺。他老了，他需要把以前沒有睡完的瞌睡全都補回來。

乾草打包機

證人席上，一個男人正用他的大手擰著寬邊帽。他的臉飽經風霜，顏色蒼白。「噢，先生，實在是太可怕。這恐怕是我所見過的最可怕的事情了。」

檢察官問道：「怎麼可怕了，說來聽聽，警長？」

「到處是血，床上有，甚至連牆上都……」

被告席上的被告打了個寒顫，只見他深深地吸了一口氣，又打了個寒顫。然後，他探過身去，低低地對律師說：「我記起來了。」

他的辯護律師猛地轉過頭問：「你真的想起來了？想起了一切？」

「是的，剛才他一提到血，我的腦子裡浮現起了一切。」

聽完這個，律師驀地站了起來。「法官大人！我向法庭請求暫時休庭，我的委託人身體不太舒服。」

一陣沈默過後，法官把木槌落下，宣布說：「現在我宣布，法庭休會十五分鐘。」

律師神色匆忙地將他的委託人帶進法庭一旁的小房間。關上門後，他悄聲說：「如此說來，你的確得了健忘症？那不是在騙人？」

「是的，我一直說的都是實話。」

「那好，你現在開始說吧，不過，你千萬不要撒謊，否則——」

「我沒有騙你。我想起了這所有的一切。我也希望我能忘了！」

德克薩斯州中北部的春天，天氣似乎很暖和。才三月份，氣溫已經很高了。可是這種溫暖，有些脆弱。一股北方來的強冷空氣，足以使氣溫在一個小時之內驟跌華氏三十度。

在這樣一個暖和的天氣裡，克利夫．詹德第一次見到了凱蒂。

他離開一條主要的公路，沿著一條石子路走了下去。他穿著卡其布襯衫，襯衫敞開著，背上一個背包，一邊肩膀上掛著一個裝著吉他的帆布盒。

克利夫是一個身材細長，長著一雙湛藍眼睛的人。他的頭髮金黃，年齡還不到三十。在許多人的眼中，克利夫是一個農場的短工，可他自己並不這麼認為，他覺得自己是吟游詩人——一個無拘無束的精靈，整天到處漂泊，四海為家。

他剛剛去過一個農舍，可他們現在並不需要人手。那家的女主人還算客氣，給他提供了一頓午餐——冷炸雞、冷餅乾和一塊桃子餡餅。他走到路邊樹下，開始吃那頓午餐。吃完後，他拿出煙斗，抽了一會兒煙，然後睡了一下。

他醒來的時侯，抬頭望了望天，看到北方地平線上，正有大片的雲湧過來。

克利夫很清楚這意味著什麼。他在大峽谷過的冬天，那裡非常暖和，根本用不著準備冬天的衣服。冬天過去了，他突然很想繼續旅行，於是，他離開了那裡，一路向北走來。顯然，他沒有預備可以防寒的衣服。他必須在天黑之前，找到一個落腳的地方，要不然，他說不定會被活活凍死。可是，極目遠望，四周空蕩蕩的，根本沒有農舍的影子。

他只好繼續往前走。大約走了一個小時左右，他拐過一個彎後，看到了一座房子。他進屋後才知道，萊德伯特家的這棟房子已經有一百年的歷史了。它看起來確實很舊，很長時間都沒有重新刷漆。房前的門廊東邊有一個貯水池。距離房後五十碼的地方，是一個新穀倉。他下意識抬起頭，只見房子和穀倉之間有電線連接著，那證明這裡是通電的。一輛新的拖拉機停在穀倉前面。

克利夫已經很有經驗了，他知道，如果在這個時候敲前門的話，一定會被當作一個小商販，不會有人願意來開門的。於是，他直接繞到後門，敲了敲廚房的門，頓了一下，又輕輕地敲了幾聲。

門打開了，露出一張紅撲撲的臉。這是他第一次看到凱蒂·萊德伯特。她是一個嬌小苗條的年輕女人，大約二十歲左右，一頭長髮金黃金黃的，眼睛烏黑髮亮。她穿著一件寬大的衣服，但她優美的身體曲線還是顯現了出來。

「請問你有什麼事？」她撩開眼睛上的一綹潮濕頭髮，問道。

「太太，我是想問一下，你們這裡還需要幫忙的嗎？」

「哦，那你得去問托伊，托伊是我丈夫。」接著，她很快地補充了一句，「上星期，我們剛讓一個人離開了。」

她略帶羞怯地笑了一下，在克利夫眼裡，她笑得很費勁，好像很久都沒有笑過，已經忘記了該怎麼去笑了。

「你丈夫現在還在田裡吧？」

「是的，但我也不知道他的確切位置。」她說著，猛地打了個冷顫。

北方的寒冷空氣來了。

克利夫看看天，太陽已經不見了，一股冷風「嗖嗖」地直往房子裡灌。

她退進屋裡說：「外面實在是太冷了，簡直能凍死人。你進廚房等他吧。或許你也餓了，可以先吃點東西。」

對於食物，克利夫從不拒絕，儘管不久前，他剛剛吃過飯，但是忍飢挨餓在他身上，是常有的事情。她給他拿的胡桃餡餅非常可口，那杯冷牛奶也很新鮮。

廚房很乾淨，但是透著一種原始落後的氣息。屋裡有一個舊冰箱，這是廚房裡僅有的一個電器。冰箱被打開的時候，嗡嗡作響，像個自動點唱機。做飯的爐灶是燒木柴的，很大。屋裡沒有自來水，用水是靠手動幫浦壓上來的井水。爐灶上正在燒著熱水，地板有些潮濕，她一定是正在擦地板，所以她開門時臉紅撲撲的，克利夫心想。

她的話很少，幾乎不主動開口說話，克利夫也一向習慣沈默，所以他們倆靜靜地等待著。當然，這樣也沒有讓誰覺得難堪。克利夫點著煙斗，抽著煙，而她，在灶台上一直忙活個不停。有一兩次，她輕輕地嘆了口氣，克利夫就抬起頭，發現她正站在窗前，凝視著外面。窗外北風凜凜，整個屋子被風吹得吱吱作響。

過了一會兒，只見她站在窗前說：「他回來了，托伊回來了。」

托伊·萊德伯特完全不符合克利夫的想像。他矮小、消瘦，甚至比妻子還矮一英寸，而且看上去要比她大有二十歲。他臉色蒼白，一點不像別的在德克薩斯田野裡工作的人，他們的臉通常都被曬得黑紅黑紅的。托伊臉上的神情很溫和，他頭戴一頂棒球帽，一對棕色的眼睛注視著克利夫。

當托伊聽完妻子闡明克利夫的來意之後，他用很溫和的語調說：「我想我還會雇人的，凱蒂。」

凱蒂的雙手顫了一下說：「我知道，托伊，我知道。我只是以為你——」

「你以為，」托伊重複了一遍。然後他轉向克利夫說，「正好我需要一個人。你會用斧頭嗎？」

「是的，我用過。」

「你應該也知道，像每年的這個時候，地裡已經沒有太多的活了。不過，我正在清理河邊的三十畝樹木，那是為秋種做準備的。假如你不介意砍樹的話，就可以留下來。我會一直雇你到秋收，也就是說，在冬天之前，你會一直有活幹。你同意嗎？」

克利夫說：「好的，那就這麼定了。」

托伊微微點了點頭說：「那好，今晚你就可以住下了。過道那邊是一間空房子，你就住那裡吧。以後，你和我們一起吃飯。晚飯快好了吧，凱蒂？」

他妻子背對著他們，正在灶台邊忙碌。「好了，托伊。」她的聲音有些含混不清。她的身上籠罩著一種恐懼。儘管這種恐懼沒有表現在她的聲音或行動中，但是，自從她丈夫一進門，就能明顯地感覺到她很緊張。克利夫拎起了他的背包和吉他盒，她面對著他說：「詹德先生，你會彈唱？」

「是的，會一點兒，唱得不好，只是自我娛樂而已。」他微微一笑。

她想回一個微笑，但是馬上又把笑給收回去了。因為她的丈夫在一旁看著，她的動作總是有所顧忌。

半夜，克利夫從睡夢中醒來。北風已經停了，古老的房子在夜幕裡顯得格外安靜。

是一陣哭聲把他吵醒了，他原以為這是一個夢，但是，正當他再次入睡時，他又聽見了低低的嗚咽聲……

凱特・萊德伯特的廚藝相當不錯。她準備了一疊煎餅和幾片厚厚的醺肉作為早餐。托伊只顧埋頭吃東西，很少說話。凱蒂沒有跟他們一同用餐。她來來回回地走動在桌子和爐灶之間，侍候他們。這並不是托伊的冷酷，而是當地的一種習慣，克利夫知道這個。女人只有在他們走後才能吃飯。

克利夫很想請她坐下，和他們一起吃，但他也知道不能這樣。「萊德伯特太太，謝謝你。這是我吃過的最可口的早餐。」他在離開桌子時說。

這次，她沒有臉紅，也沒有不好意思地扭過臉。她眼睛直直地盯著他，想看看他是不是在開玩笑。當發現他沒有開玩笑時，她猛地別過臉去，雙手隨之顫動了一下。

為了不讓她感到尷尬，克利夫轉過身，掏出他的煙斗。這時候，他發現了正在一旁注視著他們的托伊，他薄薄的嘴唇上露出淺淺的笑意。

這天，陽光明媚、萬里無雲。克利夫拿著托伊給他的兩把鋒利斧頭，跟隨著托伊來到河邊的一個「S」形區域。他們的任務是清理那裡的橡樹和灌木叢。

由於河道很窄，水流湍急，克利夫一連花了幾個小時的時間，終於掌握了工作的節奏。

快到中午時，他感覺熱極了，隨即脫掉了襯衫。

中午，凱蒂給他們送來熱飯。她凝視著氣喘吁吁的克利夫好一下子，他胸前的肌肉隨著不停地喘氣而上下動著。突然，她意識到這樣做似乎不妥，於是迅速地移開了視線。

克利夫神情嚴肅地接過午飯，鄭重其事地說：「謝謝你，凱蒂。」

她點了點頭，笑了一下，然後一溜小跑地離開了。他目送她好一會兒，才聳聳肩，坐下來吃飯了。

時間一天一天地過去，克利夫似乎對這一對奇怪的雇主夫婦——萊德伯特夫婦，越來越難以理解。

他們之間很少講話。白天，克利夫在場時，他們一共也說不了幾句話，至少他沒有聽到，他不禁懷疑，即使沒有外人在，他們也不會多說什麼。

晚上，他們坐在客廳裡，凱蒂忙著縫補衣服，而托伊一直瀏覽農場雜誌或農機價目表。客廳裡沒有電視機，連台收音機也沒有。克利夫有一台半導體收音機，在第三天晚上，他把收音機帶進了客廳。隨著音樂聲的響起，凱蒂抬起了頭，她的臉上露出期待的微笑，但是，一看到丈夫，她的微笑立即就煙消雲散了。克利夫也很固執，他堅持在那裡待了一小時。這段時間，托伊沒有說一句話，更沒有抬頭，他一直在看他的雜誌。可克利夫能夠明顯地感覺到，托伊非常不歡迎這台收音機。

之後，克利夫再也沒有把收音機帶進客廳。準確地說，他再也沒有進過客廳。他只是待在自己的房間裡，聽音樂，或者彈著吉他，一個人輕輕地哼唱。

第四天早上——也就是那個特別的晚上之後，他設法和凱蒂獨處了一會兒。

他問：「白天，你想不想聽我的收音機？」

凱蒂臉上露出嚮往的神色，但馬上又消失了。她思考了一下說：「不了，詹德先生，謝謝你的好意，可是，我實在太忙了，要做的事情太多了，恐怕沒有時間去聽。」

克利夫以往打工過的農場主，都有一台收音機，他們通過收音機來收聽天氣預報和穀物價格。後來，他才發現，托伊的拖拉機上也有一台收音機，他用它來收聽自己需要的信息。

這件事情又讓克利夫百思不得其解。他發現，托伊擁有最新的農場設備——兩台拖拉機、耕種機、播種機、乾草打包機等，但是，他的家裡卻沒有什麼新的家用電器，家具也十分破舊。凱蒂至今還在使用掃帚、拖把和抹布打掃衛生。而他們唯一的運輸工具，是一輛已經有十年歷史的舊貨車。

克利夫想，可能是出於宗教原因，托伊才不喜歡用電器的吧！

第一個星期天的來臨，證明了他的猜想是錯誤的。因為萊德伯特夫婦並沒有去教堂。早餐過後，托伊去了田裡，凱蒂開始收拾屋子。和以往有所不同的是，托伊多說了一句話。

他說：「詹德，今天是星期天，你可以休息。」

克利夫很想回答一句：「哦，好的，謝謝。」可是他始終沒有說出來。

他很不喜歡這樣壓抑的家庭氣氛，一般來說，這樣的情況，他待上一個星期就會馬上離開。但是，這一次，他卻沒有這麼做。他居然留了下來，他對自己的行為感到生氣，甚至可以說是十分惱怒。但他很清楚自己這麼反常的原因。

是的，他愛上了凱蒂！這聽起來有些荒唐，他大概是發瘋了！凱蒂從來沒有給過他一丁點兒的暗示，可他總會覺得她什麼都知道。

一晃到了六月，天氣已經非常暖和了。晚上，克利夫就坐在門廊上彈奏、唱歌。有一個人肯定會在傾聽，他知道。他希望另一個人站出來反對，但是那個人什麼也沒有說。

一星期之後，傾聽者——凱蒂從屋裡出來，坐在門廊傾聽，她的雙手交叉放在膝蓋上。

門廊上的燈早早就熄了。因為，托伊每晚六點就上床休息了。

克利夫再一次感到不解——他不明白為什麼托伊要很早休息，單獨留下他和凱蒂在一

起初的幾個晚上，一直是克利夫彈唱，凱蒂坐在一旁，靜靜地聽著，不發一言。直到有一天晚上，克利夫停止了彈奏，仰起臉，夢囈般地凝望著天上的圓月，就在這時，凱蒂輕輕地說：「克利夫，請為我彈唱一首悲傷的歌吧。」這是凱蒂第一次這麼稱呼他。

克利夫激動地轉過臉看著她。「啊，凱蒂，凱蒂！」他飽含深情地喚著她。

就在他剛要站起身時，凱蒂的雙手一陣顫抖，她轉身走了，消失在黑暗的屋裡。

一連幾個星期過去了，天氣變得越來越熱，夏天已經來臨。在陽光中，克利夫不停地揮動著斧頭，樹木一棵棵倒下了，就像被射中的士兵一樣。莊稼在充足的陽光下茁壯成長。河邊種植的三十畝苜蓿，很快就可以收割了。

晚上，克利夫依然坐在門廊彈奏吟唱，但只剩下了他一個人。凱蒂從此沒有再出來傾聽過，也再沒有喊過他克利夫，而是很有禮貌地稱他為「詹德先生」。

克利夫有些想離開了，但是，他還是無法割捨，所以他一直留在那裡，他不停地罵自己傻瓜，是的，他確實是個傻瓜！

有一天，天特別炎熱。已經到了吃飯的時間，可凱蒂的午飯還沒有及時送到。克利夫那天是負責去河邊焚燒矮樹叢的。他的全身都是汗，而且蓋滿了灰燼。河水在炎炎烈日底下，顯得異常清涼誘人。在每天晚上收工之前，克利夫總會下河游一會兒泳。

天實在是太熱了。他一個衝動，就脫掉鞋襪，跳進水中去了。弄濕褲子一點關係也沒有，只要在太陽底下站上一會兒，很快就晾乾了。在水裡撲騰了一些時間，他浮上了水面，突然岸邊響起一陣清脆悅耳的笑聲。凱蒂正站在河邊朝著他笑，這還是他第一次聽到她笑出聲來。

她說：「你看上去像個在玩水的小孩。」

當時，他也不知道是什麼樣的力量，讓他說出了那些話，也許，他只是覺得在那個時候，是個適當的時機，可以順利成章地那麼去說。他說：「凱蒂，這水裡很涼快。你可以穿著衣服下來玩一會兒。在你回家以前，衣服就能晾乾。」

凱蒂絲毫沒有遲疑就放下了飯盒，脫掉鞋襪，然後以一個優美的姿勢跳進了水中。兩個人就像是孩子一樣，毫無顧忌地在水中嬉戲。凱特的水性特別好，她在水裡的各種動作顯得游刃有餘。她大笑大叫，用力去拍打著河水。克利夫知道，這一刻，她是最快樂的，她似乎暫時忘掉了所有的一切。

後來，他們上了岸。凱蒂坐在滑溜溜的河岸上，她的頭髮像海藻一樣堆在頭上，衣服濕透了，緊貼在她身上，整個人看起來亂七八糟的。

可她是克利夫見過的最可愛的女人。

「凱蒂，凱蒂，我愛你。你應該知道這一點！」他喃喃著拉住了她的手。

凱蒂順從地靠進他的懷中，開始揚起嘴巴。突然，她大叫一聲，掙脫開來。「不，不！我不想再次造成死亡！」

克利夫直直地盯著她看，眼神裡滿是迷惑。「凱蒂，我不明白你在說什麼？」

她轉過臉，有些悲傷地說：「在你來之前，有一個男人……」

「我知道。你告訴我，你丈夫解雇了他。」

「是的，我是那麼跟你說的。事實上，我認為是托伊殺了他！」她用低低的聲音說。

「殺他？」克利夫用手抓住她的下巴，她的臉被動地朝向了他。她的雙眼緊緊地閉著。

「我不明白，你到底在說什麼？可他為什麼要這麼做？」

「因為，托伊發現我們在一起笑。就這麼回事，克利夫。我發誓沒有別的！」

「好吧，就算這是真的。你繼續往下說。」

「第二天一大早，我發現喬爾就不見了。但是，托伊告訴我說，喬爾半夜離開了。」

「那你怎麼知道他不是離開了呢？」

「他裝滿東西的箱子還放在那兒，沒有帶走。」

「也許只是被你丈夫給嚇壞了，他一時間慌張就忘記拿了。你為什麼這麼肯定是托伊殺了他？」

「那是因為……」她不由得打了個哆嗦，「反正我就是知道！」

「這沒有依據的，只是出於一個女人的直覺，凱蒂。」

「可他是一個流浪漢，已經沒有了親人，沒人會因為他而難過的。」

「凱蒂，說實話，我也很不喜歡托伊．萊德伯特，那可能是因為你。可即便如此，我總覺得他不會殺人。」

「那是因為你還不了解他。他是個極其卑鄙的人，而且特別殘忍！」

「那你為什麼要嫁給他呢，凱蒂？」

早在四年前，凱蒂的父母在一次意外車禍中死去。她一下子變得孤苦無依、身無分文。就在這時候，托伊跟她求了婚。於是，她把婚姻當做了救命的稻草。當時，她只有十七歲，高中還沒有上完，而托伊是一個富裕的農場主人，他看起來整潔而又節儉，像個一個善良溫柔的男人。因為她知道，愛情對於她而言，只是小說和電影中才有的東西。所以，她答應了沒有愛情的婚姻。可結婚四年了，她徹底地看清了他的真實面目。原來，他的節儉其實是吝嗇，他溫柔的外表下隱藏著一顆殘忍的心。他們住的地方，距離鎮子不過七英里，但是，托伊一年只會帶她去鎮上兩次，而且只允許她買幾件衣服。托伊只知道把多餘的錢投資在購買農用設備上。最近一段時間，他又變得更加不可理喻，喜歡胡亂猜忌。

這聽起來像是一個古老而可疑的故事。克利夫顯然不太相信。

「如果事實真像你所說的那樣，那你為什麼不乾脆離開他呢？逃走總可以吧？」

「逃走？我曾經想過，可他跟我發誓說，他一定會找到我，然後殺了我。我相信他說的都是真的，他絕對做得出來。」

克利夫看得出她對這些確信無疑，她顯然已經被嚇壞了。

「凱蒂，你還沒有回答我呢，你也一樣愛我，對嗎？」

「我……」她好像在奮力掙扎。她仰著頭一直盯著克利夫，眼睛一下子睜得很大。

「哦，不能……克利夫！這絕對是一個錯誤！」

「聽著，凱蒂！你跟他結婚，這錯誤更嚴重。你並不愛他。我現在就去找萊德伯特，我要告訴他我們的事，然後帶你離開這裡。」他冷靜地說。

「別這樣！克利夫！他會殺了你的！」她的雙手劇烈地顫抖起來。

「凱蒂，你冷靜一點，先聽我把話說完，其實，我也是一個流浪漢，也從來沒有過可以定居的理由，可現在我找到了。」他的聲音很溫柔。

這話，一下子說中了凱蒂的心事。她放棄了抵抗，開始在他的懷中不停地顫抖。他知道凱蒂在心裡懼怕極了萊德伯特，但是，她還是很順從地穿上鞋，和克利夫一起手拉手向屋裡走去。

他們不必費神去找托伊。一大清早，他就在房屋外面給乾草打包。快接近房屋時，他們並沒有聽到拖拉機的馬達聲，托伊一定是進屋吃午飯了。就在他們走進的那一刻，托伊從廚房裡走了出來。

凱蒂的手使勁地掙扎著，就像是一隻嚇壞的小鳥在不斷地跳動，克利夫緊緊地抓住她的手，說：「萊德伯特，凱蒂和我相愛……」

「就像你歌裡面唱得那樣？」托伊溫和地說，他的眼睛泛著光，就像光滑的大理石一樣，克利夫一下子明白了凱蒂害怕他的原因。

克利夫接著說：「我們決定了，要在今天下午一起離開這裡。」

「哦，是嗎？」

克利夫見狀，離開凱蒂幾步，擺開姿勢站著，看樣子他隨時準備迎接托伊的進攻。如果一對一地格鬥，他有必勝的信心。

但是，托伊似乎不去理會他這些，他扭過臉看著凱蒂說：「你是我的妻子，凱蒂。你是屬於我的，就像這農場裡的所有東西一樣。為了這些屬於我的東西，我會殺掉那些圖謀不軌的人。」

「萊德伯特，有些事情你是阻止不了的。你還是省省力氣吧，我們可不害怕你的威脅。」克利夫說著，瞥了凱蒂一眼，「別擔心，凱蒂。他只是想嚇唬我們。」

托伊仍然沒有看他，接著對凱蒂說：「你知道我說的話向來算數。」

凱蒂雙手止不住地顫抖，她只好把一隻手伸到嘴邊，用力地咬著手關節。她滿懷恐懼地看了一眼克利夫，說：「克利夫！實在很抱歉！我還是不能！我做不到！」說完，她嗚咽著跑進屋去。

克利夫朝她的方向邁了一步，然後又轉向了托伊。

托伊的臉上並沒有顯露出勝利的神情，他很平靜，那樣子就像正在談論天氣。

「今天晚上，我回來的時候，不希望再看到你了。歌手，你可以多領一個月的薪水。我想你應該為此而大聲唱歌吧？」他轉身離去，沒有再回頭。

克利夫凝視了好一會兒托伊的背影，然後跑進屋裡。

凱蒂正躲在臥室裡。

他不停地在門外，求她，哄她，甚至威脅她。

可她一直都回答著同樣的話：「走開，克利夫！請你走開！」

最後，他還是失敗了。也許她只是在騙他，她壓根兒不願意跟他一起離開。

他拖著沈重的腳步回到自己的房間裡，把東西一件一件裝進背包，失落地走了。

他沿著路邊行走，河那邊傳來拖拉機的轟隆聲。

大約走了一個小時，他的憤怒和沮喪漸漸地緩解了很多。這一下，他突然意識到，凱蒂那樣做全都是為了他著想的，她在擔心他的安全！他早就應該明白這一點的。可他當時被氣糊塗了。他立即轉身向回走。並且決定，一定要帶走她，就算是抱也要把她抱走。

當他返回那棟房子時，已經過去兩個小時了。他一路聽著田裡拖拉機聲走回那座房子。廚房門開著，但凱蒂不在裡面。他走進屋裡，著急地喊著她的名字。

可是沒人回答他。

他在臥室發現了她，當他看到她時，她已經死了。整個人幾乎被獵槍子彈轟成了兩半。看到這場面，克利夫跌跌撞撞地衝到外面，那場面太慘了，讓他禁不住想嘔吐。遠處的拖拉機還在轟鳴，那聲音不停地刺激著他的神經。他知道那是托伊幹的，他殺了她！今天晚上回來的時候，他會假裝「發現」凱蒂死了，然後把罪名全歸於逃走的雇工。

但是，他為什麼要殺害自己的妻子呢？

克利夫拖著腳向田裡走去，開始很有些踉踉蹌蹌地，但慢慢地，他的腳步恢復了正常。

拖拉機拖著一輛乾草打包機，正要掉頭。一看到克利夫，托伊就停下了拖拉機，但是，他沒有關上馬達。乾草打包機繼續在轉動。

「沒想到還能再看到你，歌手。」托伊的聲音很鎮靜。

「告訴我為什麼？你怎麼忍心那麼去做？她已經不想離開你了！」拖拉機馬達和打包機還在轟鳴，克利夫大聲叫嚷起來。

「不，她已經決定了離開。我回屋的時候，正好看到她正在收拾東西，她是準備要離開。」說著，他微微地咧開嘴笑了，然後他接上了前面的話，「她一直等，直到確定你已經走遠了。她說，她不想看到你受傷，所以她先氣走你，然後再自己走。」

克利夫憤怒極了，看上去有些抓狂，他衝上前去，一把抓住托伊的襯衫衣襟，把他從拖拉機的駕駛座上拉下來。

——故事講到這裡，他的律師插話道：「這麼說，是你殺了他？」

「是的，是我殺的。」克利夫說。

「可他的屍體哪裡去了？警長到處都找遍了，一直沒有發現屍體。我想，你現在應該知道了你受審的原因了吧，你是因為涉嫌殺害凱蒂而被受審的。那時候，你不能或者是也不願告訴我們，到底發生了什麼事，但警長也猜到了萊德伯特是你殺的，你殺了他之後，又把他的屍體掩埋了起來。」

「那個乾草打包機在哪裡？它還在田裡嗎？」

「早不在了，第二天，拖拉機和乾草打包機就被開進了穀倉，但那些乾草仍在地裡。那天晚上下雨了，雨水把乾草全淋濕了。」

「下雨？肯定是雨水把血沖洗乾淨了。」克利夫說。

「什麼血？」

克利夫表情全無地看著他的律師說：「萊德伯特一向喜歡他的機器勝過喜歡凱蒂。從拖拉機上被拉下來之後，接著，他又挨了我一拳，他跌進了乾草打包機裡。原本，我可以救他的，可我不想那麼去做。現在，托伊·萊德伯特的遺骸應該還在田裡，或許警長將會在最後兩捆乾草中找到他的屍體。」

龍捲風

一整個下午，空氣潮濕異常，沒有一絲的動靜，氣溫一直在華氏九十度徘徊不下。一些年紀大的人，開始慌張地擦拭著額頭上的汗，因為他們知道，這跡象可不是個好兆頭。

夜幕降臨時，一陣隆隆雷鳴，瓢潑大雨之後，龍捲風來了。

龍捲風就意味著災難。這場龍捲風的來臨，已經引發了三起禍端：一股龍捲風捲走了一輛汽車，五人因此喪命；一股摧毀了聖路易和舊金山之間鐵路邊小鎮的房屋；一股是將正在行駛中的一輛轎車吹翻，導致車主受了致命的創傷。

時間已經是晚上九點，地點是一處偏僻的農舍，一位身材高大、有著一頭黑髮的婦女，正從廚房走向客廳。突然，前面的院子裡隱約傳來汽車熄火的聲音，她怔了一下，這也許是一種錯覺吧——沒有人會選擇這樣糟糕的天氣出門，假如他心智還算正常的話。

這時，門，猛地一下開了，一聲腳踹門的響聲以後，兩個陌生的男人闖了進來，他們手上都拿著槍。

來人一高一矮，其中那個個子較高的，看起來年長一些。只見他倏地將槍直抵這個年輕女主人的腰際，厲聲道：「別動！屋裡還有人嗎？」

她沒有開口，只是搖了搖頭。

「很好，要是這樣的話，那你就可以坐在這兒，不過，你得乖乖的，最好把手放在身體兩邊，別要什麼鬼把戲。」

她動作緩慢地坐了下來。

房間光線不是很好，僅有的一點亮光是一盞煤油燈。由於龍捲風的緣故，屋裡很早就沒電了。半導體收音機裡的音樂，還在廚房裡響個不停。

兩個擅闖者都沒戴帽子，梳著平頭，身著藍色斜紋布制服，但衣服都已經濕透了。

那個年長的命令道：「喬尼，把門關上！去檢查一下，看看屋裡到底還有沒有人，也許她在說謊。」

喬尼是個身材矮小、消瘦的人，看起來頂多也就二十歲。他遲疑了一下，兩隻眼睛盯著面前這個被他們挾持的女人。她還算年輕，有著一張模樣普通的臉。她的身材很棒，一件無袖短上衣和一條時髦的短外褲搭配起來，使她看起來非常健美。「砰」地一聲，喬尼關上門，並挪動一張桌子把門頂住，接著他就開始搜查房間了。

喬尼的同夥走到了女主人的後面。他的肩膀寬闊、腹部平坦，一雙眼睛裡透露出掩飾不住的緊張。眼睛周圍是一圈黑暈，那表示他的年紀至少也在三十五到五十歲之間。

「你叫什麼名字？」他用槍口頂住女人的頭，問道。

「凱倫。」她回答的聲音很平靜。能感覺得到，她在盡力使自己保持冷靜，因為她的本能告訴她：在這樣的時刻，任何的驚慌失措只會使情況變得更糟。

「除了你，都有誰住在這裡？」

「我不在這裡住，這是我父母的房子。他們出門去了。我住在鎮上，是個教師。我過來幫他們收拾屋子，可是暴風雨來了，我就被困在這兒了。」

「我們迷路了。從B公路往州際公路走的時候，我們遇到一個洪水沖毀的缺口，所以就拐上小路，來到了這裡。這裡能到什麼地方？」

「這裡也是B公路的一段，只是從這裡走的話，會多走幾分鐘的路程。」

「那這段路上有橋樑嗎？」

「沒有橋樑，所以你們不用擔心，不會再有洪水衝出的缺口。」

「我們要想離開這裡，得上一個小山。山的那邊有什麼？又是個農場？」

「不是，附近什麼也沒有，三英里內沒有住家。」

「我注意到你在聽收音機，那麼，你一定知道我們是誰吧？這時候除了龍捲風，有關我們的報導，也算是一條重要的新聞了。」

「是的，我確實聽到了。可我沒有留意你們的名字。」她說。

「哦，我是加洛克。」他的語氣聽來很輕鬆。

「我知道，報導說你和你的同伴昨天越獄了，現在，全國出動了半數的警力，都在搜索追捕你們。」

其實，她還知道，加洛克是犯謀殺罪入獄的，而喬尼是強姦罪。可她懶得多說。

他們越獄以後，曾持槍打死了一名司機，並偷走了車，為了怕留下線索，他們又將路邊餐廳的一位目擊證人也活活打死。在報導裡，他們被稱做「嗜血的殺人犯」。

「屋裡確實沒有別人，但我發現了這個。」喬尼說，他的手裡拿了一張照片。那是一張凱倫的褪色照片，照片上的她，是個長得並不好看的少女，一對中年夫婦和她站在一起。其中的那個男人，穿著警察制服。

「那是你爸爸吧？他是警察？」加洛克問。

「是的。」她沒有否認，接著又補充道，「但是，那是以前的事了。他在一次追捕超車人時受了傷，之後，他就退休了。」

「你父母現在在什麼地方？」

「他們去了德克薩斯州的一個小集市，大約需要一個星期。」

「什麼市？那是個什麼樣的地方？」

「一個小集市，」她重複了一遍，「那是一個很普通的市場，誰都可以到那裡去，可以買賣任何東西。我父親的退休金不是很多，他們去那裡買賣古董補貼家用，不信的話，你們可以看看……」

加洛克將屋子上上下下，很細緻地打量了一遍。客廳和餐廳與其說是農舍，倒真不如說是古董店。牆上掛著許多畫，都配有維多利亞式畫框，架子上和瓷器櫃裡全擺放著瓷器和玻璃器皿，地板上堆滿了舊桌子和椅子。看來她不像在說謊。

「你看上去很鎮定，我很欣賞有頭腦、不亂叫的女人，今天早上那個女人，她實在太吵了，我們只能想辦法讓她閉嘴！」加洛克說，他的口氣聽上去並不像在誇獎她，而更像在威脅她。

「反正只有我們三個人，我沒有必要去大喊大叫。」凱倫盡可能使自己看上去很從容。

「很好，你很聰明。暴風雨如果越來越大的話，這屋子裡有可以躲雨的地下室嗎？」

「當然，通道門在廚房的地板上。」

喬尼走進廚房，用手掀起地下室的門，拿煤油燈照著，往裡面望了幾眼，然後大聲朝這邊喊：「那裡面條件可真不怎麼樣，肯定比不上豪華旅館，不過，要是真的暴風雨來了，那裡也是可以將就的。」

「這屋裡有槍嗎？」加洛特繼續問，「你爸爸當過警察，那他一定有槍。」

「是的，有兩支獵槍、一把散彈槍，兩把左輪，」她不假思索地回答，「不過，他都鎖在樓上一個盒子裡。鑰匙他一直隨身帶著。如果，你們想要的話，可以把盒子砸開。」

「我們走的時候會拿走。」

「你們還真明智，確實是應該離開汽車，去找個避難所。颶龍捲風的時候，待在汽車裡是最危險的。」凱倫說。

她趕緊岔開話題，她不能再讓加洛特注意到槍的問題。因為她有意保留了一把槍沒提，那是一把古老的雙管獵槍，就掛在餐廳壁爐架上。

這把槍從外表看，只是一件擺設——一個沒有用的古董，除了能做個裝飾，別無它用。獵槍被掛得很高，要想取下它，恐怕得用一個椅子墊腳才行。

但是，你可不能小看這古董。雖然它已經很舊了，可裡面裝著子彈，而且已經上了膛，性能很好。她記得，父親曾經說過，這把老槍是用來救命的，但他希望永遠都不要有機會用它。但是對於一個當過警察，而且現在又住在偏僻的鄉下的人來說，很有可能會遭到報復。曾經那些被他懲治過的人，如果對他懷恨在心，那麼他們很有可能伺機前來。所以她的父親特意準備了這一把槍，以防萬一。

但是，在這個時候，凱倫根本沒法使用這把獵槍。因為她顯然不可能在兩個擅闖者的面前，爬上去取槍。加洛克拿開了指著她頭部的槍，隨即將它插進腰裡。

「那好，」他語氣緩慢地說，「我們一天都沒有吃東西了，現在我們想嚐嚐警察女兒親手做的飯，你進廚房給我們弄點吃的去，動作快點。」

她去準備快餐了，兩個逃犯一邊喝著啤酒，一邊監視著她的每一個動作，防止她做什麼手腳。飯做好了，他們要求她就坐在他們對面的餐桌旁，她抬眼就能看到獵槍，它正掛在兩個人背後的牆上。

用餐完畢後，凱倫開始收拾桌子，她又拿出一些啤酒放在那兩個男人面前。這時，收音機傳來龍捲風預警信號。

聽完這個，凱倫坐回她的椅子說：「看來，你們兩位應該還沒有見過龍捲風吧？」

「沒錯，確實沒有，不過，我寧願沒見過。」加洛克說。

「你見過嗎？」喬尼問。

「是的，我親眼見過。」

「龍捲風是什麼樣的？」

「它簡直是一個黑黑的、旋轉的地獄，它的速度快極了，就像子彈一樣，它能把木片和玻璃一類的物體打進人的頭顱裡去。如果風過來的時候，有人正好倚窗坐著，那麼他有可能會被切成一條一條的。」她回憶起許多年前那個可怕的下午，跟他們描述著。

喬尼看起來很不安，他拿眼睛瞥了一下餐廳的大窗子說：「那這裡可不安全，也許我們應該聽從收音機裡的建議，躲到地下室裡去。」

「是有些危險，假如龍捲風真的颳到這裡的話，那我們三個肯定沒命。但是，風要是從地面上吹過來，我們應該能感覺得到，同時，我們也能得到警報。就是在晚上也沒有關係，雖然我們看不到，但是可以聽得到。」

「我記得報導上說，龍捲風的聲音很大。」喬尼對她說。

「是的，它吹過來的時候，聲音聽起來就像火車。那一次，我在空曠的鄉下，就聽見了這個聲音，我仰臉望了望，龍捲風正準備捲向我。幸好我附近有一條水溝，我趕忙鑽進陰溝裡。其實那樣的做法，也是不安全的，我能生還也算是個奇蹟。你絕對想像不出龍捲風的厲害，它像一個魔鬼，能把人捲得很高很高，一直捲到天上，等人從那麼高的地方落下來時，已經不成人形了。有的時候……」

「行了，別再說了。」加洛克打斷了她的話，他看起來很不高興，能看得出來那可怕的龍捲風讓他有些不安。

「我不想再聽到這些了。」

他第二次開始掃視屋子，這一次，他的目光停留的時間更長，他看得相當仔細。那個看起來像古董一樣的獵槍，使他的目光停留了一下，還好他沒有太在意。

「這屋裡有錢嗎？」他問。

「沒有，我父親外出的時候，不會在家裡放錢。我皮包裡還有幾塊錢，你們需要的話可以拿去。」

「好吧，喬尼，你去拿過來，然後再去找找，看能不能再找出一些錢。」加洛克說。

喬尼翻出凱倫的錢包，取出裡面的幾塊錢，他數了數說：「一共四元三角五分。」他的聲音充滿了厭惡。

他把錢塞進衣服口袋，接著開始仔細搜查屋子。只見他扔下架子上的東西，拉開所有的抽屜，裡面的東西都被倒在了地上。他一邊搜索一邊搞著破壞。

凱倫心疼地看著父母辛苦蒐集的瓷器、玻璃器皿和其他被他肆意破壞的藝術品，她用力捂住嘴，以免自己控制不住失聲大喊出來。喬尼在樓下搜索過後，又上樓去了。樓上不時地傳來喬尼到處走動、摔東西的聲音。

加洛克一邊喝著啤酒，一邊監視凱倫，他的臉上帶著微笑，但是這種笑容絲毫不具有幽默感。他的情緒似乎有些被啤酒的微量酒精所影響了，看起來有些激動。顯而易見，她面前的這個人看起來有點像是個精神病患者，因為他極有可能隨時發狂。

喬尼下樓來，他只找到了幾塊硬幣。

「我之前跟你說過，我父親是不留錢在家的。」凱倫一字一句、很有耐心地說。

「是的，真是太不幸了，如果這裡有錢的話，我想我們會表現得更友好一些。我們很需要錢，我們想出國。」加洛克說。

「很抱歉，我也幫不了你們，真遺憾。」

「你現在先別急著說遺憾，等我們殺你滅口的時候，你才會真正感到遺憾的。」

她知道他們離真正下手已經不遠了，因為他們已經開始拿語言折磨她了。現在只有盡可能地往後拖延時間。

「你們為什麼非得殺我滅口呢？我一直很配合你們，而且按照你們的要求去做。」她儘量使自己顯得心平氣和。

「因為你爸爸是警察，你知道我們現在最不願意提起的就是警察，我們討厭他們，也討厭和他們有關係的人。而且你是教師，我們也不大喜歡教師這個職業，你說是嗎，喬尼？」

喬尼對她咧嘴笑了笑，他的表情愚蠢透了。

加洛克接著上面的話說：「總之，為了我們的安全，你必須得死。現在警方以為我們已經逃到了兩百英里以外的地方，可如果你還活著的話，你肯定會馬上跟警方聯繫的。」

「這個你們不用擔心，你們可以把我鎖在地下室，那樣的話，我根本沒辦法報警。」

「哦，不，我們可不能去冒那個險，」加洛克思考了一下，又說，「其實把你鎖在地下室，也是個行得通的主意。不過，我們肯定讓你待在裡面，永遠都爬不出來。當有人注意到你的消失，進屋找到你時，恐怕已經來不及了。」

她內心害怕極了，可努力擠出一個微笑說：「我知道你是在嚇唬我呢，加洛克。事實上，我已經被你嚇壞了。想想看，誰會不害怕這個呢？可我也知道，你不是真心想殺我，你只是不想把我留下，其實你可以把我一起帶走。我保證不會輕舉妄動的。我願意——」說著，她突然停了一下，「等一下，你聽到那聲音沒有？」

加洛克站起來：「什麼聲音？」

「該死，我想我也聽到了。」喬尼有些不耐煩地打斷他，掛在他臉上的笑意消失了。

那聲音由遠及近地穿了過來，而且越來越近。

那是一列漸漸駛近的火車的聲音？

凱倫倏然站立起來，大聲說道：「老天！真搞不懂你們，現在，還有些時間，我要進那個地下室了！」

她往前方邁出了一步，但是喬尼衝在她的前面跑了過去。見狀，加洛克遲疑了一下，外面的聲音聽上去越來越響了，於是，他也緊跟在喬尼的身後。

他們急匆匆地跳向廚房的地板門，凱倫迅速爬上椅子，從架子上取下獵槍，然後，她身體靠在牆上，端著獵槍，擱在肩上向他們瞄準。

就在這時，加洛克抬起了頭，他伸手去掏槍，而她隨即扣動扳機，接著傳出一聲槍響。

黎明時分，凱倫呆呆地站在客廳窗口，她的面部毫無表情。加洛克的屍體從她的眼前被抬上了救護車，他當場就被射死了。喬尼身受重傷，可是沒有生命危險。

一位警察走到凱倫身邊，緩緩地說：「我完全理解你現在的心情，不管殺人的動機是多麼的公正，可殺人終究讓人覺得害怕。可是當時你只有這一種選擇。在那樣的形勢下，你要是不殺他們，他們一定會殺死你的。」

她長吁了一口氣回答：「是的，我知道，我只能那樣去選擇。」

「說老實話，在這件事上你真的非常幸運，他們居然那樣粗心大意，讓你有機會拿到了那把槍。」

「是這樣的，」她微微一笑說，「那個時候，他們正要進入地下室去躲避龍捲風。因為我之前跟他們說過，龍捲風的聲音聽起來像是一列正在快速行進的火車。所以，當火車照常在快十點以高速行駛過來的時候，我撒謊說龍捲風馬上就要來了。」她極目遠望山的另一邊，那裡正是聖路易和舊金山的鐵路主幹線。

珠寶設計師

星期六上午，狄克到達了棕櫚溫泉會館。

「我在這個星期三，從洛杉磯打過來電話，在這裡預訂了房間。」他喘著氣說，像大多數胖子一樣，他的聲音聽起來有些發喘。

「是的，狄克先生，我叫安娜，是這裡的經理，請您先坐下，我現在去取一份登記表。」溫泉辦公室裡，負責接待他的女人很熱情地說。這個女人有三十來歲、身材高挑、一頭紅髮、一身白色的連褲套裝，剪裁得十分合體。從一個檔案裡取出一張印好的表格後，她回到辦公桌前。

「狄克先生，現在，我們需要填寫一些資料。你在電話中已經給了我們住址，我們還需要知道您的年齡。」她很有禮貌地說。

「四十四。」

「還有職業？」

「有這個必要嗎？」他有些不高興，「要知道，我在這裡只是想住上一個星期，然後減掉幾磅肉，而不是來申請貸款的！」

「對不起，狄克先生，我們並不是有意要去詢問您的隱私，可是，我們這裡是持有執照的合法健身場所。因為這個我們必須遵守政府的法令，其中包括填寫這張表格。」她說。

「是這樣，我是個設計師。」狄克極不情願地說道。

「哦，這聽起來很有意思！請問，您是設計衣服的嗎？」安娜說。

「哦，不！」狄克簡單地回答了一句。

安娜頓了一下，期待他做進一步的說明。但是，他看起來並不配合。

安娜有些勉強地笑了笑，繼續問道：「那您是在什麼地方工作，狄克先生？」

「這也是必填的內容？」狄克皺眉，探過頭看了看表格。

「對不起，是這樣的。」

「唉，我在泰菲公司工作。」狄克被動地回答。

「是那個有名的珠寶商？」安娜揚起兩道眉毛問道。

「是的，有名的珠寶商。」狄克承認說。

「聽起來實在是太讓人興奮了，那就是說，您是一位珠寶設計師了？」安娜看起來很感興趣。

「是的，還有別的問題嗎？」

「當然。」安娜接著又問了幾個問題，狄克簽完字後，她站起身來。

「好了，狄克先生，現在請隨我來。我帶您見一下健身教練，他叫馬爾克。您的行李可以先放在這裡，一會兒，我會派人送到您的房間。」

「如果方便的話，我想隨身帶著這個小箱子，裡面的東西我晚上得要使用。」他說。

安娜站在一旁，等著狄克拎起那個較小的箱子。接著，她快步走在前面，領著狄克沿著一個大游泳池邊走去。池子裡沒有人。

「你們這裡看起來不太熱鬧。」狄克又開始喘氣了。為了跟得上苗條的安娜，他累得上氣接不上下氣。

「您誤會了，我們大部分顧客現在都忙著別的事呢。像健身房課程、徒步運動、日光浴，等等。午飯後，池子裡就全是人了。」安娜解釋說。

「午飯？請問午飯什麼時候開？」狄克第一次表現出了興趣，他一邊問，一邊拿手指彈著他的大肚腩。

「十二點半。到時候，你的健身教練會把你交給營養專家——米爾太太，由她為你準備一日三餐。」

他們來到游泳池的末端，接著，開始沿著一堵石牆向前走。

狄克好奇地問道：「那邊是什麼？」

她微笑著回答說：「那邊是女賓部，我們這裡的日間練習，男女是分開的，先生們在一邊，小姐太太們在另一邊。這樣的話，在練習的時候，每個人都能自在一些。不過，吃過晚飯，兩邊就可以自由活動，隨便來往了。」

接著，她看了一眼狄克，帶著試探問道：「先生，您的工作一定很有趣吧？」

他含糊其辭。「工作終究是工作。」

「哦，是這樣啊。我很喜歡珠寶。」說著，她迅速地瞥了一眼狄克不肯離手的箱子。

「您剛才說，您晚上還需要工作？」

「是的，是一個非常重要的工作。事先已經定好了日期，我必須在那之前提製出來。在假期的這段期間，我可不能就這麼閒著。但是，為了我的健康著想，我又覺得應該趁著這段時間，來減減肥。」

「先生，你的選擇沒錯。來到我們這裡，你一定會滿意的。」安娜跟他保證。

這時，他們面前出現了一座長方形建築。安娜為他推開門，「請您這邊走。」

建築是一個現代化的體育館，放眼望去裡面有很多肥胖的人，他們都身穿灰色汗衫，很努力地進行著各式各樣的運動。安娜領著狄克踏過乾淨、雪亮的地板走到了一個角落裡。那裡是一個小房間，四周是用玻璃間隔的。房間的辦公桌前，正坐著一個身材健美的男士，他很年輕，身穿一件合身的白色T恤，看到他們走過來，他微笑著迎接。

安娜跟他介紹：「你好，馬爾克！這位是狄克先生，他將會在我們這裡待上一個星期，請多關照他。」

「那是當然，安娜小姐，我非常樂意。哦，對不起——」他拿起桌上放置的話筒，「你好，沃倫先生。是的，我是馬爾克。有一點，我必須得提醒你。在練習划船的時候，您的腹部一定要縮緊，您得隨時都要記住我說的要點。」放下話筒，他很紳士地說：「安娜小姐，我很高興能為狄克先生效勞。」

「謝謝你，馬爾克。狄克先生的午餐，就麻煩你去聯繫了。」說完，她轉身拍拍狄克先生的手臂，微笑著跟他再見。

安娜走後，馬爾克隨即去接狄克手裡的小提箱。「狄克先生，這個箱子，我讓人給你送回房間吧。」

狄克有些警覺：「謝謝，不過，我還是願意把它留在身邊，裡面是我必須費心去做的一些東西。」

馬爾克咧嘴一笑，說：「當然，先生，那是您的自由。」接著，他拿著從辦公桌裡取出的皮尺，開始測量狄克的腰圍。看完尺寸，他輕聲吹了一下口哨。「也許，您應該在這裡多待幾天。」

「嗯？這可不行！」狄克很直接地拒絕了他，「我在《體重》雜誌上，看到你們刊登的廣告，上面說，只要按照你們的方法，腰圍一天能減一寸。因此我才決定來這裡待上七天。希望能減掉七寸腰圍。」

「是的，這一點我們能辦到，噢，對不起。」馬爾克按下桌上亮著燈的話筒。

「戈爾先生，您在鍛鍊臂力的時候，一定要把背部挺直，這一點很重要。」放下話筒，他轉身面對狄克，微笑著說：「請隨我來，現在，我們去給您挑選一些合身的運動裝。」

於是，他們走出玻璃辦公室，來到一個一塵不染的更衣間。馬爾克徑直走向一個衣櫃，從裡面取出兩件大號汗衫，來到桌子跟前，在衣服背上迅速而熟練地釘上狄克的名字。

「您先坐下，我們現在試穿一下運動鞋和襪子。」

狄克有些笨拙地坐了下來，順手把手提箱擱在大腿上。

馬爾克朝著那個手提箱點點頭說：「看樣子，您那東西一定值不少錢。」

狄克用和氣的眼光看著他，沒有回答。

馬爾克聳了聳肩，開始給他量腳。之後，他給狄克拿了七雙白色襪子和一雙高筒運動鞋，又給他指定了一個櫃子。

「吃完午飯，請您馬上到我這邊來。這樣的話，我們可以盡早地開始您的運動課程。這會兒，我們還是先去米爾太太那裡打聲招呼，讓她多準備一份飯菜。」

狄克跟在馬爾克後面走出體育館，跨過草坪，來到餐廳。馬爾克領他進入廚房邊的一間辦公室，裡面的辦公人員是一位矮胖的中年婦女，她穿著白色制服。

「這裡的工作裝都是白色的嗎？看起來有點像醫院。」狄克的言語中透著尖刻。

「清潔是保證良好健康的重要組成部分，和健康同等重要，而白色是清潔的象徵。」馬爾克回答。

「聽起來真讓人感動！」狄克低語。

「狄克先生，這位是米爾太太，我們這裡的營養專家，這段時間，您就在這裡跟她聊聊關於合理膳食的問題。我們下午見。」馬爾克說完就離開了，臨走的時候，他又好奇地瞥了一眼那個小提箱。

不出五分鐘，他肯定會向安娜打聽，問她裡面都裝有什麼，而安娜肯定會告訴他的。狄克不禁在心裡頭想著。

營養專家微笑著說：「請坐，狄克先生，現在讓我們開誠布公地談談。」

狄克回應一個微笑，坐了下來試圖去找尋她的菜譜。

「您那個箱子，我可以找人送回房間。」

狄克乾巴巴地回答：「是的，這個我知道。我想還是留在身邊比較好。現在，我們說說午餐的問題。」

她舉起一隻肥肥的手，說道：「您別擔心這個，我們先聊聊您的膳食。從您的外表看，您體內的膽固醇有些超標了。」

「是嗎？」

「的確如此，狄克先生。這一點，從您的面部可以觀察出來。而且，我還知道您特別愛吃煎雞蛋和香腸。看起來，那個箱子讓您很不舒服？」

狄克的態度很堅決：「沒關係，中午我會吃什麼？」

米爾太太驕傲地向他宣布：「我的特別餐。」

「什麼特別餐？」狄克有些不解。

她得意地解釋：「花菜和肉湯，每樣各一杯，加起來的熱量一共是四十七卡洛里。」

「只有這些？」狄克問。

她語氣裡帶有一點嘲弄，「哦，只吃花菜和肉湯，可沒人能受得了這個。你還可以吃一些芹菜，想吃多少就吃多少。而且，我會建議您帶幾根芹菜，閒來沒事就咀嚼它。」

「一天到晚帶著芹菜？這算什麼名堂？」狄克脫口而出。

「芹菜可是最好的減肥食品，每吃一根芹菜，就可以減少熱量五卡洛里。」米爾太太很認真地說。

「能減少五卡洛里？」狄克有些懷疑。

「是的，我自己發明的。你想想看，平均一根芹菜的熱量是十五卡洛里，但是，人們每咀嚼一次討厭的食物，就會因為生氣，而耗去二十卡洛里。所以，每吃一根芹菜能減少五卡洛里。」

「聽上去確實很不錯。」狄克喃喃地說。

「我可不可以問你一個問題？」米爾太太的聲音裡充滿期待。

「當然，什麼事？」

米爾太太異常神祕地側下身低語：「這小箱子裡裝了些什麼？」

狄克用狐疑的眼神掃視四周，然後探過身去，故作神祕地說：「現在裡面是空的，不過，我希望裡面馬上裝滿芹菜！」

聽完，米爾太太仰著臉，捧腹大笑起來。

狄克看了她一眼，站起身說：「對不起，失陪一下，我還得去見安娜小姐。」

當他離開的時候，米爾太太還在大笑不止。

站在安娜小姐的辦公桌前，狄克一臉嚴肅地說：「我發現了一個問題，如果我一直帶著這個箱子到處走動的話，遲早會惹出麻煩的。」

「是的，我也這麼認為。」安娜表示贊同。

「可是，如果我把箱子擱在房間裡，沒人看守更是麻煩，那樣的話，我根本沒辦法好好休息，也無法全身心投入訓練，我減肥的計畫或許又要落空了。我也想過在本地的銀行租一個保險箱，把東西存放進銀行，不過晚上我就沒法工作了。最近，我在重做一條項鏈，那是一個公爵夫人的傳家之寶，雖然我不方便透露她的名字，但是，我相信你一定認識她。項鏈本身已經非常精緻，但是，公爵夫人認為項鏈的造型和她的個性不符，所以她找到了我，要求我重新為她設計，而且也已經約定好交貨日期。現在的問題是，如果我租保險箱的話，夜間就無法工作，不能按時交貨。」

明白了事情的緣由後，安娜小姐點點頭。「您可以考慮把項鏈存放在我們的保險箱裡，狄克先生。」她建議道。

狄克揚起眉毛說：「我不知道這裡有保險箱。」

「是的，狄克先生。我們這裡有一個十分安全的保險箱，您可以先來看看。」

安娜小姐領他進入了後面的一間私人辦公室，在房間的一個角落裡，狄克看見了一個矮小而堅固的保險箱。

安娜指指保險箱，解釋道：「那是政府的規定，要求我們必須把帳本放置在可以防火的地方。除了帳本，裡面還有一個很小的現金盒子，一般存儲有五、六千元的現鈔，有幾位客人已經把貴重物品存放進去了，裡面還有一點空間，可以容納你的箱子。」

狄克咬了一下嘴唇，用挑剔的目光打量著保險箱，問了一聲：「保險箱的密碼，多少人知道？」

「只有兩個人知道，一個是我，另一個是鎮上銀行的經理，因為會館股東們選他做了信託人。」

「也就是說，其他人員一概不知？」

「是的。」

狄克抓著腦袋，沈思了一陣，最後點頭同意了。

「好吧，安娜小姐。我決定採納你的建議，把箱子寄存在保險箱裡。每天晚飯過後，我來領取它，趕在九點關門的時候再給你送回來。那樣的話，我每晚可以工作兩個小時。你看，這樣行嗎？」

「沒問題。您是我們尊貴的客人，我們理應給你提供便利。」安娜微微一笑，說道。

「看樣子，保險箱歸你負責？」

「是的。」

「那就這樣吧，你現在就打開，我把箱子放進去。」狄克拿手指敲了敲保險箱的外殼。

安娜蹲下身子，把密碼盤很熟練地轉了三圈，扭過頭，很有禮貌地說：「對不起，狄克先生，為了對您負責，在撥動密碼的時候，請你迴避一下。」

狄克乾咳了幾聲，轉身向後。安娜開始轉動密碼盤，把四位密碼一一對準，然後，用力擰了一下門柄，將結實的門打開了。「好了，狄克先生。現在可以放進去了。」狄克非常勉強地遞過箱子，注視著安娜的一系列動作——把箱子放置在最下層的架子上，關門，接著轉動密碼盤。

「可以了。」她說。

「哦？我能檢查一下嗎？這不是針對個人，我想你能理解。」狄克走上前，艱難地彎下腰，拉了拉門柄，發現門鎖得很牢固。

「是的，完全理解。」

一切就緒之後，狄克看了看牆上的掛鐘，已經將近十二點半了。

「好吧，時間不早了，我得去吃午飯了。之後，我還得去馬爾克那裡報到，制訂我的減肥計畫。那麼，我們晚上見，安娜小姐。」

他一搖三晃地走出辦公室，走路的姿勢，活像一隻笨拙的大企鵝。

這一星期以來，狄克一刻也沒有鬆懈。在馬爾克或其他教練的指導下，他賣力地做著運動。天剛剛亮，他就起床了。吃完米爾太太特製的「餓死人早餐」，他就開始了一天的艱辛生活：一連串反反覆覆的運動。做這種動作，簡直是對人體極大的折磨。

每天上午，他的程序是先按摩，接著去蒸汽室，一小時的柔軟操過後，再去附近的山腳下徒步行走，然後再回來淋浴，最後是吃午飯。

每天下午，則先開始礦物浴，接著針對具體部位，教授減肥課程，隨後是紫外線日光浴；器械運動，淋浴；還有四十分鐘的游泳訓練，要求他們盡自己所能多游幾圈。狄克一向不擅長這個，他最多也就游過兩圈。下午的收尾訓練是跑步，他們在跑步的過程中，還需要喊口號——減肥！減掉脂肪！然後，狄克就被折騰的力氣全無，一回到房間就倒頭睡下。

晚飯前，是他們的休息時間，時長兩個小時。晚飯後，院方提供一些食物，為他們補充一點營養。當然，這些食物也是經過營養專家——米爾太太調配的。

晚上，不再限制男女交往，他們可以在游泳池或娛樂室裡自由活動。每天，狄克總會在這段時間刻意迴避。一吃完飯，他立即就去安娜小姐那裡報到了，取回箱子他就鑽進自己的房間。他很守時，每晚九點差五分，他會出來送回箱子。這樣的日子，一直持續到週五。

那天晚上，狄克做完工作去存放箱子。走進安娜辦公室時，他看見一個陌生的女人在裡面坐著。

安娜介紹道：「狄克先生，這位是亨利太太，我們正在談論你呢！」

「哦，是嗎？」狄克冷淡地回答。他打量了一下亨利太太，發現她身材苗條，看起來不像來減肥的。

「狄克先生，能見到你實在是太好了！聽安娜小姐說，你是一位珠寶專家。」亨利太太用甜美的聲音說道。

「專家？我可稱不上。是安娜小姐過獎了。」狄克說。

「真是難得，你有這麼高的成就，還如此謙虛。可不是任何人都有資格替女公爵改鑲傳家之寶的，那一定得是一個頂級專家。」

狄克瞥了安娜一眼，眼光裡盡是不滿。這個動作，被亨利太太注意到了，她急忙打著圓場：「狄克先生，你不要責怪安娜小姐，她也是一番好意，因為我也遇到了一樣的問題，想請你幫忙。」

「一樣的問題？」

「是的。我姨婆留給我一條很貴重的項鏈，我很喜歡，但是我總覺得它太重，顯得有些俗氣。因此，聽到安娜小姐提起你，我就開始考慮要不要重新鑲嵌一下寶石，讓它看起來更和諧一些。」

「夫人。珠寶都可以重新做、重新鑲，專門製造珠寶的人，會給你一些可行性建議。」狄克說。

「可是，狄克先生，現在，我的重點不是這裡，我想聽聽一個專家的意見，看看是否需要重新做一下。我讓安娜小姐取出項鏈盒，麻煩你看一下。」

「不好意思，亨利太太，我還是認為——」狄克一臉焦急，抬起胳膊看看手錶說。

「狄克先生，不會佔用你太多時間的。你看一下。」她請求的語調說著，並且順手接過安娜小姐拿來的盒子，是天鵝絨面。她掀開盒蓋，展示給狄克，「其實，它很可愛，就是看起來太厚重了。我的意思，你明白嗎？」

狄克低頭看了一眼項鏈，頓時，就被吸引了，那種不耐煩的情緒一下子消失了。

「我的天！沒想到它這麼精緻！」

「我想，你肯定明白，我為難的原因了。」亨利太太說。

「是的，只看一眼，我就體會到了。可是，我不能立刻拿出是否重做的建議。那是個細緻活，得花費很長時間，最少也得幾個小時。實在不巧的很，我的假期只剩最後一天了。明天早上，我就得離開。」

「你可以考慮今天晚上重做。不好意思，狄克先生，我知道我這麼要求有點強人所難，可是，碰到你這麼一流的專家也不容易，我願意支付合理的報酬。」

「嗯，它的工藝很好，應該有一百二十年歷史了。」狄克饒有興趣地看著，稱讚道。

「是的！一點沒錯！果然是專家，它確實已經一百二十年。傳到我這裡是第六代。」亨利太太滿懷敬仰地說。

「這也沒什麼。我注意到它有一個小小的渦捲形裝飾，那是法國的風格。」

「有這種可能。當時，是在新奧爾良製作的。那時候，這個地方正被法國統治。可以幫我研究一下嗎？」她說，臉上充滿了期待。

「我不得不承認，我很感興趣。歷史這麼悠久的一條項鏈，擁有如此的上乘工藝，實在是很難得啊！」

「太謝謝你了，狄克先生。從你一進門，我就看出你是個紳士。我想，一個紳士是不會眼睜睜地看著一個女士身處困境而袖手旁觀的。」亨利太太激動地說，說著她還雙手合十，動作很誇張，看起來像是在表演節目。

狄克終於鬆口了：「要是那樣的話，我有兩個條件，其一、由於我在這裡做了大量運動，精力不太好，給你檢查的結果，可能不太理想，所以我只告訴你，我的個人意見，與我們公司無關。其二、那只是我的一點不成熟的想法，不是什麼權威，不需要酬勞。這兩點，你能接受嗎？」

「為什麼不呢？我想不出拒絕的理由。狄克先生，真是感激不盡！」

「那麼，安娜小姐，你給我們做個見證吧。順便把我的箱子取出來。」

「今晚，你不保存了嗎？」安娜詫異地問。

「是的，我需要那個箱子。裡面裝有許多東西，像是測量儀器、珠寶辨別鏡、抹布。要是我檢查亨利太太項鏈的話，用得著那些。你們怎麼了？為什麼那樣看著我？」

兩個女人互相對望了一眼，同時扭過頭，盯著狄克看。

安娜開口了：「狄克先生，我想，這話由我來說比較合適。從原則上講，亨利太太很樂意讓你拿走項鏈，但是，你需要留下你的項鏈，就算是——」

「一種安全保障。」狄克接過安娜的話說。接著，狄克舉了舉手，示意她們讓自己把話說完，「是的，這是應該的。我們素不相識，這是第一次合作。好吧，安娜小姐，麻煩你去拿箱子，我就在這裡取出工具。」

箱子被放置在桌上，狄克伸手從襯衫裡掏出鑰匙，打開皮箱，隨即又掀開蓋子，一個可移動的天鵝絨板出現了。在那個板面上，掛有一條耀眼的項鏈，吊墜是一顆很大的綠寶石。

「這條就是我正在製作的項鏈，它是英國貨，很有價值。現在，我把它繼續存放在保險櫃裡，這一下，你們放心了吧？」

「我覺得這樣很合理，你認為呢，亨利太太？」安娜看了看亨利太太說。

「是的。我有些無地自容。幾分鐘前，我還在請求人家幫忙呢，現在又——不過，我想狄克先生應該能理解，畢竟，那是歷代相傳的東西。」

「不要介意這些，我的女士！我完全理解。事實上，這個問題應該由我主動提出的。我想，肯定是我餓暈了，米爾太太提供的飯菜實在是要命！」他說著，小心地取下項鏈，用一塊布包好交給安娜。然後，「啪」地一聲，把自己的小箱子關上。「好了，要是沒別的事情，我想回房間了，晚安！」說著，他一手提著箱子，一手拿著亨利太太的項鏈，離開了辦公室。

兩個女人沒有說話，一直目送他走遠。

翌日清晨，狄克吃完早飯，就去了辦公室，他需要去那裡辦理結帳手續。安娜和亨利太太都在等他。

「兩位女士，早安。」他招呼道。

「狄克先生，早安！我去幫你拿帳單，你和亨利太太談。」安娜說。

「是的，狄克先生，我非常樂意聽取你的意見。」亨利太太說。

安娜離開辦公室後，狄克和亨利太太，在一張桌子旁邊坐了下來。狄克把項鏈擺在桌子上，說：「說實話，亨利太太，這個珠寶很有創意。本身寶石就是上乘的，再加上巧妙的鑲嵌手法，簡直是巧奪天工。能有機會重新設計，並且製作這樣的好東西，我覺得特別幸運。不過，我還是想說，這條項鏈不該被重做。」

「我有點不太理解，狄克先生。既然你很樂意改造，為什麼又——」

「亨利太太，你先別急。容我跟你解釋。我之所以願意改造，是因為這項工作，對我而言，是個很大的突破，我很喜歡這種挑戰。但是，那種樂意裡面，包含有自私的成分。另外，據我個人的經驗來看，這條項鏈也不適合被改造。假如我是你的話，我選擇——把它擦亮，然後驕傲地戴上它，一點也不做改動。」

「可是，我佩戴它時，總嫌它太耀眼。」亨利太太辯解道。

「別那樣想。你要毫無顧忌地戴上它，在佩戴的時候，穿一身剪裁最簡單的長禮服，而且一定要合身，把你的身材凸顯出來。另外，身上有它裝飾時，不要再佩戴任何別的首飾，就連耳環也別戴。如果你不介意的話，我還有一點建議——你可以高高地挽起頭髮，把脖頸完全顯露出來，盡可能也露出雙肩。一句話，極盡炫耀之能事，竭力展現它的魅力。」

「狄克先生，這個主意太好了！我非常贊同！」她說。

「很高興得到你的認同。」狄克蓋上項鏈盒子，雙手遞給她。正好，安娜回來了。

「我的帳單來了，辛苦你了！安娜。」他大致掃了一眼帳單，伸手從口袋裡掏出一沓旅行支票。在填寫支票時，他有意多簽了一些數額。「剩餘的部分，請麻煩轉交給馬爾克和他的助手。」

「謝謝你，狄克先生，你真是太慷慨了。」

「這不算什麼，應該的。哦，女士們，我得告辭了，計程車來了。現在我可以取回項鏈嗎？」他看看窗外，一輛出租車駛了過來。

「是的，我馬上給你取。」

打開保險箱，安娜拿出用布包裹的項鏈，交給了狄克。他看了一下，小心翼翼地放回了小箱子。

「歡迎下次再來！」安娜微笑著說。

狄克「咯咯」地笑著說：「但願我不需要再過來，我不想再反彈。不過我得承認，你們這裡的減肥很有成效。今天早上馬爾克給測量腰圍，我發現，我的腰圍減了三寸，胸圍減了兩寸，大腿減了一寸半。算起來在這七天裡，我一共減了八寸。如果我還想繼續減肥的話，一定第一個考慮這裡。好了，我得抓緊時間了，司機該等急了。」

他步履蹣跚地向計程車走去，一隻手裡拎著衣箱，另一隻手提著珠寶箱。身後，安娜和亨利太太滿臉堆笑，目送他離開。

返回墨西哥的當天晚上，狄克整理好行李後，就走出了那家永久居住的旅館。他來到林蔭大道，在一個雜誌架前停住腳，挑選了一本最新版的《體重》週刊，接著走進酒吧。他徑直走到櫃台頂頭，那是他最喜歡的位置。

「晚上好，狄克先生，一個星期沒見到你了。」吧台侍者搭訕道。

「你好，傑克，我有事外出了。」

「你看起來消瘦了許多。」傑克打量著他，說道。

「是的，我想是這樣。」

傑克隨手遞給他一張菜單，轉身招呼其他顧客去了。狄克看著菜單，哈欠連天。他確實很睏乏。因為他幾乎一夜沒睡，他的心思，一直花在亨利太太的項鏈上，他很費力地取下那顆寶石，然後照著原樣，安裝了一件相似的贗品。現在，他還沒來得及去聯繫收購贓物的人。那顆寶石，就放在他的箱子裡，和那條假冒的綠寶石項鏈放在一起。他偷偷調換的那顆寶石很值錢，大約能賣到三萬到三萬五千元。到最後，他最少可以拿到手八、九千元。這筆錢，足夠支付他一年的生活費用。這些錢花完以後，他再繼續重操舊業。在美國，那樣的溫泉會館還有很多，他有的是機會。

「狄克先生，菜點好了嗎？」傑克問。

「點好了。我不太餓，都是該死的旅行，我的胃口全被破壞了。現在，我就想吃點兒點心。給我來兩個乾酪麵包，全部配料都加上。再要一碗紅番椒，還有一杯雙料巧克力麥芽酒，一塊草莓蛋糕。對了，還要一杯咖啡。」他微笑著對傑克說。

「從明天開始，我要大吃特吃，把減掉的體重吃回來。」傑克轉身去準備點心的時候，狄克自言自語地說。接著，他認真地翻閱起《體重》雜誌。

逍遙法外

亨利．托曼有些揚揚得意，因為他成功地完成了一次謀殺，而且並沒有受到法律的制裁。他時不時就能想起這件事，一想到這些，他就情不自禁地得意起來。

他覺得自己非常了不起，可以俯視眾生，因為他已經躋身於最聰明、最卓越的罪犯行列了。他是一個逍遙法外的殺人兇手！

知道這個祕密的只有一個人，那就是他的妻子——露易絲。那天晚上，露易絲正好在客廳裡。她親眼看到兩個黑影走向了陽台。起初是兩個人的身影，之後就只剩下一個了。

他選擇殺人，是因為露易絲。

司各特．蘭辛被他從陽台上推下去以後，他很擔心，他沒把握能對付她。女人是很容易受情緒控制的，而他的妻子露易絲更是如此，因為她是一個女人，也是一個戲劇演員。出事後的一段時間，她的反應就好像還是在舞台上表演——她一下子呆在那裡，兩眼圓睜，一動不動。

在警察趕到現場之前，亨利使她恢復了平靜。其實，這一點也不難做到。因為亨利指出了問題的實質，那就是，儘管她知道事情的全部真相，但是她沒有證據去證明。此外，她也不願意讓自己和醜聞扯上關係，不想讓自己的照片出現在報紙的頭版頭條上，要是那樣的話，她和司各特的私情就會成為大眾關注的焦點，為他們的茶餘飯後又增加了一個話題。再者，她還必須顧及她的母親。老人家已經七十多歲了，還患有心臟病。露易絲不想讓她的母親因為這件事的刺激，而引起心臟病的突發。

在意識到各方利害後，露易絲乖乖地屈服了。她心甘情願地按照亨利的願望，回答了警察的詢問，她的每字每句對亨利都很有利。

她告訴警察，那天晚上，司各特看起來很沮喪。他已經賦閒很久了，就連電視台的那份工作也不做了。在晚飯前和就餐期間，他喝了很多酒。在例行調查的時候，也有其他證人的證明。他們都一致承認一個事實——司各特最近嚴重酗酒。

屍體解剖的結果出來了，和露易絲的說辭是吻合的。這一點給亨利推脫罪名提供了有力的證據。

其實，露易絲說司各特心情不好，那並不是在撒謊。司各特近段時間，確實很抑鬱，甚至有些絕望。他最親密的朋友對此做出了證實。接著，露易絲又向警察描述了司各特臨死之前的各種行為。她說，司各特獨自一人煩躁地走向了陽台，但她沒有提到亨利，也沒有說亨利尾隨其後走向陽台。

當然，她更沒有提到那張照片。

可禍端正是那張照片，它是一根導火線，正是它引發了一系列的矛盾，造成了這場殘忍的謀殺。

露易絲矢口否認，她拒絕承認那張照片具有特殊的含義，她認為這一切全都是因為亨利的嫉妒心理在作怪，他總喜歡把事情朝壞的方向去想。那張照片是一張大頭像，照片上的司各特面露微笑，看上去像是拍給經紀人和導演看的。上面的一段獻詞，很顯眼，也很誇張，內容是：「獻給我的女主角——你永遠的奴隸。」——那是典型的演藝圈人的風格。

露易絲跟亨利闡明說，這句獻詞並沒有明顯的指標性，只是一句客套詞罷了，所有的演員都寫過類似的話，並不代表任何的真實感情。而且，她和司各特交情不深，只是在一個戲裡合作過幾場對手戲，共同用過幾次餐，僅此而已。

可是，不管露易絲怎麼解釋，亨利還是不肯相信。他一直還在因為他們兩人表演的愛情場面而耿耿於懷。那個炎熱的夜晚，他焦躁不安地坐在台下，觀看他們在舞台上演繹著動人心魄的愛情故事。而且，當初露易絲在他們的婚事上也一直猶豫不決，也許，那時候，她就和司各特有了曖昧的關係？

結婚後，司各特則經常會光臨他們家，往來次數之頻繁，更讓亨利心有芥蒂、猜疑不斷。露易絲把原因歸咎於司各特喜歡到別人家蹭飯。可是，亨利已經聽不進去這種不疼不癢的解釋，嫉妒和猜疑，像癌細胞一樣在心裡瘋長，不停地吞噬著他的理智，終於有一天，他的忍耐力達到了極限。

也就在這個時候，他在她的抽屜裡發現了那張照片，那張微笑的臉和那些肉麻的題詞，一下子觸及到他心裡最敏感的角落，於是，他決定必須除掉司各特・蘭辛。

無論是白天還是夜晚，他都無法忘記那張臉，那張臉像是一個幽靈一樣，無處不在。因為他無論是清醒、還是睡覺，都無法擺脫那張臉，那張臉似乎無處不在。他四下環視，可是在每個角落，他都能看到那張臉。那張臉一刻不停地注視著他，甚至跟著他進入夢中。那張臉不斷地變大，它開始佔據他的生活，破壞他的生活，他已經找不到地方藏躲，只好讓那張臉的主人消失。

只有這樣做，他才能不再受折磨。

那天，警察做完最後一次調查後就離開了。亨利覺得整個人一下子輕鬆了許多，就像剛被切除了一個惡性腫瘤一樣。他對著露易絲大喊：「噩夢終於過去了。我把它打倒了！我徹底打垮了司各特，也許他根本就沒有存在過吧。我不會再看到他，或者是記起他了！我徹底從他的陰影裡走出來，你懂我在說什麼，是嗎？露易絲。」

她抬起眼皮，鄭重其事地開始打量他，這是她發現他製造了一起謀殺後，第一次認真地審視他。

露易絲的眼神很平和，中間沒有夾雜任何的感情色彩。亨利知道，他的妻子內心根本平靜不下來，她一定受到了很大的震撼。或許，在她眼裡，此刻的自己僅僅是一個雙手沾滿鮮血的殺人兇手，而不是她的丈夫。但是，那有什麼關係呢？這種糟糕的局面遲早會發生改變，他也會努力使之改變的。司各特已經死了，他們之間不會再有障礙，他們的關係會變得越來親密，會漸漸地融為一體，不分彼此，這是他一直都期盼的。

露易絲的嘴巴動了，她的聲音裡沒有感情只有好奇。她問道：「你真能這麼想嗎？你真的能當做什麼事都沒發生嗎？亨利，別再欺騙你自己了，這事情不會就這麼過去的，你會遭到報應的。」

亨利顯然生氣極了，在他取得勝利成果的時刻，她居然對他說出這麼殺風景的話。他真想衝過去給她幾個耳光。「別來教訓我！」他咆哮道，「我殺死司各特，那是理所應當的！他是你的情夫！是威脅我們關係的野獸！這事情擱在誰身上，他都會那麼做的！哪裡談得上什麼懲罰？」

那次，露易絲最後一回跟他解釋，向他澄清。她一再地強調說，司各特和她只是普通的朋友，他只是她婚前十幾位朋友之一。亨利和她結婚後，為了要獨佔露易絲，亨利變得粗魯而乖戾。因為這個原因，露易絲的很多朋友開始疏遠了她，對她敬而遠之。只有司各特仍然跟她保持著友誼。

可是，殺死司各特以後，那張討厭臉還是沒有消失。

亨利夫婦參加了司各特的葬禮，並且贈送了花圈寄託哀思。葬禮開始的時候，他們靜靜地坐在長凳上，表現得就像是司各特的兩個親戚。

「等葬禮結束後，那張臉就會消失了吧！」亨利心想。

不幸的是，事情並不像他料想的那樣。那張臉還是接連不斷地出現。也許是司各特的什麼遺物在作祟？於是，他細細地檢查露易絲的東西，搜出她以往的紀念品和節目單，但凡是和司各特有關的，他都統統燒掉。可他沒有發現那張惹禍的照片。

他怒火直往上躥，最後，他還是沒能忍住氣，就質問了露易絲，問她照片的去向。但露易絲表現得相當冷靜，她告訴他，照片已經被燒掉了。

一聽說這個，亨利終於安靜了下來。

過了幾個小時，那張臉又找上了亨利。

司各特死了，可他的靈魂會不會還待在屋裡呢？他是被亨利從十二層高的陽台推下去的，也許他的靈魂就待在陽台上？露易絲在客廳裡也看到了臨死之前的司各特，也許他的靈魂也會來到客廳？

亨利越想越覺得害怕，於是，他開始考慮搬離這個發生過凶殺案的房子。他安慰自己說，也許，換一個環境，去一個不熟悉的地方，他和露易絲就會慢慢地把那天晚上發生的事情忘掉。露易絲一直在有意迴避他。從司各特被他殺死以後，他們從來沒有做過愛，露易絲甚至很討厭他去碰她。她去母親那裡的次數倒是越來越多，也許她覺得跟母親在一起，比較輕鬆，能讓她暫時回到無憂無慮的童年。

亨利在心裡暗暗地想：我們應該搬到一個遙遠的地方去。如果我們一起遠離這個地方，那麼那張臉就沒法再纏著我們了。

亨利的運氣還真不錯。他剛想著要離開，機會馬上就來了。看來，老天都在眷顧他。公司提拔了他，他將要任職中西部地區的經理，也就是說，他要搬到芝加哥去，他將承擔更大的責任，賺取更多的薪水。

可露易絲一開始並不想離開。她不願意去一個自己非常陌生的城市，那樣的話，她將不得不遠離自己母親，離開紐約僅有的幾位朋友。

「你的母親！那只是你的擋箭牌吧！」他的語氣裡帶著不屑。

露易絲幾乎是在懇求：「你也知道，她的確身體不好，我必須得考慮這個，留她一個人在這裡，我真的很不放心。」

「你最好先想清楚。想想司各特——你的情夫，我為什麼要殺死他？也許你是想把這件事情告訴岳母大人吧？我勸你還是別說，她有心臟病，她肯定受不了這個。」亨利威脅道。

亨利從她的眼神裡讀出了她的想法，她還沒有來得及出口抗議，就這麼全部被扼殺了。她頓時一陣驚恐，她知道，亨利一向是不達目的絕不罷休的，如果不聽從他的安排，亨利什麼事情都能做得出來。

她無奈地說：「事情既然已經這樣，我還有什麼好說的？但是，你得給我一個保證，保證我可以經常回紐約看她。」

「好吧，我向你保證。」可這個保證是空洞的，沒有實際意義。他們兩個人都很清楚，離開了紐約，她就再也回不來了。從今往後，只有他們兩個人，她的生活只能是二人世界。

從紐約去往芝加哥的那天，雨下得特別大。亨利開著車，因為雨太大了，他一路上開得都很小心，汽車後排上堆著一些東西，露易絲堅持要自己帶著，不願讓搬運公司搬運。

車子穿過喬治．華盛頓大橋後，亨利說：「等雨過天晴後，就能看到美麗的田園風光了。路上，我可以開慢一點，順便觀賞一下沿途的風景。反正時間還很充裕，一個星期之後，我才上班。我們就這麼自由自在地，想走就走，想停就停。就像我們第二次度蜜月那樣，只有我們兩個人。我一直盼望這樣的情景。」

亨利的話音剛落，露易絲禁不住打了一個冷顫，她裹緊了身上的厚大衣，一言不發。亨利意識到，她還需要一些時間。隨著時間的流逝，她會慢慢地復原的。那時候，他該有的東西就全都有了。錢財、事業，還有只屬於他一個人的妻子。到那時，他將會完全擺脫司各特的陰影。

已經傍晚了，大雨依舊沒有要停下來的意思。由於前方的能見度低，再加上道路很滑，亨利的車開得非常慢。汽車駛下高速公路，亨利準備找一家汽車旅館。第二條公路上，他們的車子尾隨著一輛大卡車。一連幾英里的路程，大卡車一直慢吞吞走在前面，堵住他們的去路，使他們沒法超車。

亨利在後面一直跟著，他變得越來越煩躁起來。他開始輕聲咒罵、不停地鳴笛。終於，那輛卡車讓開了道路，並且速度慢了下來。亨利乘機猛踩一腳油門，車子越過白線，飛一樣地向前駛去。

然而，就在這一瞬間，兩道耀眼的車燈迎面而來。對面快速行駛著一輛汽車，它正直衝衝地向他們的車子飛馳。

亨利連忙急剎車，可已經躲不及了。兩輛車相向迎頭撞上，巨大的撞擊力把亨利從擋風玻璃上拋了出去。

可是，他還活著。對於自己的僥倖生還，亨利顯得十分愉悅。露易絲的傷勢也不太嚴重。她前來看望亨利，一見到露易絲，亨利就說：「你所謂的懲罰全是胡扯！以你的想法，像我這樣的殺人犯就應該在車禍裡喪命吧！可你好好看看，我還活著，醫生說我的生命已經沒有危險了。」

亨利的整個臉都纏滿了繃帶，他說話的聲音微弱極了，連他自己都聽不大清楚。可他說的全是實話。

「托曼先生，你活下來，這真是一個奇蹟。你會慢慢恢復過來的。過不了多久，我們就會讓你和以前一樣的。」醫生的話，就像是一段動聽的旋律，不停地在他身邊回響。

亨利覺得，他必須得把這些話告訴露易絲。雖然，他現在連說話都很成問題，但是他還是堅持要說：「一個奇蹟，他就是這麼說的。這個詞一般都用在聖人身上，可他用在了我身上，一個罪犯身上！」他有些得意。

露易絲讓他不要再開口講話。漸漸地，她開始花越來越多的時間，在病房陪他，她對他的態度也逐漸溫柔起來。她告訴亨利，在差點就會失去他的時候，她終於明白了他的重要。

可是，總是在醫院裡待著，讓他有些煩躁。在床上躺了幾個星期後，他再也無法忍受了。於是，他多次對護士和醫生惡語相加。在他眼裡，他們在有意拖延他的出院時間，讓他無法跟妻子相聚。

他的主治醫生安慰了他，並告訴他，艱難的日子就快要到頭了。他的原話是這樣的：「不要再著急了，過不了多久，你就可以出院了。你的妻子已經跟你的公司說明了情況，那個職務還為你保留著。醫藥費你也不用擔心，保險公司會賠償給你。剩下的事情，就是在你的面部做一個整容手術，手術完成後，你就可以去上班了。」

聽了這些話，亨利才知道，這次的車禍已經讓他完全毀了容。如果他不想讓別人拿他當嚇人的怪物看的話，那他只能選擇整容。

大家都開始跟他說著寬慰的話，他們都說，如今的整容技術已經非常先進了，絕對能夠創造奇蹟。手術做完以後，臉上沒有傷疤，甚至，他的臉可以變得完全和以前一樣。

他的遲疑，讓醫生、護士以及露易絲都產生了錯覺，他們都以為他害怕做整容手術，所以一個勁兒地勸說他。事實上，他壓根兒不膽怯所謂的整容手術。在他心裡，他早已確信自己是幸運的寵兒，是高於普通人之上的。他製造了謀殺，卻逍遙法外。他經歷了一場嚴重的車禍，卻僥倖生還。那麼，一次小小的臉部整容手術，他怎麼會放在心上呢？剛剛打上麻醉藥，準備送進手術室時，他低語嘲弄露易絲：「你說的報應在哪兒呢，我怎麼沒有看見？」

說完，他趕緊抿緊嘴唇，決定在麻醉藥效解除之前，不再開口說話。他是該擔心一下這個，因為處於麻醉狀態，他很有可能會說出不該說的話，自曝罪行。

手術完成後，他睜開眼睛，開口就詢問護士，問他在迷糊中是否說過什麼話。

護士輕聲安慰他說：「沒有，你表現得很好，一句話也沒說，整個手術的過程中，你都很安靜，躺在那裡一動不動。」

他心想：這真是太好了。現在，唯一的疑慮也消除了，雨過天晴了。

恢復了一段時間後，他可以拆繃帶了。當護士從他臉上撤下最後一條繃帶時，露易絲正站在他的身旁。在她的手裡，捏著一個帶著手柄的鏡子。他從床上坐了起來，露易絲將鏡子遞到他的手中，讓他看看術後的容貌。這時，醫生和護士都不約而同地退後了幾步，一邊打量他的臉，一邊稱讚外科醫生的傑作。

亨利下意識地抬起一隻手，動作輕柔地撫摸臉上新移植上的皮膚。醫生叮囑他說，這種皮膚很柔軟，一定要使用專門的護膚油護理，直到皮膚變得結實為止。

醫生接著又補充道：「你一定要好好保護你的臉，這皮膚非常嬌嫩。」

「好了，我知道了。」亨利不耐煩地嘀咕了一句。然後，他舉起了鏡子，開始欣賞自己的新面孔。

令他萬萬沒料想到的是，他的噩夢又一次出現了。他發出一聲絕望的尖叫。這時，他一下子全明白過來了，原來，司各特的那張照片，露易絲根本就沒有燒掉，這幾個月來，她一直保留著。外科醫生，就是依據這張照片為原型，給亨利做出了一副新面孔。

鏡子裡有一雙眼睛在直直地盯著亨利，而那張臉，正是司各特·蘭辛！

頭顱的價值

他絕對稱不上是一個富有的人，屬於他的私人財產，算起來也只有他的名字——克里斯多夫．亞歷山大．帕內特，和隨身穿的一套棉布衣服。帕內特非常愛護自己的名字，對待自己的衣服也一樣，他總是呵護備至，特別小心仔細，以確保自己的衣服完好無損。他的衣服是他生活必不可少的一個組成部分：白天可以用來蔽體，晚上還得拿它當被子。除此之外，帕內特擁有的恐怕就只剩下他的酒癮，還有他那一臉紅紅的絡腮鬍子了。

奇怪的是，他還有一個朋友。在這年頭裡，沒有什麼與眾不同的品質，想贏得友誼可不是一件容易的事。即使是在一貫友善的波利尼西亞群島，也不例外。一個人總得擁有什麼不同尋常的地方，別人才會願意記住你並拿你當朋友。而這種不同於別人的地方，可以是強壯、幽默，也許也可以是邪裡邪氣，總之得有特色。但是，帕內特的朋友——卡來卡，結交帕內特的時候可從來沒有計較過這些。卡來卡是一個土著，他在商船上從事苦力。沒有人能明白，他為什麼會對帕內特如此毫無所求的照顧。這件事在福弗堤海灘上，一直是個謎。

帕內特的性格很好，他從來都是一副與世無爭的樣子。他不會與人發生口角，更不會跟人拳腳相向。而且，他也從沒有意識到作為一個白人的優越感，沒有想過自己高過土著一等，可以隨時把他們踢到一邊。帕內特極少罵人。僅有的幾次出口罵人，也大多是謾罵自己。還有一次是指責那個中國混血兒。因為他曾經向他賣過糖果，可是那些糖果已經壞掉了，根本沒法吃。

除去上面描述的這些，在帕內特身上似乎也沒有別的顯著優點。很長時間，他都是一副死氣沈沈的樣子，甚至連乞討這種再熟悉不過的事情，他彷彿也忘記該怎麼去做了。在他的臉上，你幾乎看不到笑容；在他身上，你也很難看到手舞足蹈的樣子。他是一個沒有怪癖的人，就算在爛醉如泥的時候，也是如此。在這個世界的其他地方，像帕內特這種人，很有可能會經常挨揍，可是這裡，他不會被打。命運似乎很眷顧他，讓他一路漂泊來到這裡。生活在這個海灘上，輕鬆得就像唱歌一樣。而且，老天還格外開恩，賜給他一個朋友。於是，他整天沈溺在酒精裡。喝酒就是他的職業，除去這個，他什麼也不做，渾身散發著酒氣，潮乎乎的，整個人活像是在酒精裡浸泡的一堆肉。

他的朋友——卡來卡，是一個異教徒。他的家鄉在包格維勒群島。這個島上，有吃人肉的風俗。有時候，人們會把屍體熏好，儲備起來方便以後食用。

卡來卡儘管是個美拉尼西亞黑人，但在福弗提海灘這一帶，他看起來和別人也沒有什麼明顯的區別。他是一個嚴肅的人，很能幹。他身材矮小、眼窩很深，頂著一頭刷子似的頭髮。他的腰上，總是圍著一條棉布頭巾。他的鼻子上串著一個銅環。在他臉上，你很少能看到什麼表情，可以說是毫無表情。

卡來卡來到福弗堤的一家貿易公司，是因為酋長的介紹。酋長替他簽了三年的合同，並且克扣了他的工資，連同公司發給他的麵包和煙草，也一起克扣了。等到三年合同期滿，卡來卡將被送回去。回到距離此地八百英里的包格維勒，到時候，他還是他——一個一無所有的窮光蛋。在巴格維勒，這是許多當地人的生存途徑。不過也說不定，卡來卡已經有了自己的什麼打算。

很少有人認為，南太平洋的黑人身上會有讓人尊敬的品質。在許多人眼中，諸如忠誠、謙恭之類的優秀品質，都是那些膚色介於黃色和巧克力色的人種的特質。而黑人是神祕的，讓人難以琢磨的。卡來卡作為一個黑人，他與帕內特的結交，在福弗堤海灘，著實引起了一些質疑。大家都以為自己多少了解一點這些黑人呢，這次的事情可得讓他們重新考慮了。

「嘿，你。那個鄉巴佬又喝多了，你最好趕快把他弄走。」那個中國混血兒——莫・傑克叫道。

在小棚子的陰影底下，卡來卡正在撿掉下來的椰子。他起身站立，把一些椰子夾在腋下，朝著海灘的方向跑過去。

莫．傑克站在門檻上，他的眼睛一直盯著卡來卡，眼光冷冷的。「我搞不明白，你是怎麼想的？你把珍珠賣給我，至少能落個好價錢，幹嗎非得便宜那個醉鬼？」

想起這個，莫．傑克就很心煩。因為他要想得到那些珍珠，就必須用酒跟帕內特交換。帕內特一拿到酒，總是喝得昏天暗地。而帕內特的這些珍珠，是卡來卡給他的。通常，卡來卡前往礁湖裡，從湖裡打撈這些東西。莫．傑克和帕內特做交易，他並不會吃虧。可是，他想拿煙草跟卡來卡直接交易，那樣的話，他會賺得更多。

「你為什麼非得把珍珠給帕內特？他是個該死的鄉巴佬！他簡直狗屁不值，早晚會喝酒醉死！」莫．傑克看起來氣勢洶洶。

卡來卡沒有回答他，他拿眼睛狠狠地瞪了莫．傑克一眼。他灰暗的眼珠，在一瞬間裡閃動出一種奇特的亮光，那樣子看起來特別像深海的鯊魚在對著你眨眼。

見狀，混血兒識相地放低了聲音，變成了小聲的咕噥。

卡來卡背起帕內特，走向一個小草棚。這個草棚就是卡來卡的家。他很小心地把帕內特放到席子上，將他的頭放在枕頭上。他把帕內特的睡姿擺正以後，就用涼水開始幫他清洗。他很仔細地清理帕內特頭上和鬍子上的髒物。帕內特有一個真正的絡腮鬍子，鬍子在太陽光的反射下，紅紅的，就像是亮閃閃的銅。將帕內特的鬍子梳好，卡來卡坐到了他的身旁，不斷地搖動著扇子，幫這個已經醉得不省人事的傢伙驅趕蒼蠅。

下午一點，卡來卡忽然跑到了空地，他抬起頭，開始觀察天空。一連幾個星期了，他一直在留意天氣的變化。天空確實有一些變化。這些變化表明，貿易風將會越來越強，那些平和的側風，會逐步完全被替代。現在，一片片陰影讓沙灘的能見度開始降低，視線有些模糊不清，雲彩把陽光也給遮住了。

此刻，正是午睡的時間，福弗堤海灘進入了睡夢裡：侍者在陽台上打著呼嚕；商務代表在吊床上做著美夢，在夢裡，他看見一大堆椰子正被裝船運走，接著，大把大把的鈔票向他飛了過來；莫・傑克則趴在他的小店裡小憩。在這個時候，恐怕沒有人會放棄午睡，去船上瘋跑。卡來卡——這個不馴的黑人，是個例外。他從不關心午睡或者美夢。他一直匆忙地來回奔走。他的腳步很輕，被海浪拍打礁石的嘩嘩聲給湮沒。他就像一個沒有聲響的鬼魂，穿梭在福弗堤的夢鄉裡，不停地忙著自己的事情。

很早以前，卡來卡就已經打探出兩件非常重要的事情：其一是儲存室鑰匙的存放位置；其二是步槍和彈藥放置地點。他順利地取出鑰匙，打開儲存室。在儲存室裡，他挑了三匹土耳其紅布、幾把刀、兩桶煙葉，還有一把小巧的斧子。卡來卡並不貪婪，儲藏室裡，還有許多東西他都可以拿，但是他沒有去拿。

接下來，他找到了步槍櫃，用斧子一下就劈開了。他從中拿出一把溫切斯特步槍，並且找出一大盒彈藥。剩下的事情就是，劈斷三條船的船底了。在船棚裡有一條大船和兩條小筏子船，如果船底破了，要想修理完成也得好多天的工夫。卡來卡拿的那把斧子很受用，絕對算得上一把戰斧，它那鋒利的斧刃，讓卡來卡幹起活來，充滿了樂趣。

海灘上，有一條很大的獨木船。巴格維勒群島上的卡來卡族人，經常會使用這種船。這種船的頭部和尾部高高翹起，使整個船看起來像是一彎新月。上個季節的季風，將這艘船颳到了岸邊，卡來卡尊奉貿易代表的命令，負責把船修好。現在，他準備駕船出海。

他先把自己從儲藏室裡拿出的戰利品裝到船上，然後開始細細挑選出海需要的食物。他帶了大米、甜馬鈴薯，還有三大桶可可豆，此外還有一大桶水和一盒餅乾。在翻騰貿易代表的櫃子時，他看到裡面放了十二瓶珍貴的愛爾蘭白蘭地。儘管他知道，這些酒，價值不菲，但是他也只是看了看，沒有想過把它們帶走。

後來，莫．傑克和別人提及卡來卡的出逃時，他總能想起卡來卡眼裡閃動的那種亮光。那個光芒讓他堅信：在這個世界上，沒有人能抓到卡來卡，就算是抓到了，那也一定是他的屍體。

一切準備就緒後，卡來卡回到他的小棚子。

「夥計，快起來，跟我走。」他叫醒帕內特。

帕內特一個骨碌從床上坐了起來。他看了卡來卡一眼，眼神很迷離，就像精神病人正在看自己腦海裡的幻影。接著，他神志不清地說道：「時間不早了，商店早就關門了。跟那些混混兒們說晚安吧，我要——」他打了個呵欠，接著說，「我要睡覺了。」然後他像一塊木板一樣，隨即倒頭睡下。

「嘿，別睡了，你快醒醒！你快看看這是什麼？是蘭姆酒，你的蘭姆酒。真的是蘭姆酒。」卡來卡一個勁兒地來回搖晃他。

可是，帕內特沒有反應，一動不動地躺在那裡。他像是聾了，就連平時最能勾起他興趣的話語，也聽不見了。

卡來卡彎下腰，把他扛在了肩上，就像是在扛一個大肉袋。帕內特的體重足足有二百五十磅，而卡來卡還不到一百磅。可是，這個矮個子黑人動作靈巧地將他扛在肩上，讓他的雙腳拖著地，一步步向那條船走去。他把帕內特放進船裡，放進去的時候，獨木舟往下一沈。接著，小船載著許多東西和兩個人，離開了福弗堤。

他們悄然地離去了，走的時候沒有人看見。福弗堤海灘依然在沈睡。午睡過後，這位貿易代表才發現他們的遠去，他惱怒極了，簡直是暴跳如雷，一切已經來不及了，這時候，他們早已在貿易風裡一路飄揚過海了。

出行的頭一天，不是很順利。海上灰濛濛的，大風不時地捲起陣陣浪濤。卡來卡很努力地駕著船，讓船頂著風前行。這時候，情況確實不容樂觀，只要有一個疏忽，海水很有可能會灌進船裡。在這艘船上，沒有指南針，卡來卡也不懂這個。他甚至連經緯度也弄不明白，但是，他的祖先曾經就是駕著這樣的淺底小船，全部依靠人力來完成了遠航。與卡來卡祖先這樣的非凡成就相比，哥倫布的環球航行看起來就像是乘渡船的旅遊。想到這些，他起勁地從船裡往外面舀水。他用蓆子和船槳不停歇地向前滑行，儘管前進得很緩慢，可是船確實是在向前航行。

第二天日出的時候，帕內特醒了。從船底的污水裡，他探出頭來，環視了一下四周。然後，他又呻吟著躺下了。過了一會兒，他又嘗試著起身。可這一次，依然是徒勞。於是，他扭頭去看卡來卡。只見他正蹲在船尾，全身都讓海水給打濕了。

「酒！我想喝酒！」他朝卡來卡叫道。

卡來卡沒有說話，只是搖了搖頭。

帕內特的眼神裡，充滿期待和渴望，他繼續向卡來卡苦苦哀求：「我要酒，一點點就行了，只要一點。」

又過了兩天，帕內特的神志一直都不太清楚。他不停地說著胡話。他說，他發現同一條船改變了四十七種航行方式，說這一點是他的重大發現，因為他的發現，一場新的革命將在航海史上出現。

第三天過去了，他的頭腦清楚了一些。他感覺很餓，肚子空空的，整個人虛弱不堪。不過，他的精神看起來不錯。

風已經很小了，卡來卡正在準備吃的，他一聲不吭。帕內特自斟自飲了兩杯白蘭地。等酒一下肚，他才意識到，自己剛剛喝的是可可奶。於是，他又朝著卡來卡嚷起來：「給我蘭姆酒，我要蘭姆酒。」

他依然沒有得到回答。他四下打量，準備自己找尋。可是他看到的竟是長長的水平線，除此之外，什麼也沒有。「這是哪兒？我怎麼會在這裡？」他感覺到有些不對頭，十分疑惑地問道。

「在海上，是風把我們帶到這裡的。」卡來卡回答。

帕內特的心思不在他的話上，他也並不在意，他們是否真是釣魚迷了路，而被風吹到了這裡。此刻，在他的腦海裡填滿了一些東西，讓他覺得其樂無窮。這些東西，像彩虹一樣，花裡胡哨的，帶著粉紅色的和紫色的條紋。想讓一個在酒裡面足足泡了兩年的人，和酒精徹底決裂，可不是一件容易的事情。

海面漸漸地平靜了起來。獨木舟輕快地向前滑行。帕內特的四肢都被綁在船板上，怎麼也動彈不得。於是，他只好喋喋不休地說話。他顛三倒四地背誦小時候學過的詩句。他的表演，只有一個聽眾。遺憾的是，這個唯一的聽眾，並不關心韻腳，他只是偶爾在帕內特頭上灑些海水，或者是用蓆子替他遮擋陽光，或者是餵他幾口可可奶。不過還有一件事情，他也不會忘記，那就是每天幫他梳理兩遍鬍子。

他們的船平靜地向前行駛。可是，越往前走，貿易風變得越強，船的速度也越慢。鑒於這樣的情況，卡來卡決定冒一次險，把航向改為東方。在這時候，帕內特的臉色倒是好了許多。他的臉，褪去了腐爛的海藻的顏色，慢慢地恢復了正常。

在向東行駛的過程中，卡來卡一找到機會就登上小島，在島上生火，煮一些米飯和馬鈴薯。可是，上岸對於他們而言，是很危險的。有一回，他們就被兩個白人截住了。那兩人划著小艇攔阻他們的去路。情急之下，卡來卡連自己是黑奴的身分也沒來得及掩飾。在這樣的情況下，他也沒想過要去掩飾。在對方距離他們還有將近五十碼的時候，他扳動了步槍。一個白人當即中槍而死，而他們乘坐的小艇，也被槍擊沈了。

「靠我這邊的船上，有一個彈孔，為了安全起見，你最好把這個洞堵上。」帕內特說。卡來卡鬆開綁他的繩子，用繩子堵上了彈孔。帕內特舒展了一下胳膊上的筋骨，開始用好奇的目光左右打量。

他把眼光停留在卡來卡身上說：「真的是你，這不是幻影。太好了！看來我好多了！」

過了一會兒，他又問：「你這是帶我去哪兒？」

「芭比。」卡來卡回答。芭比，是巴格維勒的土語名稱。

聽完，帕內特禁不住吹了聲口哨，他意識到，駕駛這種連個棚架都沒有的簡易船隻，一連航行八百英里，可不是一件容易的事情。這個黑人小夥子真的很了不起！他心想。頓時，他的心裡產生了一股敬佩之情。

「芭比是你的家鄉？」內特問。

「是的。」卡來卡簡單地回答了一句。

「好吧，那繼續前進，船長。儘管我不知道，你帶我一起回去的原因，不過，等到了那兒，我就會明白的。」帕內特的語氣裡充滿了信任。

起初，帕內特看起來還很虛弱。但是，吃了一段時間的可可豆和甜馬鈴薯之後，他逐漸恢復了體力，神志也清醒了許多。接下來的日子，依靠品嚐海水的鹹味，在一連幾個小時裡，帕內特甚至已經忘記了酒這樣東西。隨著酒精在他體內的逐漸消失，在福弗堤海灘的那段經歷，也在慢慢地離他遠去。現在，船上只有兩個古怪的水手，一個是土著，一個像是大病初癒的病人。不過，他們的關係看上去很融洽。

轉眼已經是第三週，卡來卡有一整天沒吃東西了，帕內特注意到了這個。他們帶來的食物已經吃完了。

「我說夥計，你這樣可不行。就連最後一點可可豆，你也給了我，你得給自己留一點！」帕內特一臉關切地說。

「那個，我不喜歡吃。」卡來卡回答。

獨木舟在天海之間繼續前行，海水拍打著船底和船板，發出「咚吱咚吱」的聲響。

帕內特一直在想心事。他已經一動不動地想了好幾個小時。他想起了許多事情。他的眉毛有時候會隨著思緒，痛苦地縮成一團。誠然，思考並不是打發旅途的最好選擇，一些記憶再一次被拉出來，總會讓人覺得難受。現在，帕內特回想起了他荒唐的過去。儘管他一次次地試圖逃離，可是，他失敗了。他發現自己根本無處可逃。他能做的，只有面對過去，然後再戰勝它們。

已經是第二十九天了，他們只剩下最後一點點水。卡來卡用可可豆殼舀上水，遞給了帕內特。在這樣的時刻，這個異教徒繼續承擔著照顧帕內特的責任。他把桶板上的最後一點水刮到刀刃上，讓水沿著刀刃滴進帕內特的喉嚨裡。

第三十六天，他們看見了洛塞爾島。在這個島就在他們眼前，他們發現它的時候，它就像是一堵綠色的牆，倏然從水平線上浮了出來。福弗堤海灘距離這個島嶼，整整有六百英里。卡來卡終於可以暫時喘一口氣。他駕駛著一艘沒什麼航海裝備，甚至連海圖也沒有的船，一路乘風破浪來到這裡，這的確是一件非常了不起的成就。可是，他們在洛塞爾島並沒有停留太長時間。沒過多久，他們又起程了。

早上，風向還不錯，一路順風順水的。中午，風停了。海水陷入一片沈寂，像油一般黏稠。空氣裡也沒有一絲動靜，悶悶的。從這所有的跡象裡，卡來卡嗅到了風暴的氣息，可他沒有別的選擇，只能不停地繼續前行。船上的物品一律被他綁牢了，接下來他集中全力開始划槳。沒過多久，一個有白色沙灘的小島出現在他們面前。風暴來時，他們還有兩英里就可以著陸了，還算幸運。

在海上漂泊了這麼久，卡來卡已經瘦得只剩下一把骨頭，而帕內特，也是很費力才能抬起胳膊。可海浪似乎不願意這麼輕易地放過他們，一個個海浪，就像是從礁石裡燃起的火苗，接連不斷地撲向他們的船。真想像不出，卡來卡是怎麼做到的，可是，他確實將船靠在岸上了。

好像是冥冥之中已有安排一樣，在風浪裡，那個白人一直是有驚無險，他一次次地被卡來卡救起，最後又被安全地帶到岸上。上岸的時候，兩個人都快累昏過去了，但是他們都還活著，這已經足夠幸運。卡來卡的一隻手，還緊緊地抓著帕內特的衣角。

在這個島上，他們停留了一個星期。島上有許許多多的可可豆，帕內特愉快地享用著，把自己養得白白胖胖的。卡來卡一直忙著修船。這隻遠航的船，已經嚴重進水了，不過他攜帶的東西還完好如初。最值得欣慰的是，他們的苦日子快要熬到頭了。卡來卡的家鄉——巴格維勒群島，就在海峽的對面。

「對面就是芭比？」帕內特問。

「沒錯。」卡來卡回答。

帕內特大叫：「我的老天，這實在太令人興奮了！這裡就是大英帝國的盡頭了，他們只能管到這裡，他們就眼睜睜地看著我們站在對岸吧！」

關於這一點，卡來卡也是最清楚不過。在這世界上，他最害怕斐濟高等法庭的治安法官，因為他有著至高無上的權力，他有權懲治任何違法的行為。只要在大英帝國的領土，哪怕是最邊界——海峽的這邊，卡來卡還有可能因偷竊罪而被送上法庭。但是，卡來卡也知道，一旦在巴格維勒島，他可以做任意一件自己想做的事情，而且絲毫不用顧忌會受到什麼法律的懲罰。

至於帕內特，他漸漸地恢復了健康，而且整個人洗得乾乾淨淨的，就連他靈魂中一些邪惡的東西，彷彿也被水沖洗掉了。在濕潤的空氣和溫暖的陽光的滋潤下，他一下子變得朝氣蓬勃起來。他快樂地去水裡嬉戲，心血來潮的時候，也會幫助卡來卡修船。實在閒來無事的時候，他乾脆就花上幾小時的時間，在沙灘上挖坑，或者是細細研究小海貝殼上的古怪花紋，再不然，他就嘴裡哼唱著歌曲，在海灘上來回遊蕩，享受生活裡的愜意，而這樣的日子，他以前很少留意過。

他的朋友——卡來卡，讓他有些迷惑。對於他的享受生活，卡來卡總是像對待一個孩子似地一笑置之。不過，他並沒有感覺到不安。此刻，他滿心只想著去報答卡來卡對他的關照。帕內特開始猜想卡來卡把他帶到這兒的原因。對，是為了友誼，一定是這樣的。想到這裡，帕內特扭過頭，轉身面向他這個寡言少語的小個子朋友。

「喂，卡來卡，」他招呼他，「你是不是怕背上偷竊的罪名才決定要回家鄉的。放心吧，不用害怕他們的。他們膽敢找你的麻煩，我一定要他們好看。實在不行，我可以說東西是我偷的，和你沒有關係。」

卡來卡一言不發。他埋著頭，只顧擦著他的步槍，他安靜極了，就像天生是個啞巴。

帕內特在嘴裡咕噥：「哦，沒聽到。真不知道你的腦袋裡整天都想些什麼。你這傢伙，有時候真像一隻貓，總是獨來獨往。我以上帝的名義起誓，我絕對不會忘恩負義，我想——」說到這裡，他騰地跳了起來。「我知道了，卡來卡，」他接著說，「你是擔心自己的逃跑會牽連到我，你擔心他們會因為一個奴隸的逃走而來責罰我，所以才帶我一起走的，應該是這樣，對嗎？」

「噢。」卡來卡聲音含混地回答了一個字。說完，他抬頭瞅了一眼帕內特，接著，目光在對面的巴格維勒島停留了片刻，又低下頭忙著擦拭他的步槍了。這真讓人搞不明白，他就像一個謎一樣。

又過了兩天時間，他們抵達了巴格維勒島。

迎著絢爛的朝霞，他們的船開進了一個小小的海灣。這個時候，海島還在沈睡，它正緩慢而又均勻地呼吸著。帕內特興奮地跳下船，跑到一塊大石頭上，開始欣賞眼前壯麗的景觀。這裡實在是太美了，簡直無法用言語來形容。而這個矮個子的土著則很鎮靜，他有條不紊地幹著自己的事。只見他卸下布匹、小刀以及煙草，接著是子彈盒、步槍，還有他的小斧頭。這些東西都略微沾上了一些潮氣。不過，因為之前，所有武器都被擦過了，它們在清晨的陽光裡閃著亮光。

帕內特被這景色深深地吸引了，他不斷地變換著辭藻試圖描繪他眼前的一幅幅美景。突然，在身後響起了一連串的腳步聲，那聲音靠近他時，就停了下來。他連忙轉過身，他的朋友——卡來卡正站在他的背後，背著一條槍，手裡拿著一把斧子。

「我說，夥計，你準備幹什麼呢？」他一臉興奮地問。

「哦，我想——」卡來卡的語氣很慢，他的眼睛裡又閃過一道古怪的光芒，這種光芒之前莫．傑克也見過，就像鯊魚在對著你眨眼。他說完了前面的話，「我想要你的頭顱。」

「你說什麼？你要頭顱？我的？」帕內特被驚住了，連連發問。

「是的。」卡來卡簡短作答。

事情已經真相大白了，所有的謎團在此刻全都打開了。

原來這個土著是看上了帕內特的頭顱——那長滿紅鬍子的頭顱。在巴格維勒島，一個熏好的白人的頭顱，是一筆巨大的財富，這筆財富的價值甚至超過了金錢、土地、酋長的榮譽和姑娘的愛情。所以，這個精明的土著，早早做好了打算，一步一步地耐心前行，甚至，他像個保姆一樣悉心照料這個白人，給他準備食物，給他梳理鬍鬚。他所做的一切，只有一個目的，那就是把一個健康的帕內特帶回故鄉，然後再穩妥而又從容地獲取他的勝利成果。

帕內特一下子恍然大悟，事實有些聳人聽聞，幾乎所有的白人都不會想到這些。可是，他現在竟變成了當事人！誰也不知道，他此刻都在想些什麼？突然，他開始大笑，笑聲持續了一段時間。那笑是從他的胸腔深處傳出來的，像是在取笑它的主人剛剛聽到的那個天大的笑話。笑聲震耳欲聾，穿越巨大的海浪，峭壁上的海鳥也被驚起，牠們一直盤旋在上空，繞著陽光飛翔。現在，有必要修改克里斯多夫．亞歷山大．帕內特的財產清單了。上面除去他的名字，一身破衣爛衫，還應該另加有著漂亮的紅鬍子，還有一個靈魂。這個靈魂，在他唯一朋友的幫助下，逐步恢復了健康和活力。

最後，帕內特有些釋然，他轉過身，說了一聲：「動手吧，得到這個頭顱，你真是佔大便宜了。」

午夜追蹤

「又是一個星期天的清晨……」

這是一首哀傷的流行歌曲，由貓王萊利斯主唱，在歌曲裡描繪了一位單身男人的憂傷。他沒有妻子，也沒有孩子，在一個安靜的星期天，他不知道該何去何從。我就像歌曲裡的那個主角，無處可去，也沒有什麼期盼。

端起一杯咖啡，我走進起居室。我的住所坐落在舊金山市的「太平洋山崗」。這個星期天天氣很好，萬里無雲，只有徐徐微風。站在窗前整個海灣一覽無餘，一些零零星星的遊艇，浮在深綠色的海面上，看起來像是地圖上插著的小白旗。

我漫步來到書架前，這個書架整整佔據了一面牆。裡面大約有六千餘本雜誌，全是廉價的偵探、探祕類雜誌。我伸手撫摸一些書的書背，像是《黑面具》、《一角偵探》、《線索》、《偵探小說週刊》。這些週刊自一九四七年起，我就著手蒐集了。也就是說已經有三十年了，相當於我人生的五分之三的時間。下個週五，我就是年滿五十的人了。

我抽取一本《黑面具》，注視著封面上的人物。他們是錢勒、馬田、聶伯和麥克。我跟他們是老相識了，在許多寂寥的週日，多虧他們陪我一起度過。有他們在，我的低迷、糟糕情緒總會緩解不少。可是今天卻不同了。

電話鈴聲大作。我走進臥室，摘下了聽筒。是老班。他是一個又嚴肅又正經的警探。這三十年裡來，他算得上是一個跟我最親密的朋友。

「我說，是不是把你吵醒了？」他說。

「哦，沒有的事，我早起來了，已經好幾小時了。」

「年紀一大，睡眠就少了。」

「一點兒沒錯。」

「下午來我這兒吧。我們打會兒牌，然後喝點啤酒。我也一個人在家，老婆帶著孩子去了蘇里雅多了。」

「班，我不是很想去，心情不好。」我說。

「怎麼？聽起來，你情緒病又犯了。」

「我想也是。」

「哦。我知道了。一個私家偵探的憂傷，對不對？」

「那憂傷來自於——私家偵探。」

他「咯咯」笑了起來，說：「是因為五十歲的生日？我說，夥計，你也太敏感了！人生五十，時值壯年。我是過來人，相信我，你看，我已經五十二歲了。」

「是的。」

「好吧。我建議你，改變主意，到時候我們一起喝兩杯，我等你。」

收起了電話，我返回起居室。喝完咖啡，我強制自己不去想任何事情，開始在房間裡漫無目的地踱步。又是一個討厭的星期天上午！

我的老毛病突然犯了，肺部難受得厲害，止不住地咳嗽。我用手帕捂上嘴，空蕩蕩的公寓裡充斥著枯燥、碎裂的咳嗽聲。都怪香煙，該死的香煙！我的煙齡有三十五年，平均每天能抽完兩包。在這三十五年裡，保守估計我抽了五十萬支的香煙，吸進去的焦油不下一千萬口……唉，現在計算這個幹嗎？

我又一次站立起來。這才意識到，從起床開始，我一直在重複兩個單調的動作：站立和坐下，也沒有出門。天哪！再這樣持續下去，我真會患上自閉症。不行，我得去一個地方找點什麼事情做。開車走得遠遠地也好。現在，我不想見任何人，當然也包括老班。

套上一件很舊的棉布夾克，我驅車離開公寓。從我居住的地方出城，最近的路線是向北走。於是，我把車子開往金門橋，從那裡徑直駛進101號公路。車子行進了兩個小時，我來到紅木匠，這裡距離科里爾北部數英里。於是，我轉動方向盤拐向海岸，沿著海岸線持續行駛到下午兩點。接著，汽車上了1號公路一直往南邊行進。

那一帶沒有太陽，空氣裡彌漫著一層霧。不過，海的味道強烈而又清新。公路上的過往車輛不多，很久才會出現一輛。吐著白沫的浪花擊打著海邊的礁石，那景致看上去很美。在一個名叫「錨灣」的海灣附近，我驅車駛向一處懸崖。我選擇了一個沒有人煙的停車場，把車子停好，然後拐進一條通往海灘的小徑。

我沿著海灘很隨性地踱著步。一路上看著海浪時起時伏，聽著海水嘩嘩作響，還有雲霧裡的海鷗愉快地鳴唱。這裡很安靜，對我而言，安靜的地方也是最好的去處。

大約過了半個小時，我感覺到一陣涼意。因為受涼我又咳嗽了起來。於是，我只好返回小徑，走向懸崖邊的停車場。快要到達時，我發現場地裡多了一輛很髒的綠色小型卡車。卡車後面還掛著一輛房車，也不大，上面滿是灰塵。房車的右側往後傾斜，看來那個輪胎癟了。車子周圍有三個人，兩男一女，很安靜，海風吹動著他們的頭髮和衣襟。

我朝他們走過去，因為我的車停在那邊。聽到腳步聲他們三人一起抬頭，挪動了一下位置，攀談了幾句，然後朝我走過來。

我們還有幾碼距離的時候，他們停住了，其中一人跟我打招呼：「你好！」他年紀不大，二十歲左右，其餘兩人跟他年齡相仿。打招呼的小夥子頂著一頭紅色的頭髮，留著下垂的八字鬍，身穿粗布風衣，藍色工作褲，腳上踏著短筒鞋。他的臉上寫滿不安，露出的微笑十分勉強。他身旁站立的一男一女，看起來也很緊張。那個男孩子留著黑色短髮，臉型方正，膚色很黑，身上的格子夾克看上去像個伐木工人的工作服，腿上穿著長褲，底下配了一雙褐色的皮鞋。女孩子長得不太好看，嘴唇很薄，臉色慘白，一件又長又厚的風衣裹在身上。頭部包著一塊綠色的大手帕，蝴蝶結的綁法和修女一樣，肩上披著紅棕色的頭髮。三個人都不約而同地將手放在衣兜裡。

「你們好！」我點了點頭。

「我們一個輪胎破了。」紅頭髮說。

「哦，我注意到了。」

「你有千斤頂嗎？」

「是的，我有，很樂意給你們使用。」

「謝謝你了，幫了我們大忙。」

我心裡有些疑慮，禁不住皺皺眉頭。大半生的偵探工作，讓我有時候會產生一些預感。而這些預感通常不會被我忽視。現在，我又產生了這種預感，覺得這三個人有些不大對頭。他們都很不安，他們之間的關係看起來也很微妙，也許他們正在玩一場輕浮而又帶著危險的遊戲？不過，這跟我有什麼關係？可偵探的本能和好奇心令我無法對於這些異樣置之不理。

我說：「你們很幸運，碰到了我。這裡的過往車輛可不多。」

紅頭髮的小夥子抽出衣兜裡的左手，用手指摸了一下八字鬍，有些不自信地說：「是的，看來是這樣，是挺幸運的。」

這時，女孩子吸了一下鼻涕聲音很大，然後拿出手帕使勁地擦拭。

黑頭髮的男孩挪了挪腳把身體重心移到一隻腳，目光游離，他縮緊夾克，說：「這裡可真冷。」聽起來像是話中有話。

我打量一下那輛卡車，牌照是俄勒岡的，就隨口問道：「看樣子，你們準備遠行？」

「準備去蒙大拿度假。」

「哦，是去度假？」

「算是吧，有點度假的性質。」

「那車可不大，你們三個坐著有點擁擠吧？」

「沒關係，我們不怕擠。」說著，紅頭髮男孩抬高音調，「現在，我們能借用你的千斤頂嗎？」

我掏出車鑰匙，打開汽車後備廂。三人站在原地很留心地觀察我。我突然意識到他們三個不應該是同夥，這就是不對頭的地方。兩個男孩，一個很時髦，染著紅頭髮，留著八字鬍，還披著長髮，而另外一個看起來相當保守，是黑頭髮。這說明了他們中間，其中一個是「第三者」，是多餘的。但是，情況並不像兩個人剛好，三個人嫌多那麼簡單。可哪一個是多餘的呢？看不出來。那個女孩子似乎沒有表露出對哪一個人有特別的好感。她的眼睛因為海風的緣故縮皺在一起，還一直凝視遠方。

我解開扣住千斤頂的鉤子，關好後備廂說道：「或許你可以考慮由我代勞，使用這個東西得有竅門。」

「不麻煩了，我們自己來。」黑髮男孩說。

「不用客氣，樂意效勞。」

我搬著千斤頂來到小卡車後面，那裡放置了一個備用胎。房車有兩扇門，門上各帶一個小窗戶。一個窗戶上圍著粗布，另一個貼著透明塑膠紙。透過透明的窗戶，我悄悄地向裡窺視，裡面擺放著一個放杯盤的櫃子、一張小桌和兩個床型的長椅，整個空間看起來乾淨、整潔，所有東西都被歸置得很好，用繩子捆緊，以免汽車行進時產生晃動。

三個人在我後面圍成一圈，女孩站在中間。我彎曲膝蓋用千斤頂支著輪軸，準備替換備胎，兩個男孩上前幫忙。不過，在我眼裡他們是在幫倒忙。

十五分鐘左右車胎換好了。在這期間，我故意跟他們搭訕，想從他們的言談裡看出一些跡象，判斷誰是「多餘的」。但是，我失敗了。他們說話不多，偶爾回答我隻言片語，女孩只顧忙著清理鼻涕，根本沒有開口。

接著，我取下千斤頂讓四個輪子著地，好心地提醒他們：「孩子們，已經好了，在路上碰到修理店，你們趕緊去把那個輪胎修好。出遠門沒有備胎可不行。」

「好的，謝謝你，我們會去修的。」黑髮男孩說。

我微微一笑，嘗試跟他們溝通，說了句：「你們帶有啤酒或是汽水嗎？活動了一下，我有點渴了。」

紅頭髮小夥子瞅瞅女孩子，又瞅瞅黑頭髮男孩，有些難為情地說：「真不好意思，我們沒有。」黑髮男孩拾起了發扁的輪胎，放進汽車的金屬儲物架裡，將架子扣好，說道：「我們該出發了。」

於是，三人一同走向車門。

我很想阻攔他們，但是找不到藉口。經過了一番觀察似乎沒發現什麼。座位、小架子、儀表板、乘客旁邊的腳踏板，我統統看過了。黑髮男孩是司機，他上車後，女孩緊跟著上去，等每個人都坐好後，他們關好車門發動了汽車。

「路上小心，慢點開車。」我跟他們揮手告別。可沒一個人回應我。卡車迅速地離開了，朝著1號公路揚長而去，車胎後揚起一些碎石。

我目送他們遠去，直到他們的影子消失。回到自己的車裡，我開始了心裡掙扎。接下來該怎麼做？返回舊金山忘掉這個小插曲，是最簡單的辦法。但是，我無法做到。我明白，那三個年輕人不是一起的。我越想越好奇，很想把事情弄明白。因為他們三個人都很緊張，他們之間的氣氛不正常。

現在，我的身分已經不是偵探了，但是我拗不過自己的意願。長久一個人待在住所讓我有些厭煩，我受夠了那樣空蕩蕩的感覺。為何不做回多年的老本行把事情調查清楚？

於是，我發動汽車上了公路，沿著他們走過的方向迅速追趕。車子行駛有四里路的時候，我看見他們了。

他們的車速很快，看起來已經超過速限了，不過還在安全範圍以內。我把車速調整了一下，跟他們保持數百碼的距離。已經是黃昏時分，而且還有著薄霧，此刻的跟蹤行動有點難度。還好他們的車燈亮著，順著燈光我可以辨別他們的位置。一路上車輛仍不多，我們的車子一前一後沿著海岸行進。霧氣越來越濃，漸漸地還落下細小的霧水。車窗前模糊一片，我只好打開雨刷器。

黑夜來臨了，陰冷陰冷的。我的追蹤行動仍在繼續。前行了數英里後，小卡車進入了蒙大拿灣，看起來並沒有停下來的意思。這麼說，黑髮男孩在說謊，這裡不是他們的目的地！那他們到底會去哪裡呢？我還要一直跟蹤下去嗎？我在心裡問自己。

是的，答案是肯定的。我會繼續下去直到他們停下來，直到我弄清楚他們的關係。也許，我需要一直跟蹤到明天，甚至越出州界。那又能怎樣呢？反正，我手頭沒有別的案子。不管最後結果怎樣，有事可忙總比在家自憐、沮喪好得多。

經過一個個地方，福特村、雷尹鎮……小卡車還在一路前行。距離金門橋三十英里的時候，我查看過油表，汽油已經消耗了一些，不過，還能讓我返回舊金山，要是再繼續往前走怕是要搞砸了。我必須在什麼地方先停下來，給汽車加點油。

小卡車經過奧立刻村南面時，突然減速了，閃一下刹車燈，掉頭向西，上了一條二級公路，那是通往雪尹國家海濱的方向。

大約兩分鐘以後，我到達十字路口，藉著車燈我看見一塊路牌上寫著：前方三英里，公共營地。這就意味著他們準備在這裡停下來，也許是住宿，也許是就餐。我下意識地看了看天空，天已經黑透了，不過霧氣已經稀薄多了，還颳著風，視線不錯。二級公路上車輛格外稀少，為了避免他們的注意，拐上公路以後我就關掉了車燈，以二十英里的車速緩慢前進。

這一帶亂糟糟的，也許是處在聖安維斯的斷層地帶的緣故。經過一個小池塘，又向前走了三英里，我看到了位於左邊的營地。這個營地靠海，它的西側是一堆堆沙丘，南面種植著松樹和槿樹，在樹木一旁還設有一個面積不大的管理處。這個小房子是一個木質建築物，前面擺放著一些供燒烤用的石台架，另外還一些垃圾桶分散地佈局在那裡。小卡車就停在營地裡，車燈還沒有熄，距離樹木不遠。

我在很遠的地方發現了它，部分視線還被樹木遮擋。為了防止他們注意到我，我沒有從入口進入營地，而是沿著一旁的一條小路悄悄兜圈駛入。我停好車後不出十秒，那邊的小卡車的車燈也滅了。

坐在駕駛座上，我開始思考對策。然而，我的思緒跑向了別處。一路上，我也沒想明白究竟是什麼原因讓我感覺他們不對勁。現在，我的記憶不停閃現，卻使我突然明白了困擾我的原因。是三件小事，它們全都指向了一個人，而那個人就是不對勁的源頭。可一想到這裡，整個事情更亂了，事情變得有些古怪，不合常理。

取下車頂的圓形塑膠燈罩和裡面的燈泡，我下了車。外面的風很大，我感覺自己的雙手和面頰被風吹得生疼。不時地還落下幾滴霧水，冷冷的，或許它們也在尋找暖和的處所。

我小心翼翼地潛入樹林，從南邊接近小卡車。在距離卡車四十碼的時候，我留意到車廂是黑漆漆地，裡面沒有人。微弱的光線從房車裡透射出來，依照亮度判斷他們已經拉下了窗戶上的布簾。

於是，我邁著大步走向卡車，在不足十碼的地方我止住了腳步，藏在一棵大松樹的陰影裡側耳傾聽。可是，傳入我耳朵裡的只有呼呼的風聲和嘩啦啦的海浪聲。我注視了一會房車的方向，接著，留意了一下卡車附近的地面，發現地面上全是泥土和松針葉，沒有硬石。在那樣的地面上行走，會發出沈悶的聲響。

於是，我躡手躡腳地靠近卡車，慢慢地移動到房車外面。接著，將一隻耳朵緊貼金屬板，用手捂著另一隻耳朵以免風聲的擾亂。約莫過了有半分鐘，我聽到裡面有輕微的腳步聲，沒有人說話。又過了一會兒，傳出來一個低沈而含混的聲音：「三明治好了沒有？快點！」那聲音是在命令！看來，確實有一個不同夥的人。

「馬上就好。」另一個聲音怯生生地回答。

「識相的話，就快點！我快餓死了！我可不想在這裡一直坐著！」

「放心吧，這是公共露營地，不會有管理員前來詢問的，要是——」

「少囉唆！哪兒那麼多廢話？我說的話，你照辦就行了！要想活命的話就趕緊點，需要我再解釋一遍嗎？」

「不需要。」

「很好，我先等三明治。一會兒，我們還得趕路，距離墨西哥還有很遠。」

聽到這番對話，我吸了一口氣。情況比我想像的更嚴重！牽扯到了綁架，也許還有更可怕的罪行。到現在為止，作為一名私家偵探，我的使命已經完成了。剩下的事情就是通知附近的公路巡邏人員。於是，我悄悄後退，轉過身準備從樹林裡返回汽車。

然而，事情有時候就是那麼湊巧，它突然就發生了讓你措手不及。誰想到，就在這時樹枝被風刮斷了，斷枝被風捲起，「砰」的一聲撞擊在卡車上，聲音很大。

房車裡立即傳出響動，像是什麼東西被刮擦的聲音。此時，我還在往後退，但要想逃脫恐怕是來不及了。只聽房車門被拉開，從裡面跳出一個人。那人已經發現我，大聲叫嚷道：

「站住，給我站住！」一個黑糊糊的東西在他手裡拿著，我知道那是槍。

我不得不止住腳步。我看了一眼這個不同夥的人，發現竟是那個女人！

哦，不，應該說是個假扮的女人。這個男扮女裝的傢伙，雙手端著槍，兩腿叉開站立，看上去緊張，也充滿危險。現在，他已經去掉了假髮和包頭巾，露出淡色的短髮，那顏色在黑暗裡看起來像是白色的。他全身上下沒有一點女性的陰柔，當然，他那張蒼白的如同女子一般的面龐和一雙天生沒什麼汗毛的手除外。

「來這邊！」他命令。

我遲疑了一下還是照做了。他迅速退後，挪到一個可以控制我和其餘兩人的位置。我移動到離他三大步遠的位置。另兩個人側身站在房車的車門旁，兩人的目光不停地在我和那個持槍者之間轉換。

「是你？你跟蹤我們？」拿槍的人認出了我。我沒有說話。

「你是什麼人？為什麼要跟蹤？」

我的目光在他身上停留了一下，決定故意給他透露一點情況，想試探一下他的反應。

「我是警察。」我回答。

聽到這話，他的嘴角抽搐了一下，拿槍的手似乎也顫動了一下，像是有些拿不穩了。

儘管如此，我知道如果有必要，他還是會毫不猶豫地向我們每個人開槍。多年的閱歷告訴我，要是這個傢伙心煩意亂起來，他一定會開槍。

靜默了一會兒，他說：「這和我無關。不過，發現我不是女人，你看起來並不吃驚。」

他的聲音聽上去含混不清，似笑非笑。

「是的，我不吃驚。」

「你是怎麼看出來的？」

我一五一十地告訴他：「有三件事。第一、在停車場，你擦鼻涕的樣子，用力的姿勢，還有不停地擦拭，都不是女人的動作。第二、你走路的時候，步子又大又重，和另外兩個男孩子沒什麼兩樣。第三、你沒有攜帶錢包或手提袋，我在卡車裡和房車裡也沒有看見，這些東西幾乎是每個女人隨身的必備用品。」

他伸出空著的那隻手，擦擦鼻子，說：「說得沒錯，看起來你很精明。」

「你打算做什麼？」紅頭髮男孩用顫抖的聲音問道。

綁匪神色緊張地看著我，嘴角還在抽搐，他思考了一會兒，對房車裡的兩人說：「車裡面有繩子嗎？」

「有。」黑頭髮男孩順從地回答。

「趕快去拿，我們把這個警察綁起來，跟我們一起走。」

頓時，我滿腔怒火。在心裡暗暗地問自己：難道要任由他這麼擺佈？我就這麼乾站著等死？還有兩個無辜的孩子呢，難道要眼睜睜地看著他們也賠掉性命？

想到這裡，我故意問道：「為什麼你現在不動手？省得到了別處還得麻煩。」

「少廢話！」我向前走了一步，看見他的臉陰沈極了。

「老頭！站住！你再往前走，我就開槍了！」他舉了舉槍威脅道。

「你會開槍的！」我說著迅速撲向他。

子彈擦著我的臉部射出，我的皮膚被劇烈的摩擦燒著，我幾乎快要半盲。子彈是從右頰飛過的，聲音很大。但是，這會兒我也顧不上了。我用力地擒住他的手腕，趕在第二次槍響之前打掉他的槍阻止了他。接著，我用右拳猛烈地，朝他的胃部和胸口擊打。他大口地喘著氣，身體已經失衡了，開始一搖三晃起來。我乘機踹他一腳，他翻倒在地，我隨即騎在他身上繼續暴打一通。終於，他全身發軟昏了過去。

我起身站立，與此同時拿起那支槍。這時，我才感覺到自己面頰火辣辣地疼，一雙眼睛也疼得厲害，還不斷地流著眼淚。不過，別的地方都很好，除了感覺兩腿酸軟，我的反應和行動方面並沒有遲鈍的感覺。

兩個男孩子急忙小跑過來，他們看起來放鬆多了，僵硬而蒼白的臉上露出微微的笑意。

「沒事了。孩子們，你們趕快去拿繩子。」我看著他們，輕聲說。

接著，我們坐進我的汽車，一起把那個不同夥的人送到了附近的公路巡邏站。那人名叫余連。被挾持的兩個小夥子一個叫安東尼，另一個叫艾得，他們告訴我，他們已經被挾持了十二個小時，並將這段時間的可怕經歷講給我聽。

兩個男孩都是學生，就讀於奧勒岡州麥克斯城的農林學院。他們從學校出來準備野營，誰知在半路上，他們犯了一個致命的錯誤——讓男扮女裝的余連搭了順風車。一上車，余連就掏出了槍，逼迫他們沿海岸向南行進，一直來到加州。這個綁匪想去墨西哥，可他不會開車，於是兩個男孩就被迫成了他的司機。

余連告訴他們，自己是個逃犯，是因為持槍搶劫和兩起謀殺未遂案入獄的。

余連越獄後，全州的警察都在抓捕他。他只好闖進一處住所尋找衣服和錢，以方便潛逃。可那處住所的主人顯然是個老姑娘，在那裡他沒有發現一樣男人的用品。只是裡面擺放的兩頂假髮和一些女性衣物，正好合適他。所以他就想到了男扮女裝。

到達公路巡邏站時，余連還沒蘇醒。安東尼和艾得又把故事的來龍去脈給在那裡執勤的梅爾警官講了一遍。有關我的那部分，我簡單地複述了一下。但是，在表示感激之餘，他們執意把我當成大無畏的英雄。

辦公室裡只剩下了梅爾警官和我，我向他出示了我的私家偵探的執照。看完以後，他微笑著說：「怪不得呢，連你繳槍的方式，都是私家偵探慣用的一套。就像在電視裡看到的，很精彩。」

「確實，就像是在演電視。」我用疲倦的聲音回答他。

「只能說你膽識過人。」

「這樣的誇獎，我可受之不起。事實上，這也是我平生第一次這麼做。我只是正好趕上了，不能眼睜睜地看著兩個孩子身處險境。余連會殺死他們的。他們還那麼年輕，還有大好的前景。」

「可是，夥計，你差點也沒命了。」梅爾警官激動地搓了搓手。

「我不在乎這個，只要那兩個孩子沒事。」我說。

「你是個無私的人。」

「你說錯了。」

「那你為什麼不珍惜自己的生命？」梅爾警官詫異地問。

我沈默了，過了許久，我決定把原因告訴他。這件事情已經在我心裡隱藏了很久。

「好吧，我告訴你原因。你是第一個聽到這件事的人，就連我最好的朋友也不知道。」

「什麼事？」

「醫生說我的生命只剩下十八個月了，我現在已經是肺癌末期了。」我吸了一口氣，緩緩地走到窗前說道。

致命陷阱

「聽說你這裡出租房屋？不過，如果你之前已經得到消息，你應該知道，我並不是真的關心房子。」迪克閃動著黑色的眼睛，有些緊張地對布萊恩說道。

「是的，我明白。」布萊恩的語氣聽起來和善而又堅定，一副典型的生意人派頭。

「我從一個朋友那裡，知道了你。」得到肯定後迪克進一步解釋。

迪克的身後是一個拱型的玻璃門，門上寫著字，從裡面看字是反面的。字的內容是：布萊恩，房地產經紀人。這幾個字正好在他的上方，像個光圈似的拱在他的頭上，整個情景有趣極了。

「迪克先生，我已經接到了你朋友的電話。我相信你的誠意，也了解你確實需要我的服務。但是，有一點你必須要做到。要不然請原諒我恕難從命。我是一個很細心的人，你應該信得過我的洞察力。」布萊恩很鄭重地說。

迪克從臉上擠出一絲笑意，這笑容看起來很不安。他要談及的問題令他渾身都不自在。

布萊恩看出他的窘態，露出一個微笑，想盡力使談話氣氛變得輕鬆一些。他說：「好吧。下面我們就開始吧。在談論的時候，我們最好能坦誠相見。你找我幫忙謀害你的妻子，就找對人了。這可是我的看家本領。這樣的事情一直是我的一項副業，給我帶來的收益頗豐。我做了許多年，很安全。」

迪克如釋重負地嘆了口氣，他咬了一下嘴唇像是下定了決心。「布萊恩先生，我得感謝你。你能很直接地把這件事情提出來，實在是太好了。坦白地跟你說，我一直都很想大喊一聲——我很憎恨我的妻子。現在，終於有人了解了我的苦衷，我覺得輕鬆了許多。」

「迪克先生，聽你能這麼坦白，我也感到很高興。那麼，我想知道這種憎恨是不是雙方面的？」

「是的。我妻子也憎恨我，可她從不掩飾這種情緒。她動不動就小題大做，拿小事情泄憤，事情雖說不大——」

「但卻非常折磨人。」布萊恩接下了他的話，「我能想像出一個充滿憎恨的女人是多麼可怕，那種折磨是無休止的。那麼，根據你的情況，我猜你應該反對離婚？」

「是的，我絕不考慮。」一提起這個，迪克有些激動，他在寫字桌旁的椅子坐了下來，繼續說，「我可不願意聽從不明真相的鬼話，法官會判決我放棄一半的財產。」

「關於離婚，你妻子是什麼態度？」布萊恩問。

迪克的神情有些怪異，他看著布萊恩，語氣篤定地說：「她絕對不會放棄屬於自己的那部分財產。她是一個新女性，就算在婦女解放運動之前，她也這樣。」

布萊恩又問：「那她對搬家有什麼看法？會不會反對？」

迪克打包票說：「這一點完全不用擔心。她煩透了現在的住處，一年之前就吵著想換房子。附近的鄰居很吵，還有幾個有摩托車的小孩，他們把附近的路面也弄壞了，她已經受夠了這種吵嚷。」

聽到這裡，布萊恩站起身來，他走到角落的一個小酒櫥前說：「來杯酒？」

「好的，非常感謝。我想要一杯威士忌。」

布萊恩倒了兩杯酒，都是一指節的高度。他又加些冰塊，就回到寫字桌旁。不經意間他坐上桌角，俯視著坐在椅子上的迪克。

「在談論一些細枝末節前，我想我們最好先講一下條件。」布萊恩恢復他一貫的生意人口吻。

「我朋友跟我說，費用是三千元。」迪克喝了一口酒說道。

布萊恩微微一笑說：「哦，以前是這樣。現在是四千元。事前預付兩千，事成之後兩千。你也知道所有的物價都在不停地上漲。」

「好的，這都是小問題。能除掉她四千元也算合理。等你見到她，你就會明白我的意思了。」迪克說。

「我準備給你們介紹的房子在比德頓巷裡。你妻子一定會喜歡那裡的。要是你告訴了她，我想她肯定會毫不猶豫就搬過去的。」布萊恩有些得意地說道。

「什麼時候我能帶她去看房子？」

「如果你願意的話，明天就可以。到時候，我跟你們一起過去。我會幫你們安排好一切，直到你們入住。然後，你就等著我的好消息吧。」

「你的意思是說，月底前就要行動？」說完，迪克開始在心裡暗暗地盼望著這段婚姻生活的結束，這會兒，他那張臉孔可不漂亮，一張臉陰沈沈的。

「輕鬆一點，不用緊張。」布萊恩看著迪克的這副面孔安慰道。

「我有些弄不明白，因為沒人知道陷阱在哪裡，也許就連我自己也躲避不開。」迪克被曬成褐色的前額低了下來，一副怏怏不樂的神色。

「迪克先生，你這就多慮了，這些我當然會告訴你的。在這方面，我也算得上是個專家。相信你知道這一點，否則我們也不會見面。」布萊恩說著，吞下一口威士忌。

迪克一言不發。布萊恩信誓旦旦的言辭讓他有些尷尬；不過，布萊恩覺得唯有這麼說，才能讓他充滿信心，在這種事情上，信心是必須要有的。

「迪克先生，那我們就定在週三下午。到時候，我帶著你，還有你可愛的妻子一起去看房子。等房子定下來了，我會給你一一講解如何避開各種『意外』。」

迪克點了點頭，一口氣喝完剩下的酒。

布萊恩順手接過那個空酒杯，跟他握手道別。他又囑咐一句：「記著那房子的門牌是『比德頓巷432號』。如果方便的話，我們就約在四點整，屆時我會在那裡恭候二位。」

「沒問題，那就這麼說定了。到時候我會帶去一個月的房租，我也希望這是僅有的一個月。」迪克說。

「外加兩千元預付款。」布萊恩咧開嘴笑了，用友善的語氣提醒道。

迪克回應了一個微笑，說：「這是自然。」

送走了迪克，布萊恩又回到酒櫥前給自己的酒杯添上了酒，開始想起心事來。終於又遇到了一個主顧，讓我得以發揮專長，太棒了！他心想。

週三，迪克夫婦準時地出現在比德頓巷的屋子前面。布萊恩看到迪克太太的時候，有些意外。她看起來嬌小、迷人，完全不像迪克之前描繪的那樣。婚姻真是一股具有毀滅性的暗流，外表風平浪靜，但是卻暗藏著可怕的危險。不過，在布萊恩的眼中，他始終相信迪克太太是一位聰明、理性的婦人。

布萊恩為他們準備的房子是一處寧靜、風景優美的住宅。房屋位於一大片土地的中央，屋子的四周全是樹木。整棟房子有兩層，底下一層是兩間臥室，上面一層有一間娛樂室。房子不算大，但很精緻，很適合沒有孩子的中年人居住。一打開房門，迪克太太徑直地進了廚房。看完以後，她很滿意，「廚房挺現代化的，像這樣的老房子，很少會有這樣的廚房。」

「嗯，是的。不過古式房子，自有它的好處。」布萊恩說。

「那這房子有沒有地下室？」迪克的詢問顯得很自然。

「有，而且是一間不小的地下室，裡面還有一個可以儲存水果的地窖。這個地窖以前是存放燃料的。當然，如果你們願意的話，也可以把它變成酒窖。」說著，布萊恩引領他們下樓，來到那個寬敞、乾燥的地下室。看完以後，三人又一起上樓，開始查看其餘的房間。

迪克太太看得很仔細。浴室的燈飾和壁紙博得了她的好感，不過，她依然吹毛求疵，故作苛刻地批判。接著她又檢查起了大衣櫥。就在這時，迪克給布萊恩投去了一個心照不宣的眼神。之後，三個人走回陰涼的前面門廊時，迪克太太問：「這房子的租金是多少？」

「這房子很划算，第一年是一百七十五美金一個月。」布萊恩的聲音裡充滿了期待。其實，他和迪克都明白，這樣的房子就算每月再多加五十美元，也照樣有人肯住。

迪克太太給丈夫使了一個眼色。布萊恩恰巧看見了這一幕，他明白這眼神的意思是：這裡很好，我們租下吧。

「價錢還算公道，寶貝，這房子你還滿意吧？」迪克心領神會，乘機附和妻子。

「是的，很好。完全符合我的想像。」迪克太太心滿意足地回答。

布萊恩陪著笑臉說：「那好，現在我們就可以簽訂租賃合同。」

於是，三人一起走向了布萊恩的汽車。走著走著，迪克太太又回頭匆匆地瞥了一眼房子，像是要再一次確認一遍，確認她租到了一套滿意的房子。

而迪克卻徑直地往前走，他偷偷地把一隻信封塞到布萊恩手中，裡面裝有兩千元現金。

搬進新家後的第一個週末，迪克來到了布萊恩的辦公室，進門的時候他滿臉堆笑。看起來，這個陰謀讓他很得意。對於心裡的這個小祕密，他也是滿心歡喜。

「房子裡的東西都準備好了嗎？你能保證成功，對嗎？」他坐下來關切地問道。

「我可以跟你保證，迪克先生。這都是板上釘釘的事。但為了萬無一失，我們需要耐心等待一下。就算第一次安排出現了什麼差池，我們還有的是機會。終歸會成功的。」布萊恩一邊說，一邊在椅子上，扭動著身軀，一副成竹在胸的樣子。

「問題是我的耐心已經全部耗盡了。你知道嗎？我已經和她在一起十年了！現在，我是天天扳著指頭數日子，希望能早點自由。」迪克急躁地說。

「這種感受我能理解。」布萊恩說著，把手伸進抽屜，拿出一張字條，「你好好研究一下這個。上面列出了所有的危險區域，你要用心記下並小心地服從。上面的內容對你而言，就像黃金一樣珍貴。等你把這些都爛熟於心以後，這張單子必須要銷毀。」

「這個只屬於我，而她沒有！」迪克的聲音裡充滿了蠻橫。

布萊恩對迪克的冷漠態度大為吃驚，他強壓心中的詫異說：「一點沒錯，現在，你的任務是把這個絲毫不差的記下來。這個字條不能離開辦公室。」

接下來的一小時，兩個人開始一遍一遍地溫習寫在條子上的要點：

第一、要小心地下室的第二個階梯，它被動過手腳，很容易斷裂，如果誤踩會導致跌下樓梯。

第二、要注意爐子左邊靠後的火爐，那裡已經安裝了特別裝置，一旦點火，爆炸機率高達百分之五十，其威力足以毀壞五尺以內的任何物體。

第三、要留心後門廊的右側，如果不幸踩上，會遭遇和地下室樓梯一樣的危險。

第四、要記好客房的電燈開關的使用方法，只能碰開關，不能碰金屬插座罩，不然很有可能觸電而死。

第五、禁止使用附設在房子裡的自動洗衣機，它安裝得很不合理會漏電。

迪克很仔細地逐條默記完畢後，他折起紙條，擱在桌面上，預備稍後燒掉。接著，他帶著不安的眼神問道：「你確定這些陷阱不會被偵查出來？」

布萊恩自信回答：「我能確保事前或事後都不會。相信我的專業水準，迪克先生。別忘了，我可是絕無僅有的行業專家。我為尊夫人量身訂做的意外，絕對稱得上是天衣無縫。」

「你確定，這一切看起來就只能是『意外』？沒有別的？」

「確信無疑。」布萊恩的回答絲毫不帶折扣。

迪克的嘴角露出一絲很醜陋的微笑，他點了點頭，看起來像是在對自己做一個交代，接著他起身站立。

「為了方便起見，剩下的兩千元，你可以用郵寄的。」布萊恩說。走到門口的時候，他再次點頭，這一次他的笑容醜陋無比。他打開門，臨走的時候重複了一句：「事後。」

五分鐘過後，布萊恩拿起了電話，打給了迪克太太。

在一家餐廳裡，布萊恩和迪克太太會面了，布萊恩向她講明了一切。

最初，她不肯相信，接著開始變得極為憤怒、惱火。

她喝著咖啡，壓一壓怒火，喃喃地說道：「真不敢相信，迪克會做出這樣的事情，他是個沒有骨氣的男人。他居然這麼恨我，甚至恨不得我馬上去死！」

「是的，只有五千元價值，那算得了什麼呢？」布萊恩故意添油加醋。

她坐在布萊恩的對面，布萊恩能清晰地看出她情緒的不斷變化：她好像更加深刻地領悟到自己丈夫的可惡，她變得越來越生氣，壓不住的怒火直往上躥。

見狀，布萊恩繼續火上澆油：「而且，他還不講任何限制條件，根本不管採取什麼手段，他只要結果。」

「他簡直是個流氓！為什麼要這麼對我？我會要他好看的！」她咬牙切齒地大喊。

「我相信你會做到的。」布萊恩連忙附和。

看到布萊恩關切的態度，迪克太太馬上明白了他的用意。她用狡黠的目光打量著他說：「現在，我明白你為什麼會告訴我這些了。」

「是的，太太。我想你不會考慮太久的。」布萊恩又顯露出他商人的精明本色。

「很抱歉，布萊恩先生，這次恐怕要讓你失望了。雖然我很憎恨迪克的心狠手辣，可他是個兇手，我不能學他。」迪克太太鎮靜地回答。

「那你打算怎麼應對他？」布萊恩詫異地問。

「還能怎麼辦？最好的辦法就是報警！」

布萊恩下意識地在他的咖啡裡添加了一些牛奶，緩緩地說道：「事實上，情況並不像你想像的那麼簡單。就算你去報警，可是你拿不出證據。就算他坦白招供，警方也不會相信的，更不會輕易採取什麼行動的。還有一點，你也應該明白，我是不可能站出來為你們任何一方作證的。」

迪克太太低下頭，眼睛一直盯著桌面，她在思考和分析布萊恩的一番話。

布萊恩看出了她的遲疑說：「迪克太太，你的處境我早就料想過了，你除了靜靜地等候下一次，沒有別的出路。」

「什麼下一次？」迪克太太抬起了疑惑的眼睛。

布萊恩揚起眉說：「你應該明白你的丈夫不會善罷甘休吧？這次計畫沒有成功，他就會等待下一次機會。要製造一個人的意外死亡，可不是一件太難的事情，尤其是一個跟你朝夕相處的人。」

迪克太太一雙美麗的藍眼睛，直盯著布萊恩，說道：「依照你的想法，我唯一的萬全之策就是通過你的幫助，給那個狠心人製造一場意外死亡？」

「是的。要不然，就是你們離婚。不過，恕我直言，就算離婚，你也不會完全解除安全的疑慮。」

「我想，我已經闡明過許多遍我的立場了。我從來沒有想過要離婚，我更不會因為你這一番話而去離婚。」

布萊恩飽含深意地朝著她笑了笑，握了握她的手。

「迪克太太，你應該想清楚事情的真相。想想看假如你毫不知情的話，你的丈夫就會利用我告訴他的那些技巧將你謀殺了。當然，在事發之後，警局可能會調查出真相抓他歸案。可現在，我們完全可以讓事情變換一種結局，讓他提前受到應有的懲罰。」

「那麼，我們將會付出什麼樣的代價呢？」

「迪克在交代我做事的時候，答應付給我五千元，事前一半，事後一半。我想，我的代價是拿不到他剩下的一半錢了。」

「你的用意是，讓我考慮雇用你？」

「是的，你很聰明，迪克太太。相信你會雇用我的，這才是明智的選擇。」

她微笑著回應他，這個微笑和迪克在布萊恩辦公室裡的微笑，簡直是如出一轍。接著她說：「好吧，布萊恩先生，我完全信任你的服務。」

終於，布萊恩接到了又一個主顧的請求，他給新主顧投去了一個微笑。然後，他一臉嚴肅地開始叮囑她，讓她小心屋子裡的許多危險。比如，地下室梯子的第三層，爐子右邊前面的火爐，門廊的第二個台階，還有通道的電燈插頭……

時間一天天過得很快。兩個月後，布萊恩讀到了一則新聞，那是一起發生在比德頓巷的人命案。那則新聞是這樣報導的：某男子，倚窗遠眺時，由於打過蠟的地板過於光滑，居然致使他摔出窗外，墜樓而死。該死者名叫迪克，落地時死者的脖子已被摔斷，當場死亡。

布萊恩放下報紙，他邊用指頭在報紙的社論版上敲打，邊自言自語道：「可憐的迪克，你真是個愚蠢的呆子！」

在迪克葬禮以後的那個星期，布萊恩的信箱裡出現了一封封得緊緊實實的大信封。信封被打開以後，布萊恩看到了二千五百美元。迪克太太在郵寄這筆款項的時候，一定是經過了再三的思考，可她還是不願去冒險。布萊恩心想。

收到款項後沒多久，布萊恩又收到了一封信，還是迪克太太寄來的。信上說由於丈夫已死，她決定搬回佛羅里達州，跟家人同住。她還請求布萊恩原諒她的毀約退租。在布萊恩看到信的時候，那個發生命案的住宅已經是人去樓空了。

布萊恩心想：迪克太太這麼做，無非是想給我提一個醒，要我及時趕去那裡，清除佈下的陷阱。

他又想到：可我是不會去的。我才不會傻到那種地步，真去佈置那些所謂的「陷阱」，不管計畫多麼周密，陷阱終歸是會露出破綻的，那可是鐵錚錚的證據，只會對我不利。

現在得重新理一理事情的頭緒。事實上，布萊恩先生是一個極其小心謹慎的人。迪克的死亡根本不是因為他佈置的陷阱。迪克是被人從窗口推下去的，當時，推他的那個人一定是鼓足了很大的力氣和勇氣。因為在這個屋子裡居住著貌合神離的夫妻兩人。

那座比德頓巷內的房子裡一個陷阱也沒有，事實證明壓根兒也不需要，因為有憎恨和恐懼就足夠了。

〈全書終〉

國家圖書館出版品預行編目資料

致命陷阱／希區考克（Alfred Hitchcock）著 -- 初版 --
新北市：新潮社文化事業有限公司，2021.12
面； 公分
譯自：FATAL TRAP
ISBN 978-986-316-806-5（平裝）

874.57 110016103

致命陷阱

希區考克／著

【策 劃】林郁
【製 作】天蠍座文創製作
【出 版】新潮社文化事業有限公司
電話 02-8666-5711
傳真 02-8666-5833
E-mail：service@xcsbook.com.tw

【總經銷】創智文化有限公司
新北市土城區忠承路 89 號 6F（永寧科技園區）
電話 02-2268-3489
傳真 02-2269-6560

印刷作業 菩薩蠻、東豪印刷事業有限公司

初 版 2021 年 12 月